満洲、新中国で日本人として生きる

戸城素子＝著

築地書館

はじめに――四三年ぶりの吉林

終戦後八年をへて、一九五三年に青春を過ごした吉林をあとにしてから四三年ぶりに、夫、戸城章一と吉林空港に降り立ちました。当時父の通訳だった戦さんのご子息が出迎えてくれました。

内戦による包囲戦で地獄のような日々を過ごした長春（旧新京）を脱出し、一家で落ち着いた吉林は、荒廃した製紙工場の再建のために、父、瀬戸健次郎を先頭に日本人技術者と中国人技術者が力をあわせ、中国国営有数の製紙工場に仕上げたところです。

また、革命闘争の激動のなかで多くの人びとの粛清を目撃し、一生忘れる事の出来ない悲しい思い出のある地です。

現在の吉林市内は、自分が今どこを通っているのか、戦さんの説明を聞いてもすぐにはわからないほどの変わりようです。哈達湾より吉林市まで行く道も舗装され、両側には家が建ち大変な賑やかさです。

銃殺処刑現場を目撃した松花江の河原はすっかり整備され、岸辺の広い道路を、自動車が猛スピードで走り去ります。夜には街灯が松花江を美しく浮かび上がらせています。私はまるで浦島太郎のようです。

懐かしい工場の門をくぐると、正面にある事務所内の設計室もそのままに、父の部屋は、貴賓室になっています。この工場で過ごした四年間の思い出が一度によみがえります。

皆で力をあわせて据え付けた造紙機は現役です。私が訪ねるというので工場内は清掃され、どこでも見学してくださいと、心より歓待してくださいます。何よりうれしかったのは、父の事がこの工場で語り継がれている事でした。

貴賓室に拍手で迎えられ、私は久しぶりに中国語を思い出しながら挨拶をしました。第二の故郷に帰ってきた心持ちで皆さんと握手を交わしながら、日本人技術者の苦労はムダではなかった、ここに父が同席してくれていれば、言う事はないのに、と胸が熱くなりました。北京でも、当時一緒に働いていた設計室の人たちに暖かくむかえられました。この中国再訪で、多くの人たちの助けを受け奇跡的に生きて祖国の地を踏む事が出来たのだと言う感謝の思いを新たにしました。

敗戦後の混乱を極めた中国での八年間、私たち六人の子どもたちを無事に生み、育てながら、私の父母はどのような困難に遭遇しようとも「自分は日本人」という誇りと信念を持ちつづけました。また、周囲の多くの方々が、立場を超えて、その両親の落ち着いた矜持と度胸を尊重して接してくださいました。その方々に心より感謝いたします。

本書が、中国での悲惨な出来事を多くの人びとが知り、平和のために力をあわせてくださるきっかけになる事を念じております。

二〇〇六年六月

戸城　素子

（省制は1941年７月の改正に拠る。●は省公署所在地を示す）

『キメラ』山室信一著・中公新書をもとに改変

目次

第5章　中国革命の中で　275

第6章　帰国の時　353

終章　372

第1章　子供たちよ生き抜けよ

昭和十八年八月十九日、今日はいよいよ私には想像すらできない異国、すなわち満洲新京特別市へ、父の転勤とともに生れ育った熊本県八代市をあとに出発です。家の前には多くの近所の人たちが集まり口々に「体に気をつけて、また逢う日を楽しみにしていますよ」の声の中に一人隅で泣いているおキヨばあさんの姿を見つけた途端に急に、別れの淋しさで思わず涙が溢れ出る。それと同時に八代を離れたくない、どうして満洲に行かなくてはいけないのかしら、でもこの思いは父の、「皆さん、今日までお世話になりありがとうございました」の挨拶の声で途切れる。

海を渡る

私は左手に女学校担任の土生先生と級友より贈られたばかりの、可愛いブルーのフリルのついた洋服を着た西洋人形をしっかりと抱き、歩いて十五分ほどの近くの八代駅までぞろぞろと見送りの人たちとともに歩いていく。駅までの道沿いには今日出発することを伝え聞いていた顔馴染みの方々が見送りに立っておられる。両親は丁寧に今までのご厚誼の感謝を述べ、別れを惜しんでいます。

外見はとても微笑ましいのどかで人情味溢れる別れの情景ですが、この満洲行きには我が家にとって思いもよらないほどの厳しい現実が待ち受けているとは誰一人として気づく由もありませんでした。

父は社命により一年前に単身赴任で新京へと渡り、私たちは留守の間、社宅であまり淋しさも感じずに暮らしていました。とにかく、王子製紙社宅内は転勤が非常に多く絶えず出入りがありますので、満洲に転勤になったことも特別の出来事ではありません。やがて父は迫りくる大戦のさなか、アメリカが九州に上陸するであろうと色々と密かに言い始められていた中で自分のいる新京の方が安全だと考えたのでしょうか、急遽私たちを迎えに帰国したのです。

当日、父と一年ぶりに会える喜びで学校より道草もせずに帰宅。玄関口には懐かしい父の靴がきちんと揃えてあり、奥の部屋より父の談笑している声が聞こえます。父の声を聞いた途端、私は鞄を玄関先に放り投げ部屋の中へ。そこには以前より少し貫禄のついたように見える逞しい父が迎えてくれます。私は両手をつき、

「お帰りなさい、お父さん」

と挨拶。父は終始笑顔で五人の子供を満足そうに眺めています。

今まで満洲行きを母に聞かされていても何かしら漠然と受け止めていたのですが、いよいよ現実となり家中の品物がどんどん荷造りされ、人の出入りも激しくやがて口々にお別れの挨拶が交わされ始めました。私は八代で生まれ、十三歳になるまで楽しく伸びやかに多くの人々に守られ、この地を離れる日がくるとは考えたこともなく、この八代を中心に日本が、いや世界が回っているとさえ思っていたのです。

急に周囲の木々、川、そこに飛んでいる蝶々、すべてが感傷的になり、気づくと一人ぼんやりと庭を眺めている。社宅内にある桜並木の大木によじ登り、見事に落下、枝に洋服が引っかかり破れてしまったことなど、数えきれないほどの思い出のこの地とお別れです。

人との別れはとても淋しいものです。友達との送別会も球磨川の河原で思い思いのお菓子を持ち寄り、別れの記念写真も撮り、「埴生の宿」も合唱し、私はこの友達と八代を決して忘れないと風景を心に刻み込み、この八代が市となった紀元二千六百年の祝賀行事の一つとして熊本放送局で全国に八代市を紹介した自分を思い出しています。

しかし、私たちの別れを真底悲しんでいるおキヨばあさんは、

「お嬢さん、私はどうしたらいいんでしょうか。瀬戸さん一家が満洲に行ってしまったら一人ぼっちになってしまいます。お願いです、私も連れていってください」

全く身寄りのないおキヨばあさんは、私が幼稚園の時からいつしか我が家の一員となって、何くれと子供の世話をしてくれていましたが、年齢を考えると寒い満洲は無理だということでやっと納

満洲に渡る前の写真。祖父は戦火をまぬがれたこの一枚の写真を持って、行方不明になった私たち家族の消息を知るために引揚援護局を何回も訪れた。写真下部のテープの汚れはその時のもの。　　写真右から　母、熙子、素子、佐和子、父

得してくれました。

それからもう一人、僕も連れていってくださいと頼む川本青年。すでに両親は亡くなり、父は色々と気にかけていましたので、まず自分が新京に行き様子を見てからと説得。しかしやがて三カ月後突然新京に姿を現し、両親はすっかり驚くこととなります。

当時の家族構成とこれから起こる多くの困難を乗り切った遠因は、両親の生い立ちが大きく影響していると思えるので、私の知り得た事柄を一応記したいと思います。

資料によると父方の曽祖父は実に体格もよく、豪胆、私利私欲に走ることなく、報徳の碑の一節に、

威武不屈　富貴不淫
唯此八字　古人之心

とあります。

そして代々数学の学者として過ごした家系で、父も非常に数学を得意としています。

母も、物事に動ぜず、肝が据わっています。何をやっても秀でていて、私たち娘四人、束になっても一生かなわないと思うほどです。そして、自分自身で築き上げた確固たる深き観音信仰を持ち、行動される。でもたった一つの欠点はお金のことについては実に大らかか、鷹揚で、さすがの私でも内心大丈夫かしらと心配することが後年たびたびありますが、お金や物等は自然とその人についてくるもので、絶対に振り回されてはいけませんと、言われる。

この時、父健次郎四十一歳、王子製紙株式会社の社命により、満洲紙業統制協会に赴任、主に生産関係の統制を行う。とにかく全満洲の製紙パルプ工場の生産計画技術指導が主な仕事です。母倫子は三十六歳、私は長女素子十三歳、次女佐和子十歳、三女熙子七歳、長男駿介四歳、四女覘子生後半年、そして同行するお手伝いさんのつやさん二十歳、総員八名。大東亜戦時下で物資もそろそろ不足し始め、子供たちは特に運動靴がなくなり、破れたところは布で繕い、体操時間は裸足で運動場を走り、食料品も不足がちになり始めていますが、どこに行っても子供たちの元気な声が響き、大人は他人の子供でも悪い時は遠慮なく叱る、それが当たり前の連帯感のある世の中でした。

やがて賑やかな、まるで出征兵士の見送りのように大勢の人との別れも終わり、子供たちは疲れも出たのか、汽車に乗ると無邪気な顔で居眠りが始まりましたが、父はこの大家族を無事新京まで連れていくので少し緊張気味で、何くれと心を配っておられる。私もいつしかウトウトとしている

と、父が、

「おい、皆起きなさい。今度は船に乗るぞ。いいか。迷子にならないように手をつなぎ、あとからついてきなさい」

子供たちは言われる通りしっかりと手をつないで汽車を降り、あとからついていきます。最後にはつやさんが手荷物を両手に大きな声で、

「お嬢さんたち、迷子にならないでくださいよ」

と賑やかな行列で、行き交う人々も一張羅を着た子供たちを振り返り、笑顔で手を振ってくださる。私はその見知らぬ人にいちいち愛嬌よく手を振り、さっきまで感傷に浸り泣いていた女の子とは思えない、いつもの明るい顔で、初めてみるあたりの風景に心奪われています。

気がつくと父は一人で先の方を歩き一つの建物の中へ、私たちはおとなしく外で待っていると、やがて駆け足で戻ってきて、母へ、

「乗船するはずの関釜連絡船は戦時下で、敵に悟られないように、満員になると随時出航となり、すでに出航しているそうだ。やれやれ、大変なことになってしまったけど仕方がない」

子供たちに、

「皆元気だなあ……もう少し歩くと大きな船が待っているから、お父さんについてきなさい」

母は、

「はい、ではそちらの方へ参りましょうか」

と生後半年の甥子を抱き直し、

「素子、あなたはちびちゃんたちと一緒に歩きなさいね」

私は何が何だかさっぱりわかりませんし、初めてのところなので、自分が今どこにいるのかさえはっきりしないのですが、父の様子を見ると何だか大変なことが起きたらしいことだけはわかりますので、神妙な顔をし、頷く。お手伝いのつやさんは少し不安気に、

「旦那様、今度はどこへ行くのですか」

と聞く。

急ぎタクシー二台に分乗して、気がつくと港に来ています。見渡すと閑散とした埠頭に家族八人だけがぽつんと佇んでいるだけで、少しも港としての賑やかさも何もありません。

船に乗りそびれる

「お父さん、ここはどこなの」

私が聞くと、父は、

「ああ、ここは博多の港だよ。ここから船に乗るのだが、待てよ、おかしいな。あの事務所で聞いてくる」

じっと待って海を眺めているうちに私は心の中で、もしや乗る船がなければまた八代へ帰れそうだと思ったりしている。間もなく父がやってきて、母にあそこにある軍の船に特別に乗せてもらえ

るように交渉したら、理解のある上官で、ちょうど満洲へ行く途中、釜山港に立ち寄るので、この家族一行に乗船許可を出してくれたと。やれやれと、ほっとした表情です。もう日本を離れる第一歩からこの有様で、何だか少しずつ心配になっていますが、父に促されるまま軍船のところまで行くと、何と皆からとても恐れられていた憲兵の腕章をつけた兵隊が五人ほど入口で見張っているのには少し驚く。私は別に何も悪いこともしていないのに、急に何だか罪人のような気持ちになり、憲兵の前を通る時は意識して丁寧に深々とお辞儀をし、あとに続く妹たちにも同じようにするようにと言うと、何も解らないが素子姉さんの言う通りにと、いずれも丁寧にお辞儀をしタラップを上る、途中気がつき振り返り両親を見ると、父は挙手の礼をしながら、憲兵に向かって、

「このたびはお世話になります。よろしく」

すると、相手の憲兵もニコニコしながら、父に向かい、

「いやー、可愛いお子さんたちですなー。道中、気をつけてください」

私は驚いてまじまじと憲兵の顔を見る。憲兵は恐い恐いと世間の大人たちは陰で盛んに悪口を言い、それを聞いているので、鬼の次に恐い存在と思い込んでいたのに、ああ世の中にはこんなに優しい憲兵もおられるのだと一安心する。タラップを上りきると入口には軍刀を下げた将校がニコニコしながら待っていて、駿介の手を引き、

「坊や、お部屋に案内しよう」

弟は当時、将来は多くの男の子と同じ、大将になるのが夢だったので、大喜び。小躍りしながら

船内へ。何気なく船室に入り私は瞬間驚き、足がすくむ。目に飛び込んできた色が見渡す限り全部カーキ色で埋めつくされています。広い広い船内は何の仕切りもなく所々に柱が立っている。つまりこの船は軍の輸送船で、召集されて満洲へ向かう兵隊さんが軍服装でゲートルを巻き各自小銃を持ち、軍帽をかぶり板ばりの床にびっしりと座っておられたのです。思いもよらない子供四人が無邪気に、この一種重苦しい空気の中に飛び込んできたので、兵隊さんも驚きの声を上げ、一斉に私たちを見る。

私は我に返り、長女らしく、

「こんにちは、よろしくお願いします」

そして案内された将校の部屋まで、兵隊さんたちのそばを掻き分けるようにしてやっと辿り着くが、兵隊さんは日本にいる我が子と重ね合わせるようにして私たちを可愛い子だ可愛い子だと背中などを軽く叩いておられる。私は何だかこみ上げるものがあります。戦争というものがどのように残酷なものか、悲惨なことか、十三歳の私にはまだ何もわかってはいませんが、ここにおられる兵隊さんが、とても何かしら悲しい思いつめた、そして何かを覚悟しておられる重々しいものを感じ取っていました。

案内された部屋は応接室でソファーがあり、机なども配置され、こざっぱりとした清潔な部屋で、やれやれひと落ち着き、父は将校にお礼を言っています。つやさんは早速幌子を寝かせ、おむつの取替え。母はあまり丈夫でないので言葉少なく疲れた様子。一番安心しているのは父です。子供たちはすっかりこの船の応接室が気に入り座ってみたり、じっとしていません。そのうちに窓から見える海に熙子や駿介は食い入るように額を窓に押し付けて眺めています。私はというと、階下の兵隊さんが気になり始めてじっとここにおれません。父に、

「お父さん、兵隊さんのところへ行ってもいいかしら。たくさんいらっしゃるし、遊びに行きたい」

兵隊さんに歌をうたう

父はまた素子がチョロチョロし始めたといった顔で、

「行ってもいいが、迷子にならないように、そして甲板には出てはいけないぞ。間違って海に落ちたら助けられないからな。わかったな」

私は父の許しが出たので、早速佐和子とともに階下へ。すると先ほどの兵隊さんたちがすぐに呼びかけ「いらっしゃい」と手招きされる。そばに座り、いろんな話をする。まず兵隊さんが、今からどこに行くの？　今までどこに住んでいたの？　私は、兵隊さんはどこに行くの？　大丈夫なの？　最後は学校で習った唱歌を披露する。私と妹は陽気な子供です。拍手があるたびに立ち上がっては「故郷」「赤とんぼ」「からたちの花」「この道」次々と歌います。歌には二人とも自信があるのです。それは母が東京の女子大に広島より父に連れられ在学中、声楽家を夢見て内緒で勉強に通っているのを知られ、厳しく叱られて断念した経緯があり、何とか娘三人の中から育ったらと思

い、いつも発声などを指導していたからです。母自身も周りを気にせず大きな声で練習し、私は子供心ながらよその母親と少し違うので最初は恥ずかしく思っているうちに、それにもすっかり慣らされ、歌声の絶えない陽気な家族でした。その中でただ一人、父は音楽はかなり苦手で、一度も歌声を聞いたことはありません。戦時下で軍歌が主でそのほかの歌はほとんど禁止の状態の中でも母は平気です。

もうすでに世の中は、厳しい警官、憲兵の監視下に置かれ始め、我が家の周囲にも時々見慣れぬ大人が立っていたり警官が見回り、ご近所のインドより帰国なさった貿易商の家の付近をうろうろしたりしていました。おば様が母に本当に気持ちが悪い、昨夜雨戸を閉めようと外を見ると木陰に監視人がいたという話をしていらっしゃる。私はそばで聞いていて、帰宅した父に報告すると、「何だそんなこと、その警官はお父さんの知り合いだ、心配するな。憲兵だろうと何だろうと用事があれば堂々と玄関からやってこい」

父は毎週日曜日は、許す限り剣道具を肩に武徳殿に通い、練習に励んでいますので、警官とは面識があったのです。私は父の平然とした姿を下から仰ぎ見るようにして、お父さんは強いのでよかったと胸を撫で下ろしています。

私は兵隊さんたちの前で歌いながら、思い出しています。小学三年生の時、学校の担任の沢田先生（男性）とともに日奈久温泉金波楼旅館に療養中の多くの傷病兵士の慰問のために一人舞台に立ち、「猫のお嫁入り」、ほか六名で「兎のダンス」を踊った光景が浮かび上がってきたのです。あの時の振袖は母が模様を考えたもので、白地にオレンジ色の大きな蝶が何匹も着物一杯に舞っている。私は一目見て、とても気に入り、その着物を早めに着せてもらい、勝手に階段をトントンと上り、兵隊さんがいる二階へ。片足に包帯をぐるぐる巻いた兵隊さん、片腕のない痛々しい白衣の多くの姿を見た時、私は何ともいえない驚きを覚え、そして戸口より少し顔を覗かせ、

「こんにちは」

一斉に私を見る傷病兵の皆様、そして、

「おお可愛い、こっちにいらっしゃい」

と手招きされるが、私は頭を横に振り、廊下を袖をひらひらさせながら走り去る。私は階段を急ぎ下りようとして不注意にも左の袖を階段の手すりの擬宝珠《ぎぼし》のようなものにひっかけてしまい、とうとう片袖がとれてしまう。子供心ながらこれは大変なことになったと、急ぎ沢田先生のところへ。先生もすっかり驚いていますが、開演は迫り、ホールに傷病兵の人たちが座り始めています。先生は慣れない手つきで、大きな針目で応急的に袖をつけておられます。無事に袖もつけられ、いよいよ私の番です。先生が、私の肩をポンと叩き、

「大丈夫」

私はその言葉に元気づけられ、一人舞台に立つ。最初は踊りに夢中で、間違えることもなく調子よく進んでいましたが、中頃になると前列の兵隊さんが、

「可愛いね、上手だね」

と大声で声援を始めると、私もついその方を見てニコッと愛嬌よく応えるまではよかったのですが、その瞬間、舞踊を忘れてしまった。あれっ、どうしようと思ったのですが、歌の方はどんどん進みます。私は咄嗟に自己流で最後まで踊り通し、ニコニコしながら舞台を下りると、そこにはやれやれといった顔の先生が立っておられます。後日先生が家にいらして、一部始終母に話をされる。私は早速母に呼びつけられて、

「素子は先生にお袖をつけていただいたそうで、あまりお転婆なことをしてはいけませんよ。しかし先生もきっと生まれて初めてお針仕事をなさったのでしょうに。お気の毒に。ああ、それから素子は途中で自己流で踊り通したそうね。でも無事に終わり先生もほっとなさったそうよ」

私は即座に言い訳をします。

「だって、兵隊さんに向かってニコッと笑って応えたら、次の踊りがわからなくなったの」

私は過ぎし日のこの思い出の一コマの傷病兵と、今ここにおられる兵隊さんに、一つの共通する心の中を十三歳ながら感じ取っていました。

ひとしきり歌い終わると船底の方が気になりだし、二人で探検だといって階段を探し、下へ向かう。またもや驚きです。薄暗い船底の部屋にもびっしりと召集兵が座っておられます。大勢の兵隊さんがこの船で満洲に送られているのを知ると、妹と私はすっかり無口になり元気もなくなり、父母のいる部屋へ帰ると、父が、

「どうだったか」

と聞かれるが、あの兵隊さんの群れともいえる状態をとても父に報告する気持ちにはなれず、これから先の戦争の厳しさが少しわかり、憂鬱になりかけています。

船内をうろうろしている間に、釜山港にさしかかっています。ドアをトントンとノックし、さっきの将校が現れ、父に十分ほどで港に着きますから準備をお願いしますと言います。私たちを本当に優しい眼差しでじっと見つめておられる姿が、印象的に胸に焼きつくように残った。父が、

「おい、みんな、部屋をきれいに片づけなさい。きちんとするんだよ」

「はい」

と返事をし、少し動いてしまったソファーの椅子を直したり、お菓子の紙袋を拾ったり、やっときれいにする。

いよいよ私たち家族の下船です。甲板まで将校や兵隊さんが出てきて見送りをしてくださる。タラップの前に横一列に子供は並び、父の言いつけ通り丁寧に挨拶をし、さようなら、さようならと釜山港の建物に入るまで、振り返り振り返り手を振る。

釜山に上陸

生まれて初めて異国の地を踏んだ私、夕方なので港内は薄暗く、まして戦時下なので灯りが漏れるといけないので極力照明はつけません。建物内を見上げると、むき出しの鉄骨の天井、広々とした室内は大変な人々でごった返しの状態で、はぐれては大変です。所々に木の長椅子が置かれ、そ

こで汽車等に乗る人たちが大きな荷物を横に置き、所在なさげに発車時間を待っています。何だか今まで住んでいた八代の、のんびりとした明るい空気が一変し、夕暮れのせいもありますが、暗い暗いところへ迷い込んだと錯覚するほど、ある種の逼迫した感じさえ受け、どこに身を置けばよいのか、すぐにはわからないほどです。父はすぐに長椅子を見つけて、

「おいおい、早くこちらに来なさい」

皆は足早に言われた椅子のところへ行くと、

「お父さんは今から汽車に乗る手続きをしなくてはいけない。おとなしくお母さんと待っていなさい。ほらあそこに長い列があるだろう、あそこが切符売り場だから、心配しなくていい」

父は皆に一通りのことを言うと、すでに購入していた汽車の切符を持って列の後ろに並んでいます。船の変更で、また新しい切符を購入しなくてはいけません。もし買えなかったら、こんなところで一夜を過ごさなくてはいけないのかしらと周囲を見回す。

私は待っているうちに今まで嗅いだこともない独特のにおいに悩まされ始める。何と形容していいやら、一種お魚の腐った、いやそれよりも、もっと強烈なにおい。私にとっては初めてのにおいで、なるべく呼吸を少なく息をつめ我慢して、手で鼻を覆っていますが駄目です。思い余って佐和子に、

「佐和ちゃん、あなた臭《くさ》くないの」

妹は、

「何でもないよ」

「佐和ちゃんは鼻が悪いから、平気なのよ」

と言うと、そんなことはないと、お姉さんがこんなことを言ったと母に言いつけています。母はおかしそうに聞いています。また素子が例のように口やかましく言っているといった具合ですが、私は私なりに釜山はどうしてこんなにおいがするのかしらと考えた結果、きっとその国、その国に食べ物等の関係で独特の匂いがあるんだと思い至り、やっぱりあの話は本当だったとわかります。それは外国に住んでいた方が、我が家にいらして父と話中、

「日本は外国人から言わせると、漬物臭いそうです」

私は横でそんなことは嘘だと思っていましたが、朝鮮の第一歩の地釜山で、嘘ではなかったと証明されました。

今から行こうとする満洲はどんな匂いがするのかしら、どうか花の香りで一杯なところでありますようにと祈るような思いです。やがて父は、大声で、

「待たせたな、やっと切符が手に入ったので、もう大丈夫、心配するな。これから一路満洲へ元気に出発だよ。時間もないので忘れ物がないようにしてお父さんのあとからついてこい」

やっと汽車に乗れます。一路満洲へとは計画通りには進まない旅立ちでした。

とにかく安東までの切符を手に入れ、指定された座席に落ち着いたのですが、これまた日本と違った感じを受けます。列車内は満員で、周囲はなんとなく荒々しい雰囲気。この車内はほとんど日

本人で、座席に着くやすぐにどこで手に入れたのかお酒を飲み大声で話したり、歌ったり、我が物顔の振る舞いに、私はすっかり驚いて何だか恐くなり、弟妹たちもおとなしく黙って座っています。父は察したかのように、今から行く新京はパリを真似たとても素晴らしい街だとか、何だかいろんな話をしてくださるが、上の空で聞いていると、斜め横に座っている一人のハンチング帽をかぶった男性が身を乗り出すようにして話しかけます。きっと好意を持って話しかけてくれたと思います。

満洲へ

「嬢ちゃん、どこから来たんだ？」

母は目配せで相手にしては駄目と言っていますし、私もこのような言葉をかけられるのは生まれて初めてなので少しむっとして知らん顔、ふとつやさんを見ると、同じように不愉快な顔、そして小声で、

「お嬢さん、相手にしてはいけませんよ」

内心、満洲には粗暴な日本人が一杯いるのではないかと心配になり始めますが、よく考えるとこの列車内の一集団は、あらゆる職業階層の集団です。とにかく多くの日本人が別天地満洲へと移動激しく、国策に沿って北満の開拓地へ、また父のように転勤でと、種々様々の中で、必ず眼光鋭い謎の人物が群集を監視しています。私は敏感に見出し、父にそっと教えています。

「お父さん、あそこに恐い眼をしてこちらを見ている方がいるから、用心してね」

私は、そうだわ、父は剣道をやっているので、いざとなったら絶対に勝つからと一安心。私にとってはこの世の中で一番強いのは父で、また誰よりも一番最高に偉い人と信じ込んでいます。

それから、私たちは関釜連絡船に乗れず、急遽博多港へ、そして博多から釜山行きの臨時連絡船にも乗船できず、軍の特別の好意で輸送船で無事釜山港へ着きました。その間に大変な事件が起こっていて、私たち一家は全く命を救われていたことが、新京に着いてからわかり、慄然とするのです。

初めて見る朝鮮の風景は、やはり日本と異なり禿山ばかり、つまり木のほとんどない山が目に飛び込んで、いやでもやっぱり外国に来たのだと思い、車窓よりどんどんと変化していく景色を、私は食い入るように眺めています。お別れの時に級友より頂いた可愛い西洋人形は、しっかりと私に抱かれ、片時も手離しません。

私たちはやがて朝鮮の新義州を過ぎ鴨緑江の鉄橋を渡り、目指す満洲国へと入ります。

汽車から見る鴨緑江の川幅が広いのには、すっかり驚く。何しろ私は一番大きい川は球磨川しか知りません。いよいよ満洲国安東市（現丹東市）が近づくと、車内も下車する準備の人たちでざわめき立つ。父が駅に知人が迎えにいらっしゃるので、ここで下車すると言うので私たちは言われる通り準備に取り掛かり、やがてホームに降り立つと、向こうからニコニコと手を振りながら近づいてこられる一人の紳士。父が母に、

「この方は井上様で、仕事上大変お世話に授かっている。家族が来るというので是非安東で下車するように言われ、お言葉に甘えて立ち寄ることにした」

そして私たちに向かい、

「お前たち、ご挨拶をしなさい」

私たちは大きい順番に並び、

「こんにちは」

父は一人一人名前を呼び紹介しますと、井上様は腰をかがめ私たちを覗き込むようにして、

「いい子だいい子だ。瀬戸君が羨ましい」

私は初対面の時に、このおじ様は本当に仕事上のお付き合いの人かしら。違うような気もする、何だかこのおじ様は技術者ではないみたい。私の直感は当たっていたことが後日わかります。井上様のご案内で駅近くのホテルへと向かいます。子供たちはホテルに入るのは初めてなので、ただただ珍しく方々を眺め回す。つやさんも同じで母に向かって盛んに、

「奥様、凄いですね。ほら、あの電灯（シャンデリア）のきれいなこと、この下に敷いている絨毯も」

広間に立って一つ一つ感心していますが、母はその様子をさもおかしそうに、

「そうね、そうね」

と相槌を打つばかり。しばらく待たされ、そして二階の部屋へと案内され、全員少し疲れが出て

ほっとして椅子に座り込む。少し落ち着くとやはり外の景色が気になり、四人で窓から顔を出す。初めて眺める満洲の風景、街路樹は夏の太陽を受け生い茂り、すでに暗い路上には人を乗せた馬車が行き交い、その合間を洋車という、つまり人力車のようなものが走り、初めて見る満洲人の服装、何もかもが珍しく、一時我を忘れて見入っていると、父がやってきて、

「おい、みんなお父さんの言うことを聞きなさい。お便所は八代と違って用が済んだら水で流すんだよ。今からお便所に連れていって教えるから来なさい」

子供四人とつやさんがお便所へ行くと、父はドアを開き、

「ほら、上に四角いタンクがあるだろう、あそこに水が溜めてある。最後に必ずそこから下がっているこの紐のようなものを引っ張るといいからな」

初めての水洗トイレ

そして実演です。見事に凄い勢いで水がザーッと便器の上を流れるのを驚いて見入っていると父は、これでお便所の件は終わりだ。部屋へ帰ろうと言われますが、私はそっと佐和子に、

「お便所に行こう」

と誘うと、

「うん」

と頷き、二人引き返してお便所へ、そして水を流す時は二人で恐る恐る紐を引っ張ると、先ほど

と同じように凄い水量が流れ出て、なかなか止まりそうもありません。二人とも驚き、どうしよう、止まらなかったらと、心配しているうちにやっと止水。ああよかったと部屋に帰り、両親に一部始終を報告する。そのうちにつやさんが顔色を変えて、

「奥様、大変です、大変です。どうしたらいいでしょう」

父が、

「落ち着いて話しなさい」

すると、

「旦那様、お便所へ行き、おっしゃった通り紐を引っ張りましたら、水が止まりません。大水になります。どうしましょう」

父はおかしさをこらえて、

「どらどら、見に行くか」

そして私も妹もあとについて恐る恐る見に行くと、ちゃんと水は止まっています。父がつやさんに止まっているから心配はいらないと説明していますが、つやさんは、こんな恐ろしいお便所は使いたくありませんと言っています。まだ八代では汲取り式でしたから、満洲の方がずっと近代的な様式が進んでいることを知りました。

このように騒いでいるうちに、井上様が食事をともにとお迎えがある。私たちも服装を整え、母からお行儀よくするようにと言われ、少し緊張気味。広い部屋に案内され、席に着くと次々と満洲

料理が運ばれてきましたが、日本ではとても食べられないお料理です。食糧難になりかけ切符制度でやっと手に入れる状態の日本に比べて、本当に夢のような食事で、満洲とは何と豊かなところだろうと感心しながら夢中で頂いていましたが、最後に出された大学芋のようなお菓子を別皿の水にくぐらせてから頂いたのがとても美味しかった。

井上様は満足そうな顔で私たちの食べているのを楽しげに見ておられる。何だかずっと前から知っているような気持ちで子供たちはすっかり打ち解けています。父を見ると渡満して一年しか経っていないのに、旧知のように話し込んでいます。母は子供たちが粗相のないようにと気を配り、つやさんは艆子の面倒を見るのも忘れたようにして、嬉しそうに頂いていています。

全員満腹、渡満第一夜を異国でゆっくりと眠りにつきます。手に入りにくい汽車の切符はちゃんと井上様が手配済み、翌日昼頃再び汽車に乗り出発です。井上のおじ様は車中で食べるようにと子供たちにお菓子をたくさん持って見送ってくださり、子供たちは口々に、

「おじ様、新京に遊びに来てね」

「よしよし、必ず行くから」

お約束して別れ、子供たちは日本ではとても手に入らないお菓子を早速広げて頂きます。

車窓より見る風景は行けども行けども大平原、集落らしきところが彼方に点在し、広々と地平線の見える単調な景色に子供たちは飽きてしまい、長旅の疲れで眠ってしまいます。十時間ほど乗ったでしょうか、父に揺り起こされ、寝ぼけ眼をこすりながら下車。降り立った新京駅はやけに広々

としています。駅前は広いロータリーで道路が真っ直ぐに放射線状に通っていますが、夜中で人通りも少なく、数台の馬車がお客の来るのを待っています。

父は小走りに馭者のところへ行き、身振り手振りで話をし、やがて二台に分乗して出発です。暗い、しかし賑やかそうな街中を馬に一鞭しチョーッといった掛け声とともに走りだす。このような馬車に乗るのも生まれて初めてで、私は面白くて、一緒になって掛け声をかけると、馭者も振り返り私を見て笑う。父は馭者の横に座り込み、日本語で右だの左だのと指差しながら夜中の新京の街中を通り過ぎていく。

十五分も経たないうちに大きな三階建ての建物の前に止まると、玄関先には五人ほどの若い人たちが出迎えてくださる。私は少し変だと思い父に、

「お父さん、普通のお家に住むんではなかったの。おかしいわ。まるで寮みたい」

父は、

「素子、実はな、新しい家がまだ出来上がっていないので、とりあえず協会の独身寮の一階の部屋を借りることになったんだよ。少し我慢してくれ」

母の方を見ると、母は父より話されていたらしく、何も言いません。私は心の中で、さてはお父さんは一人で満洲で暮らすのが淋しくて、家が出来上がるまで待てないで私たちを迎えにいらっしゃったんだなあ。まあどこでもいいわ、私は何だか父がさぞ淋しかったんだと同情し、二度と新しい家の件について父には聞かないことにしましたが、これから始まる生活でこの街中の梅ヶ枝町一

隅に住んだ約半年がどれほど面白く楽しかったか、思い知らされます。

新京の独身寮

玄関口で寮母の川面様と独身の方々のお迎えを受け、私も物珍しさも加わり、何だかこれから面白い生活が始まる予感でワクワクしています。私たちの部屋は、一階の、入って右側の三部屋全部、襖を取り払うと一つの部屋になっています。斜め前には広い風呂場、そしてその奥にボイラー炊きの朱さん家族四人が住んでいます。まだ荷物も着いていないのでがらんとした部屋がとても広く感じられ、嬉しい。一階の左側は大食堂と大きな調理場、と玄関脇には寮母さんの部屋、その大食堂に何人かの人たちが、夜の十一時過ぎだというのに歓迎会を開いてくださるので、一応家族全員揃ってご挨拶。そして乾杯が始まるが、何しろ子供たちは眠くてたまらないので早々に引き揚げ、用意してあったお布団に潜り込むが、誰がどこに寝るかが大変です。結局私の案に従い、仲良くあっという間に寝息を立てて眠り込む。

翌朝といっても昼頃やっと皆が起きだしますが、父はとっくに出社しています。私たちは教えられた通り広い洗面所で顔を洗い、歯を磨く。何もかもすべて初めての体験が住むところからです。大食堂では、ちゃんと朝食が並べてあり、見ると和食です。調理場では満洲人三人が寮母さんの指示で作っています。私は早速満洲の人に興味を持ち、まず日本語で、

「おはようございます」

すると三人が驚いた顔で私を見て、急いで頭を下げる。私は急に親しみが湧き、お友達になれたと思う。

食事が済むと、私は朱さんの家族が気になりだし、一人で奥の部屋のドアを叩いて、そっと開けて覗くと、そこはお台所でかまどの前に奥さんがしゃがみこみ石炭を入れご飯を作っている最中。突然の闖入者に驚き立ち上がり、私をまじまじと見つめていますが、やがて部屋より主人の朱さんも顔を出す。私は急いでまた、

「おはよう」

と挨拶。朱さんはすぐに昨夜日本よりやってきた瀬戸一家の娘と察知し、何かしら盛んに満洲語で話しながら何回も頭を下げ、二人の幼い娘も出てきました。

ははーん、朱さんは四人家族だな。

このボイラーマンの朱さんがあとでわかるが、実に誠実な人で、我が家は心から信頼し、家族同様私たちもおやつも半分に分けてといった具合。第一、満洲人のお友達がすぐできたことが、私にとっては嬉しくてたまりません。

一通り一階の様子はわかりましたが、二階以上は独身者ばかりで日曜でないと会えません。やがて協会から父が帰宅して、子供たちは揃ってお迎えですが、顔つきがいつもの笑顔がなく、すぐ母に向かって、

「倫子、大変なことが起こっていて、我が家は命拾いしたぞ。全くお観音様のお蔭だ。実は、下関

発釜山行きの客船は途中米潜水艦の発した魚雷が命中、多数の死傷者が出ているそうで、協会では瀬戸一家もきっと遭遇し、犠牲になったと皆さん心配しお葬式の話やら、日本の祖父へ連絡をしなくてはと大変な騒ぎとなっていた時、自分がひょっこり出社したので皆さんが無事だったと手をとり合い涙ぐむ人までいた。本当に危なかった。あの船に乗っていたら五人の子供、いや自分たちもどうなっていたかわからなかった。やれやれ」

母も横で聞いている私もただ驚いて声も出ません。

私たちは期せずして助かりました。本当に奇跡、いやこれこそお観音様のご加護以外には考えようもありません。私たちは以後次々と起こる出来事に遭遇しますが、想像もつかない奇跡により命拾いをします。ふと母を見ると、一人お観音様の前で感謝のお祈りを捧げています。父も子供たちも、つやさんも両手を合わせ、無事であったことを心より感謝します。私たち家族は渡満第一歩からこのような有様です。

二日目から、寮にいらっしゃる人が次々と挨拶にみえるので、そのたびに全員揃ってご挨拶です。何だか、若い独身男性ばかりでつやさんは嬉しそうな顔つきで、見ている私はおかしくて、母に、

「お母さん、つやさんがとても嬉しそうにそわそわしているわ」

母は、

「そうね、つやさんも年頃だから、でも大切な娘さんを親御さんからお預かりしているから」

と少しこの環境が心配らしい。

夕方、父が外で食事をしようと言われるので、家族揃って新京の町へと出かけます。見慣れぬ、生まれて初めて見る異国の風景。行き交う満洲人、そして商店の看板、言葉、何もかも私にとっては驚きとともに興味津々。道幅は広く、きれいに整備され商店にはもう日本では見られないお菓子、衣服など豊富に置いてあります。私たちの住んでいる梅ヶ枝町は日本大使館の近くで八島小学校のそば、地形的にいえばちょうど一番窪地になっているところと父の説明でわかります。

街のにおい

父は先頭に立って、どんどん歩き、私たちは小走りですが、やがて賑やかな人出の多いところに来たあたりから私は周囲のにおいにたまらなくなり、最初は両手で鼻を覆っていましたが、息がつまりそうで、とうとう、

「お父さん、このにおいは一体何なの、新京ってこんなに臭いところなの、私もういやだ。こんなところに住めないわ」

一人で文句を言っています。父は我慢しろと取り合ってくれません。つやさんに、

「ねえ、くさいでしょう、本当にくさいでしょう」

と言うと、つやさんは、

「お嬢さん、大したことはありませんよ、このくらいは」

「つやさんも、やっぱり鼻が悪いんだわ」

後ろで私一人がいつまでも騒いでいるので父は振り返りながら、

「素子、きっとこれはにんにくのにおいだよ。満洲人は元気になると言って生で食べたり料理にと何でも使っている。最初のうちだけだ、すぐに慣れるから我慢しなさい」

にんにくと言われても、私は見たこともない食べ物です。母は、

「素子は本当に神経質な子だから。でも少しはお父さんにおいますね。仕方がありませんよ。少しおとなしくついていらっしゃい」

私は観念し、呼吸をつめながら、ふうふう言って歩き、もう食事なんてどうでもいいと思う。妹たちは、何も言わず父の両手にぶら下がるように歩いている。私は心の中で、どうして私だけが釜山、新京と臭いと感じるのかしらと、上り坂をあとからついていく。すると左側に大きな樹々に覆われるようにして建物がある。父が立ち止まり、

「おい、ここが満鉄病院だ。立派な設備が整っているが、あまりお世話になるなよ」

やっと新京市でとても賑やかな吉野町、日本でいえば銀座かなと父の説明。改めて周囲を見回す。そういえば街灯は鈴蘭の花の可愛い灯りがつき、日本人が食べられる店がずっと続き、異国に来たとは思えません。あまりにも人通りが多いのでお互いに手をつないで歩き、一軒の飯店に入る。予約してあったらしく、すぐに部屋に案内される。父はテーブルについた家族をいかにも満足そうに眺めながら、

「おい、皆どうかな、新京はいいところだろう。とても大きい広い街だから、これからお父さんと方々遊びに行こう。でもまず無事に着いて何よりだった。今夜は食べたいものがあればどんどん注文しなさい」

妹たちが喜んで食べ始めますと、つやさんが横で、

「こぼさないでくださいよ。お洋服汚さないでくださいよ」

と言うと父は、

「いいよ、いいよ。汚したら洗えばいい。つやさんもお腹一杯食べなさい」

母はといえば、このお料理はどんな材料で調理するのかしらと、盛んに料理を一々品定めです。私は幼い時からあまり胃腸が丈夫でないので食べることはそんなに欲がありません。それよりも、街中の臭気で食事どころではありません。父の話によると女学校に通うには電車でということで、この臭気の中、どうやって通学するのかとあれこれ考えると、憂鬱になる。

柳行李の手荷物を部屋の隅に積み上げ、衣類を一つ一つ取り出すので、整理が大変。私たちの机は一般の箪笥等と一緒にあとから着き、それは一時協会の倉庫に預かってもらい、新しい家ができた時に運びだすそうで、とりあえず机は木の箱を見つけてそこで勉強することと父より言われる。気候は真夏というのに、日本と違いからりとして、木陰に入ると涼しく感じられ、むしむしすることもなく過ごしやすい。

父がそろそろ二学期が始まるので、登校の準備だと言い、最初に佐和子と熙子を近くの八島小学

校に連れていき手続きを済ませ、次は私の錦ヶ丘高女入学です。途中編入で当時の校長が、とても難しいことを言われるが、近所に住んでおられる興安病院の院長吉田様のお骨折りで、保証人となってくださったそうで、お二方にご挨拶に行かなくてはいけません。父は当日私に、

「いいか、礼儀正しくしなさい。そしてきちんとお答えするんだよ」

私は緊張します。夜、すっかり暗くなり、戦時中で家々の窓には、黒い二重のカーテンが引かれ、灯りがあまり外に漏れないようにしています。やがて電車から降りると校長先生宅に着き、奥様の出迎えで応接室に通され、しばらく待たされる。和服姿の難しい顔、いかにもやかましいような校長を見て、私は身を固くし、深々とお辞儀をします。父は、二学期よりお世話になります長女です、今後ともよろしくといったようなことを述べています。校長は椅子を指して、

「どうぞごゆっくり」

と言われ、我々は座る。それからが私としては納得できないお話です。とにかく校長はいかに錦ヶ丘高女は優秀な、そして良家の子弟のみ入学できる新京一の女学校だと長々とお話しになる。そして本来ならば当校としては途中編入は認めないが吉田様のたってのお話だったので入学を認めることにしましたと。いかにももったいぶった言い方です。父もそこまでくると、不機嫌な顔になっています。私も腹が立ってきました。八代にいた時は、先生方にもとても可愛がっていただき今日に至っています。私だってプライドがあります。少しむっとした気分でこの校長先生は大嫌いだと……。

父も自慢の娘を、錦ヶ丘高女に致し方なく保証人の吉田様の願いで許可したように言われては面白くありません。父は持参したお土産品等を手渡し、さっさと引き揚げます。外に出た途端、私は父の手にぶら下がりながら、

「あの校長大嫌い、八代に帰りましょうよお父さん」

「まあそう言うなよ。しかし失礼な校長だ。こんないい子をやっと入学させたみたいに」

娘の前で校長を悪く言えませんが、父もやはり面白くありません。何だかんだ言っているうちに興安病院前に着き、ベルを鳴らすと、二階よりトントンと下りる足音が聞こえ、ドアを開けてくださったのは私と同い年の同級生の愛子さんという方です。すぐに応接間に通され、すぐにお父様とお母様が姿を現し、父に、

「瀬戸さんいらっしゃい。待っていましたよ」

父も親しげに挨拶を交わします。吉田様は祖父の教え子だったそうです。紅茶とケーキを頂きながら、同級生となる初対面の愛子さんともすっかり打ち解けて、八代高女のことなどを話し、愛子さんはこれから入学する錦ヶ丘高女について色々と教えてくださる。やがて、愛子さんがピアノを弾いてくださる。ふと父たちの話を聞くと、校長は気難しい人だと言っています。何しろ当時はすでに軍国主義の教育が学校にまで影響し始めています。

街を探険する

二学期が始まり、父に伴われ南新京に位置する錦ヶ丘高女へ。二年六隊、皆様が気持ちよく迎えてくださる。いよいよ私の満洲での第一歩。胸がドキドキすると同時に不安もあります。勉強が始まると同時に満洲語の勉強で一つも皆さんについていけません。いかなる父でも全く満洲語はお手上げの状態で、朱さん、調理師の馬さん相手に勉強ですが、基礎がないので文法も発音記号の意味もわからずじまい。それよりも私の興味は、すっかり外の方に向いてしまいました。教育熱心な両親も手の施しようもなくただ私の行動を見守り、早く目が覚め昔のように学業を頑張るようにと願うばかりです。担任の藤肥先生宛に母はせっせと手紙で現況報告。しかし、不良な方向でないのははっきりしているので、しばらく黙認です。

通学はもちろん電車で、三十分か四十分ほどかかる。途中まで父と一緒です。電車の中は例のにんにくのにおいで息がつまりそうで、マスクをかけ、息をつめて本当に苦痛です。夏の暑い季節にマスクをするのも息がつまり、文句ばかり言っている私に、父も閉口しています。このわがまま娘、少しぐらい我慢いたせといった顔で全く相手にしてもらえませんでしたが、約二カ月ほどでこのにおいにも徐々に慣れて、平気になりました。

我が家の方針で子供たちはお小遣いはもらえずに、必要な品は親がきちんと与えてくれました。お正月のお年玉でさえ、知人が出されても父は我が家は子供には不要なお金は持たせないのでと断り、私は横で恨めしそうに見ていて、お友達のように駄菓子屋さんに一度でも行き自分で買いたいといつも思っていました。それが女学校でのお小遣いの額が割合に多く、また両親も電車通学となったこともあり、今までの方針を緩め、毎月お小遣いを手渡されるようになり、私は堰を切ったようにお小遣いを手にしっかりと握りしめ、日曜日は市街中、一人で探検だと言って自由に電車を乗り継ぎ、異文化に触れそれを確かめます。満洲人が大勢集まって住んでいる通称城内は、戦時下は特に日本人一人では危険だから絶対に行ってはいけないと言われ、父も私にきつく言っていましたが、何しろ梅ヶ枝町と城内はとても近いところにあり、私の足で十分ほどですので、最初は城内の門のところに立ち止まり、こわごわ中を覗く程度であきらめて帰っていましたが、城内の誘惑に負け、ついにある日、入りました。

　何と物凄い人々でしょう。朱色の看板、所狭しと書き並べ、ふかふかの面包《メンパオ》（むしぱん）売りや占い師、路上散髪屋、そして俗に言う小盗児市場《シァオトルスーツァン》（盗品市場）もある。私はこの市場に広げられている片方の靴や、何だか訳のわからない品をしゃがみ込み見ている。

　ハハーン、これが泥棒市場で、大人たちがよく、

「靴を片方盗まれたので行くと、ちゃんと平気でそれが売られていた。とにかく満洲では盗む方より盗まれる方が馬鹿だといった風潮がある。充分気をつけるようにしなさい。満洲に来たての人は必ずやられますよ」

　と言っていたそれです。

どんどん歩くと六馬路五馬路となる。私は恐る恐る一軒の商店の中に入る。急に暗いところに入ったので一瞬何も見えず、立ち止まって見ているうちに商品が見えだした。刺繍のある布靴、満洲服、手製の人形が所狭しと並べてある。それよりも日本の女の子がやにわに一人で入ってきたのに向こうも驚くが、私がニコニコして日本語で、

「こんにちは」

と言うと、

「よく来てくれた」

と歓迎され、私は可愛い人形とお財布を買って、

「また来るから」

すると、相手は女の子一人は危ないからと城門まで見送ってくれます。私は内心、ついに一人で城内に行ったと大満足。帰宅し、すぐに品物を父の前に並べてどこで買ってきたかを自慢げに話すと、父は驚き、

「今後絶対に行ってはいかん」

と、きつく叱られる。それでも三、四回は遊びに行き、珍しい小物を買ってきては机の上に並べ喜ぶ。母はまた素子が何やらいろんなものを買ってきたと見ています。泥人形が可愛くてすっかりそのとりこになり、手当たり次第に求め、最後は置き場がなくなり、床の間の横の違い棚の上にまで並べだします。

また、ある日登校途中、商店が多く並んでいる通りを歩いていると、まだ朝というのに大勢の人が集まっている。よく見ると結婚式の準備中。満洲人のお金持ちは、日本人のお金持ちと桁が違います。これはきっと面白い、帰りは絶対寄り道をして見学しなくてはと思うと学校の勉強にもあまり身が入りません。案の定、下校時は宴もたけなわで、大勢の人が集まり、笛、ドラの音、爆竹の音。私は正面の一番いい場所を見つけ、鞄を抱え、路上に座り込み、やがて花嫁さんが色とりどりに布で飾られた「かご」に担がれてやってきます。一段と音楽の音も高くなり、傍らで聞いていると耳が痛くなるので、両手を耳に当て塞ぐ。やはりどこの国の花嫁も美しい。真紅の満洲服、頭は花で飾り、はにかんだ表情。家の中に入る時はまた一段と大きな爆竹の音。

ふと気づくと周囲の満洲人が日本人の女の子が一人で熱心に見ているのに、興味を持ち、何やら話しかけられる。私は言葉が話せず、いかにもわかっているようにいい加減な応答をしてその場をしのぐ。いつもより遅く帰路につくと、入口でつやさんが心配げに待ち、

「お母さんがとても心配していらっしゃいますよ」

私は、これは大変だ、叱られる前に早く謝らなくては、と大声で、

「ただいま帰りました」

と母の前で両手をつき、素早く、

「お母さん、満洲人の結婚式を見たことないでしょう。私ね、今日見学してきたの。きれいだったわ。真紅の服で、かごに乗って」

身振り手振り、状況の説明をしだすと母は一言、

「心配しましたよ、見学もほどほどにしなさい。もうわかりましたよ。ところで、最近お勉強がとてもおろそかになったようね。今晩あたりお父さんにご相談しなくてはね」

私はすっかり参ります。父に言われたらきっとまた床柱を背に座り、

「素子、お父さんの前に座りなさい」

と言われ、叱られるのは決まっています。母に決してお父さんには言わないでと頼み込みます。

私は次々と目の前に繰り広げられる珍しい風習、風景、満洲人の何ともいえない大らかさに夢中になっています。最初に出会った朱さん（三十代）一家と同じ屋根の下で暮らしたことで、本当に満洲人が好きになり、また常によき人に巡り合うことができました。調理師の主任の馬さんから最初に受けた印象はあまりよくありませんでした。何しろ当時の一部の日本人は無闇やたらと威張りたがる人がいたので、我々もきっとその部類と思い、馬さん（四十代）は身構えて接していたのでしょうが、その誤解もすぐに解けて仲良しとなり、特別な満洲料理を作る時は母に色々と説明してくれ、母も熱心にノートをとり、ついでに私も一緒に作ろうと誘われます。私はこれにには閉口する。私は当時料理には興味がありません。ただ一つ饅頭《マントウ》（蒸した饅頭）を作るのは楽しく、必ず部屋まで来て、

「オジョウサン、来来《ライライ》（いらっしゃい）。マントウつくろう」

と言いに来ます。中の具は満洲式の餡、胡麻を練り上げた黒い餡、お肉と様々ですが、形を作る

のが面白い。見ていると、はさみを片手にチョキチョキと切り込みを入れ、蟹、海老、蝶、金魚と実に上手で、私はこの時ばかりは楽しく、洋服は粉だらけにしながら作る。出来上がりは芸術品で、食べるのがもったいないほどです。

学園生活

学校生活にもすっかり慣れ、錦ヶ丘高女の徽章ともいえる真紅のリボンをきちんと結び、帽子をかぶり、気候が私の体質に合ったのか、両親が驚くほど健康体となりましたが、校風は上下関係が大変に厳しく、上級生が廊下を通る時は下級生はお辞儀をし、通り過ぎるまで待つ。廊下はぬか袋でせっせと磨き、ピカピカ。校長が絶えず全校内を回りながら授業の様子を見ておられます。

英語は私が女学校一年一学期で禁止。つまり敵国語で、例えばポストは郵便受箱のように、一事が万事。音楽の〝ドレミファ〟も〝ハニホ〟に変更で、教わるのはみな軍歌となってしまいました。組も隊と呼び方が変更となり、女学生に対しても〝大和撫子のごとくに〟。私はその言葉を校長の口から聞くたびに撫子の花の姿を思い浮かべ、きっとこの花のように質素ながらすっきりとした心で生きることをおっしゃっているのだと勝手に思っています。教育方針は銃後の守りを命をかけても女で守り抜けということです。昭和五年生まれなんて、ずっと戦争の中で育った子供です。

校舎は暖房設備も整い、別室には各自のロッカーもあり、登校するとすぐに冬はオーバーや運動服その他のものを入れて教室に。何しろ新京では二番目に設立された女学校で、広い運動場は冬はスケート場と変わります。級友の中には馮さんという満洲高級官吏の娘さんや朝鮮人など、つまり率こそ日本人が主体ですが三民族が何のわだかまりもなく仲良く勉強しています。

何はともあれ、一番気になっているのはボイラー炊きの朱さんの奥さんの足です。道行く満洲婦人のほとんどが異様に小さな足で、ヨチヨチ歩いている姿は不思議で、一度どうなっているのか確かめたくてそのチャンスを窺っています。父に聞くとそれは纏足といって、昔は女の子は生まれた時から足を布でしっかりと巻き、それ以上大きくならないようにして、それが一種の美人の要素ともなっているそうです。現代はその風習は少しずつなくなってきているそうですが、田舎の方ではいまだに残っており、それは女があまり外を出歩かないようにと男性が作り上げた勝手な風習ともいえます。見ていると本当に走ることも長い道程を歩くことも不可能です。ある日私はついに朱さんの太太《タイタイ》（奥さん）に、その足がどうなっているか見せて頂戴と頼む。何回も頼むが太太は決して見せてくれません。足を洗う時は誰もいない時間に部屋に鍵をかけ、ぐるぐるに巻いている布をほどいて洗うのです。後日、絶対に他人には見せてはいけない掟のようなものがあったのを知り、本当に困らせて悪いことをしたと謝りました。

太太に娘には纏足はしないのと聞くと、絶対にこんなことはさせない、可哀想だと言いながら、暇さえあれば軒下に椅子を持ち出しおしゃべりをしながら布靴《プーシエ》（布で作る靴）の刺繍を刺しています。とても美しい刺繍、それは靴もあれば服もあり、私も出来上がった靴をもらい喜んではいていいます。靴底は何枚も布板を重ね合わせ、そして丹念に太い糸で縫い合わせます。軽くていいのですが、雨の日は駄目です。

私たちが新京に来て三カ月目のある日、玄関口に笑顔で立っている青年がいます。私は驚いてよく見ると、何とあの川本青年です。父に大声で、

「お兄ちゃんが来てるわよ。大変大変」

母まで出てきて驚いています。

「僕はとうとうやって来ました。こちらで勤務することになりました。なにとぞよろしくお願いします」

そして二階の一室で暮らすことになり、にわかに賑やかで楽しくなりました。

銃後を守る婦人会

満洲といえども戦争の影響は濃く、銃後を守る婦人会、在郷軍人会があり、その指導者は日に日に高圧的に一般人に接し、その命令に違反でもすると大変な目に遭います。例えば防火訓練といって、焼夷弾を消す時も、自分の気に入らない人に何回も何回もやらせます。つまり、むしろをバケツの水に入れ濡らし、それを広げ両手で近くまで持っていき、かぶせ消火する、といった実際には通用しないことをさせるのです。母は、多くの婦人がモンペというスラックスのような着物を縫い直して着始めている中で、どうしてもあんなものは着れませんと言って着物で押し通していますので、嫌でも目をつけられます。父が、人前だけでいいから着なさいと言い、やっと一着しぶしぶ縫

い上げます。

　やがて隣組長より日曜日十時から練習しますから出てくださいと通知があり、いつもお手伝いさんばかり出席させるので、瀬戸さんの奥さんが今度は出てくださいと言われる。私は何だか心配になり、近くの電柱の陰よりそっと顔を出し見ていると、よそのお母さんたちは実にテキパキとこなし、合格ですと褒められています。いよいよ母の出番。むしろを水に濡らすまではよかったのですが、むしろが重くて動かせません。そして模擬の焼夷弾の手前でむしろを自分で踏みつけ、その上にちょこんと座ってしまい、普通でしたら急ぎ立ち上がるのに、母は、

「あらどうしましょう」

と言ったきり動こうともしません。私はその様子を見て本当に恥ずかしくて、逃げるようにして家に帰り、心の中で、

「私のお母さんは、もう二度と訓練には出せない」

と思い、夕方帰宅した父に話すと、父は大笑い。

「ああ、お父さんも見たかった」

私が母の様子を事細かに実演するので、余計に皆が笑いだす。母は、

「素子、もうおやめなさい。二度と出ませんよ。明日からまた、つやさん頼みますね」

　夏は爽やかでわりと過ごしやすく、暑さもあまり苦になりませんでしたが、秋となり冬になり零下三十度ぐらいになると、私はカチカチに凍りついた路上を一歩も前に進めません。立ち止まりひ

と呼吸してもスッテンとすべって転ぶ。学校に行くのさえままならず、父の手にすがるようにして電車の停留所まで辿り着きますが、父が出張した時は、とうとう停留所まで行けず一日休んだり、熊本の暖かいところから来た私は特に寒さがこたえます。靴下を二枚重ねてはき、防寒靴をはいても足指がじんじんと痺れるほど。防寒帽に毛皮のついた手袋、オーバーも厚手で、それでもまつ毛などは凍りつき、つららのようになります。ずっと住んでいる満洲人は少々の寒さは平気で、朱さんは私の格好を見て、おかしそうに、

「オジョーさん、そんなに寒くないよ」

でも私はどんなに厚着しても寒い。

ボイラーマン朱さんの娘

寒い寒い日です。朱さんの次女が時々咳をしているのが廊下まで聞こえます。私はああ風邪だなというくらいに思っていましたが、どんどんと容態が悪くなっている様子。朱さんは民間療法のようなことをしています。当時はとても日本人の医師を呼ぶことはできません。母が女の子の咳が異常だと察知し、すぐに朱さんの部屋へ上がり込み様子を見ています。母の父は医者で自分自身も病弱なので、病気のことはよくわかります。すぐに脈を診て、胸に耳を当て呼吸の音を聴き、これは絶対に肺炎になりかけていると判断したようです。

当時はそんなにいい薬はありません。病院での簡単な扁桃腺の手術の時でさえ麻酔薬が不足し、

時には麻酔なしで手術をしたりしていますし、夜なので、往診など来てもらえません。母は三女熙子が肺炎になり一命を取り留めた時の経験がありますので、すぐに我が家から洗面器、タオルを私に持ってくるように言いつけ、朱さんには寮のボイラーで石炭をどんどん焚くようにと言いつけます。朱さんは一瞬たじろぎ動こうとしません。この一冬分の大切な限られた配給の石炭を許可もなく、まして自分たちのために使用するなど、考えただけでも恐ろしいことだったのです。母は叱りつけています。

「何をぐずぐずしていますか、責任は全部私がとるから、焚きなさい」

私までが横で焚いてと応援です。

朱さんは母と私に言われてやっと焚き始めます。しかし貴重な石炭を我が子のために使うことにためらいがあるようで、時々部屋のスチームの出が悪くなると私はすぐに地下のボイラー室に行き、もっと焚きなさいと言う。やがて寮全体の気温がどんどん上昇し、二階三階の人たちは眠れなくなり、何事かとドカドカ階下に六、七名下りてこられる。すると私たちのところに灯りがつき、何やら気ぜわしく動いているので心配そうに、

「何か起きたのですか」

と聞かれる。母は、女の子の胸に辛子の温湿布をしながら振り向き、

「ああちょうどいいところに来たわ。あなたたちょっとお風呂からお湯を持ってきてください。そしてそのおくどでお湯を沸かしてどんどん湯気を出して」

皆さん母の気迫にすっかり押され気味。でも様子がわかると一致協力、寮中の皆さんが起きだして看病の手伝い。やっと夜が明ける頃、女の子の呼吸が安らかに安定する。母が脈をとりながら、明るい顔で両親に、

「もう大丈夫。心配はいらないからね」

気づくと母親は部屋の隅で長女と抱き合って泣いています。急ぎそばに行き私は、

「もう心配しないで、病気は治ったのよ」

と手真似で一生懸命伝える。母親は涙を流し両手を合わせ母を拝んでいます。私も本当に嬉しかった。

寮の人たちも手を取り合って喜び、夜中というのに食堂に集まり配給のお酒を誰かしら持ちだし乾杯ですが、寮母さんだけは少し不機嫌です。なぜなら石炭の使用等は自分の采配下にあると思っていますので、この一冬どのようにして過ごすか、寒ければ皆さんから文句が出たら困るということです。私もこれは一理あると思い、翌日出張より帰ってこられた父に留守中の出来事を話し、寮母さんが何だか不機嫌なのと言う。父は、

「ホー、お母さんはなかなかやるなあ。よくわかった。石炭の件は心配しなくてもよい。お父さんが協会によく話をする。石炭で文句があればいくらでも外で調達してやる。お母さんは本当にいいことをしてくれた」

協会でも理解してくださり、何事もありませんでしたが、翌日皆寝不足の顔で出社、私は登校で

す。石炭節約でこの冬は寒い思いをしましたが、誰一人として文句を言う人はいません。かえってこのことで寮の人たち、もちろん朱さん一家も親密さが増し、全体の空気が明るく感じられるように思えました。

母はいつもは本当に優しく、笑顔の絶えない心穏やかなおっとりとした人ですが、いざとなると物凄い度胸でどんどんと事を運ぶ凄さに私は圧倒され、皆さんも同じでしたが、母のこの気質はこれからの我が家の運命に大きな影響を与え、危機を見事に乗り越えます。女の子は三日目頃よりやっと明るい笑顔が戻りました。

当時は日本人と満洲人の子供が仲良く遊ぶことなどとても珍しい情景です。私は少しずつわかりかけています。それは一部の満洲人が日本人にあまり好意を持っていないということです。満洲国の成り立ちなど、子供ですから知りません。でも同等の位置に立ってはいないということを、身をもって感じるようになってきましたが、両親は子供たちが穏やかにこの国の人たちと交わり成長するのを望んでいます。

春節

今日は春節、つまり満洲のお正月で旧正月です。城内はいつもより数倍の賑やかさで方々で爆竹の炸裂する音、門戸には朱の紙に〝福〟と書いたり〝発財〟と書いたりしたのを所狭しとべたべたと張る。美しい満洲服を着た婦人、子供たちを城門のところより見ていると、父より厳しく一人で立ち入ることを禁じられていてもついに我慢できず、城内へと入り込む。楽しい、実に楽しい。生まれて初めて見る満洲のお正月。やがて向こうの方から鉦、笛、独特の音律で行列がやってくる。高脚踊りが、音楽に合わせて楽しそうに踊りながらやってくる。着物も帽子も満洲民族衣装で飾り、私はしばし見とれている。日本人の女の子が一人雑踏に紛れ込んで見とれている様子を満洲人の男の子が見つけて、一番見やすい前列にと連れていってもらう。私の見た高脚踊りの人数は約十五、六名だった。竜踊りもある。

私は興奮したまま家に帰り、弟妹、つやさんを集め今見てきた高脚踊りのことを話し、その辺の箱を二個、いかにも歩いているように、紐で足にくくりつけてよろめきながら高脚踊りの真似を始めます。弟妹たちはまたいつものように素子姉さんの独壇場が始まったと、おとなしく見ているが、私のやっていることがあまりにも面白いので、皆でキャアキャア騒ぐ。皆が騒げば騒ぐほど私は止まることを知らない。運悪く父の帰宅、私がまた一人城内に潜り込んだのを知ると、またもや座敷の床柱を背に座り、私は叱られる。私は叱られても叱られてもこの国の不思議さ、面白さ、珍しさに取り憑かれているみたいです。

また、お葬式も三日続けて見学します。日本の悲しみを込めた粛々とした行事とは異なる。富豪の家のお葬式で門の両側に桟敷を作り、向かって右側には楽団、つまり笛や胡弓で悲しいような、また賑やかなような音楽を一日中やっている。左側には二十人ほどの、全く故人に関係のない雇われ女の泣き屋が白い鉢巻き、白服を着てワーワー泣く。そして弔問客が次々とやってくる。三日目、その女性の泣き屋二十人ほどがいかにも悲嘆にくれたように身をよじって前を歩き、その後ろに紙で動物を形どったもの、赤や黄色の色とりどりの馬、牛が続き、棺が続く。最後は門の前で紙で作ったお金を積み上げ焼く。そして紙で型どった動物等も焼き、その炎がなるたけ天高く昇るように祈る。きっとあの世に行ってもお金に困らないようにとの願いだと教えられるが、私は随分と物好きな女学生だと見られたようだ。周囲の満洲人は気楽に私に話しかけ、皆親切で、自分は日本人で相手は満洲人ということは頭の中では消え去っています。

百貨店でショッピング

父は本当に忙しそうです。出張が多く、どうやら全満の至る所にある製紙工場等の技術関係で奔走しています。戦争とともに宣伝工作に紙が大量に必要となり、よく飛行機で牡丹江方面、遠くはチチハル等まで行っています。でも暇を見つけては家族全員揃って新京の三越ともいえる三中井百貨店へ。入るとそこにはエレベーターがあり、マネキンがきれいな洋服を着て並び、熊本の八代から来た私は目を見張るばかりの品々が並んでいる。父は、

「お前たちの好きなものを買ってあげる」

と言われるので、大騒ぎ。店内を回り品定めに大変です。ここにある品物全部が欲しい。駿介は玩具で一番人気のある刀、熙子はお人形、佐和子はなかなか決まらないので皆がうんざりして待っていると、ようやくきれいなガラス細工の小物と決まる。さて私はというと、さっきからマネキン

が着ている美しい紅色のレインコートが欲しくてたまらない。でも何だかとても高価な品らしい。でもあれを着て女学校に通学する自分の姿を想像する。父が、

「おい、素子。お前はいやにおとなしいぞ。珍しいこともあるもんだ。何でもいいから言いなさい」

そしてつやさんにも好きな品を選びなさいと言っています。その一声でつやさんは大喜びで店内を回り始めます。私は父の耳元でそっと、

「あのレインコートが欲しい」

と指差す。

「なーんだ、あのコートか。どら、いくらするのかな」

と値札を見ると想像以上に高価。絹製品です。さすがの母も、

「これは女学生には分不相応な品ですからいけません。別の品を探してちょうだい」

母に言われると父も買うわけにはいきません。とうとう言いくるめられて私は致し方なくビーズをあしらったお財布と決定。各自大切に持ち、食事をして帰路につく。

駿介は早速玩具の刀を振り回し、私たちに切りかかってくるので部屋中大騒ぎ、手のつけようもない。私たちは逃げ回る。何しろ四番目に生まれた弟は縦横無尽、向かうところ敵なし。目茶苦茶で最後は父に助けを求めるが、これまた父まで一緒になってやり始める。女性軍はここまでになったら身を守るためにと押入れに入り、枕を投げたり。寮の人たちが瀬戸さんたちは一体何をやって

いるのかと思われるほど賑やかで、このような状況は日常茶飯事。ただ母だけは溜息交じりで見ています。

後日私はまた父と二人で買い物に行った時、ついにおねだりをしてあのレインコートを買っていただく。父は帰路につきながら、

「お母さんに叱られるぞ。その分そろそろ勉強をしないと困るぞ。わかったな」

私は何回も何回も頷き、絶対に一生懸命お勉強をしますと父に誓う。そしてレインコートの入った大きな箱を抱え、夜空に輝く星を見上げ、鼻歌交じりに、寮の入口まで来ると、父より一足お先に飛び込むようにして部屋のドアを開け、

「お母さん、とうとうお父さんに買っていただきました。万歳、万歳」

母は私の大声に驚き迎えに出てくる。その時は父は私の後ろに立ち、何やら苦笑いの態です。すぐさま妹たちを呼びだし、

「今からお姉さんの玉手箱を開きます。何が出ると思いますか？　当ててごらん。凄いものが出てくるから」

佐和子、熙子は、箱の中を覗き込むようにして待っています。パッと勢いよく開くと例のレインコートがきちんと畳まれて入っています。佐和子が、

「わあ凄い。素子姉さんはとうとう買ってもらったの、そんなのずるい」

母は、

「まあ、あきれた。女学生にはこの品を着るのは早すぎます。もっと大きくなったらいくらでも買ってあげますのに。本当にお父さんは子供たちに甘いから」

何だか母の繰り言を聞くと私も少し喜びが半減した気分となりますが、私は雨の日はその真紅のレインコートを着て、帽子はないので父のレインコートの帽子を知らぬ顔してかぶり、登校します。

当時女学生はほぼ紺色なのに、私は幼い時から母のデザインの洋服ばかり着せられているので、他人の眼なんて一つも気にしません。父はいざ出社しようと思うと帽子がないので、つやさんに探させるが、私がかぶって登校したのがわかると、全くしようのない娘と言いながら出社。父も当時としてはとてもモダンな人でしたが、母はそれよりも数倍もモダンな人です。着物はほとんど自分で模様を描き、それを職人さんに頼み、染め上げる。子供たちの着るものもすべてといっていいほど自分のデザインで縫い上げます。私は小学校の時は一度でもよい、皆と同じ普通の服を着たいと幾度となく思ったこともありました。しかし母は素子は紅色が似合い、佐和子は水色がいいと、大体そのような色合いのものを着せられています。

想像していなかったほどの寒い冬も何とか過ごし、少し春の息吹を感じる四月に、やっと家が出来上がり引越しです。満洲での第一歩をこの梅ヶ枝町の独身寮の一隅で過ごし、母は不便な思いをしたと思いますが、私は本当に楽しかった。お蔭で満洲人とじかに接し、多くの経験、そして社会勉強をしました。引越しを一番悲しんでいるのは朱さん一家。さすがに私たちも別れるのが辛い。

父に朱さん一家を連れて新しいところへ行けないかしらと相談しますが、父はそれは駄目だ。朱さんはこの寮のボイラーマンだから自由にはできないし、すでに新しい家のボイラーマン金さん一家が庭の一隅に住んでいるとのことで、私はガッカリする。

新居完成

当日、朱さんはどうしても新居まで一緒に連れていってくださいと言われる。そして、せっせと手伝い、金さんとも会って何やら私たち一家の今後のことを一生懸命頼んでいました。私は内心、金さんはどんな人かしらと気になっています。門のところに一家四人、やはり小学生ぐらいの女の子が二人います。何だか朱さんと違い少し性格がきつい人のように感じるが、私たちの接し方で変わってくださると思い、女の子の方に笑顔で近づき、握手を求める。相手はすっかり驚き、もじもじして応じようとしてくれません。私は天真爛漫、何のこだわりもありませんが、金さん一家は私たちがどんな家族かわからないので、とても遠慮していますが、やがて手を出してお互いに挨拶ができました。

家の場所はといえば、交通部という大きな建物の横あたりにあり、ほぼ十分で学校に行けます。富錦路の道路沿いにある平屋建て。私は一見して、

「お父さん、私は二階建ての家に住みたい」

と文句を言うと父は、

「よしよし、お前の希望はよくわかったが、今はこの家で我慢しなさい。いずれ二階建てに引っ越してやるから。でもどうだ、この敷地の広さ、素子の大好きな花がどこにでも植えられるぞ。まず第一に日本より連れてきた大切な可愛いクマ（小型柴犬、父の話では日本で三頭といない良犬とのこと）の小屋の位置を決めて、早く作ってやらないといけない」

門から入ると、煉瓦で敷き詰めた少し曲がりをつけた道を歩くと玄関口、両脇は背の低い楡の生垣が連なり、植木もありますが、後ろの方はまだ手つかずの状態で、広々としています。冬になるとそこに水を張りスケート場となります。家の斜め後ろに金さんたちの住む家があり、冬はボイラー焚き、夏は色々と家の雑用を手伝ってくれるそうです。真新しい家には、すでに倉庫より持ち込んだ荷物が所狭しと積み上げられ、協会からお手伝いに来てくださっている方々に両親はお礼を述べて、家具を決めておいたところに手際よく置いてもらっています。玄関口より入ったすぐ横が十畳の応接間で、私は一目見るなりこの部屋が気に入りました。何しろ、南、東とぐるりと半間ほど突き出した窓で囲まれて、日当たりもまた眺めもいい。私の机はこの部屋にと母に頼むと、

「この部屋はお父さんの机を置き、お客様を接待するのだから、あなたたちは向こうのお部屋にしなさい」

仕方ありません。しぶしぶと、言われる奥の八畳間に妹と机を並べて置きます。残りの熙ちゃんはまだ低学年なので母のそばにと、別の部屋に決められる。何しろ子供五人の大人数です。結局お台所は日本から持ってきた山ほどある食器を入れる食器棚等で占められて、地下室の入口だけは床

板を剥いで入るようになっていて、階段を下りてみると広い部屋となっています。十二畳以上の広さで、一体ここに何を入れるのかと聞きますと、寒い冬は野菜がなくなるので、白菜、カボチャ、馬鈴薯と買い溜め貯蔵する所と説明されますが、中はひんやりとしています。この、床板を上げて入る地下室が、敗戦後占領軍がやってきても、一回もばれずに助かることになります。台所の横の六畳はお手伝いのつやさんの部屋兼食事の部屋。お座敷もきちんと床柱つきの八畳間、何やら広いような狭いような感じですが、とにかく庭が広々としています。

周囲は梅ヶ枝町と全く違い日本人住宅街の中、すぐ後ろの方は順天大街で宮帝造営予定地より安民広場に通じる道幅はゆったりとした八十メートルほど、でも長さは一・二キロと短い通りです。その両側には、特徴のある素敵な官公庁の建築が並んでいます。

引越しがひと落ち着きしたある日、私は近所を探検するんだと妹を誘って出かける。五月末、樹木の芽が一斉に吹きだし、春が一度に訪れてきます。初夏ともなると紫色のライラックの花が咲き乱れ、あまりの美しさ、そして整然と築き上げた風景にお伽の国に迷い込んだ錯覚におちいる。梅ヶ枝町のあの雑然とした賑やかさ、日本人、満洲人の入り交じった風景、馬車、洋車、けたたましい爆竹の音、ここが同じ新京市なのかと驚き、妹と人通りのない大街を思い切り大声で、「早春賦」の「春は名のみの風の寒さや……」と歌いながら歩く。気持ちがいい、澄んだ大気を思い切り吸う。

北の方から国務院、治安部、経済部、司法部、そして家のほぼ横には交通部、最後の広場のところにモダンな感じの法院があります。市内には児玉公園（敗戦とともに銅像の児玉大将の首が切り落とされた）と、整備された大同公園、白山公園、牡丹公園。

近くに順天公園がありますが、ここは一番手つかずの自然が多く、父と魚釣りの日曜はお弁当を母に作ってもらい、餌作りは前日父があーでもないこーでもないと種々材料を混ぜ合わせ、私にお団子のように握らせて出来上がり。夜明けに父に起されて出発です。一日中池の端で釣ります。運悪く上級生が後ろを通る時は、麦藁帽子を深々とかぶり、なるべくわからないように身を縮めていると、父はわざと大声で、

「おい素子、魚が引っ張っているぞ。引き上げなさい。おい、錦ヶ丘の上級生が通っているよ」

私はむーっとして父を睨みながら釣竿を上げる。あまり魚が釣れないと、父はさっさと木陰に入り、一眠り。

「素子、あとはよろしく」

帰路は親子楽しく肩を並べて、本当に幸せです。

新居に移ると同時に父の在宅には必ず訪問客があり、その応対に母とつやさんは忙しそうですが、我が家ではどなたがいらっしゃっても家族総出でお出迎え、お見送りが決まりです。父は何しろ忙しそうで、出張ばかりでどこへ行っていらっしゃるのか私たちはわからない時もありますが、仕事は絶対に家に持ち込まない主義で、家族を大切に、努めて時間を作り遊んでくださる。子供たちが寝静まると一人机に向かって何やら外国より取り寄せた難しい原書を開き、技術の勉強。これ

は私が物心ついた時から見られる父の姿で、自然と父の邪魔をしてはいけない時間と子供心にわかっています。娘の私が感心するほどの勉強家なので、常に、

「素子よ、お前は努力をしていないことが一番の欠点だ。お前が努力をすれば、今よりもっと成績がよくなるぞ」

私はこの努力が足らぬの言葉がずっと心の底に残って、それからは努めて物事に対して自分に努力努力と言い聞かせている。親の一言がいかに子供の心に影響を与えているかというい例です。

織田信長の生まれ変わり

家では実に優しい父親ですが、母の話では仕事に関して、特に技術に関しては上司に対しても、一歩も退かない頑固さと激しさがあり、会議中でもしばしば激論となり、つまり敵もいるが味方も多い。特に若い人たちが父を慕い、よく休日には家に遊びに来られると、母は最大のおもてなしで迎える。私はこの激しさと親分的な性格は寅年のせいだと勝手に納得しています。母は、

「お父さんはね、まるで織田信長の生まれ変わりのような人ですよ。今だと思えば即座に、ためらうことなく一刀両断、つまり非常に決断が早く行動も素早い。これが長所でもあり短所でもあるの。普通の人では、ついていけないところもあり、そのことを理解しようとしない人たちに、つい腹を立てて怒ることになる。あと少し後れてこの世に生まれていらっしゃったら本当によかったのに。するとその時はきっと理解されるのに残念です。でも、わかってくださる方は最後まで信頼を

寄せ助けていただけます。ありがたいことです。我が信ずる道をただひたすらに突き進む、世渡り下手な、曲がったことが大嫌いなお父さんですが、心の美しい尊敬できるお父さんですよ」

母がここまで私に話してくださったのは初めてなので、神妙に聞き入る。一番印象的なのは、織田信長似という個所で、私もなるほどと頷き、その表現に感心する。これから続く満洲での生活で、例えば旧馬賊の首領、満洲財界人、特にその建国に心血を注ぐ日満の方々に深く信頼され、また敗戦後多くの苦難の中、凄い行動力と決断、信念を押し通し、命をかけて人々を守り、もちろん家族を守ってくださる日がくるとは想像もしていませんでした。あまり社交上手ではない父に対して、母は実に華やかな社交家、育った環境もありますが、誰とお会いしても堂々たるものです。娘から見ても我が家はこれで均衡が保たれているようなものです。

訪問者たち

日曜日の夕方、玄関のベルの音で私は「ハーイ」と返事をしながらドアを開ける。品格のある満洲服の紳士が秘書を二人伴い、

「お父さんはご在宅ですか」

もちろん日本語で聞かれる。ハイと返事をし、急ぎ父に伝えに行くと父は、

「誰かな、日曜日に家に来るのは」

と言いながら出ていかれる。しばらく何か玄関先でお話中なので、母とお手伝いさんがお茶菓子

の準備をしていますと、父の怒鳴り声で驚き母は急ぎ玄関へ、私も行く。見ると父は玄関先で、「自分を何と思っているのか、自分は金や物で動く人間とでも思っているのか。仕事の話は協会でやってくれ。家にまで来ては困る。とにかくさっさと帰ってくれ。自分を安っぽい人間と思っているのか！」

相当怒っています。私は呆気にとられ、父と相手の顔を見る。満洲人の紳士はすっかり困り果てた顔で、母が現れたのでほっとされた様子です。見ると秘書に当時は手に入りにくいお菓子や果物を一杯に持たせて立ち往生の態。母は、

「まあ失礼致しました。どうぞ応接間の方へ」

父に向かい、

「あなた、玄関先でみっともないですよ。お話は家の中でもゆっくりお聞きになってはいかがですか。それからでも遅くはありませんわ」

私は急ぎドアを開けて、どうぞとご案内しますと、秘書二人に外で待つようにと言っておられます。窓から見ると道路に二台の馬車が止まって待っています。父はしばらくの間、難しい顔で腕組みをし椅子に座っています。何しろこの険悪な空気を何とかしなくてはと、母は私に紅茶、お菓子を運ばせます。私は客人に長女の素子ですとご挨拶し、早々に引き揚げますが、気になります。長い間、何やら話し合いが続いていましたが、やがて父が母を呼んでいます。やっと空気が和やかになったようでひと安心、そして子供一同が呼ばれ、ご挨拶をし、家族総出でおもてなしをします。

あとでわかったことですが、その方は趙さんという方で、仕事を頼みに来たのではなく、家族とお話がしたかったようです。当時、父には仕事の便宜を図ってほしいと日本人はもちろんのこと、満洲人、朝鮮人、ロシア人など様々な人々が贈り物を持って訪ねてきましたが一切受け取りません。趙さんもその中の一人だと父は勘違いをしたようです。

その後趙さんは、戦時下、食料が手に入りにくくなった時に、常に誰ともなく頼んで差し入れてくださいました。趙さんは母に、

「自分はこの瀬戸さんの性格が大変に好きなんです。信頼できる人です。これからも家族のように付き合いたい」

と言われたそうです。

この趙さんは父の話によると、ハルビンの大財閥の一人で、表向きは製紙会社社長ですが、満洲人の本当の国を樹立するために私財を投じ貢献しておられる偉い人で、また、その志を同じにした日本人も数多くおられるとのことです。どうやら私の察するところ、父はこのような考えの人たちに見込まれているようですが、現実は仕事に打ち込んでいます。私たち家族は満洲に来たばかりですが、大陸的な気質を持ち合わせているらしい。趙さんとの最後のお別れは、日本敗戦後となり、そのことはあとで記したく思います。

また、紙の生産関係の仕事に従事していた父の知り合いには、昔遼河地方一帯を勢力範囲とした馬賊の頭目で、部下は数百名以上もいたという人物がいて、父がその製紙会社へ行くと、心より歓

待し、

「瀬戸さん心配しなさんな、あなたには色々お世話になっているし、気心もわかっている。決して危害は加えません」

などと言われ、最初は内心驚くが、父も腹が据わっている方なので、普通に一緒に食事をしたりし、当時手に入らなくなっていた食料品を持ちきれないほど持たされ帰宅。そして母に、

「やれやれ、大変な人物に信用されたものだ。でも、別れの時に小声で悪いことは言いません、日本はこの戦には負けるから、今のうちに日本に帰国した方がいいと言われた」

と……。

父の立場ではどこからともなく、この種のニュースは入り始めていますが、当時の父は、まさか日本が負けるとは思ってもいなかったようです。

「おーい、みんな元気でいるかな？　またやってきたよ」

あの安東の井上のおじ様のお声で私たちは入口に向かって走り、お迎えです。日に焼けた、がっちりとした精悍な顔つき、少し父と共通したところのある大好きなおじ様です。見受けたところ、父より十歳ぐらいは年長です。三カ月に一度は私たちの顔を見なくては落ち着かない様子で、何だかんだと用事を作ってはきて、何することもなく、部屋で寝そべり、一日を過ごしておられる。駿介がおじ様の背にまたがり、盛んに馭者の真似でチョッ（鞭を振れば馬が走る）と言ったり、イイッ（手綱を引けば止まる）と言えば、おじ様は駿介の言いなりに馬になって部屋中を這うようにし

て動く。またそれがいかにも楽しそうで、私たち女の子三人はそれを横目にお土産のロシア飴をせっせと頂く。

このロシア飴はわざわざハルビンまで行き、ロシア人の店で買ってくださった品で、二センチ半ほどの長さで外側は薄いやわらかい白い飴に包まれ、中には種々様々なジャムが一杯入っている。噛むと甘いジャム、特に苺ジャムが美味しい。包装紙には中身のジャムの苺だの、ピーナッツ等が印刷してあるので、各自好物の飴を選ぶ。チーズはロシア製の十八センチほどの丸いもので、外側は美しい紅梅色で中身はクリーム色、普通ではとても購入できない品々ばかりです。子供たちはチーズの匂いが嫌いで、臭い臭いと言って見向きもしない。ただ一人、大喜びの人、それはつやさんです。一人でせっせとナイフで削り頬張っています。母は井上様の背中に乗っている駿介に、

「おやめなさい、おじ様に失礼です。何という子でしょうに。すみません。いたずら盛りで」

と謝ります。

「いや楽しい、実に楽しい、皆いい子だ。可愛い。瀬戸君に相談がある。誰か僕の子供になってもらえないかな」

母は驚いていますが、手前上ただ笑っています。私は心の中で両親は私は長女だから絶対に手放すことはないと自信たっぷり、きっと、佐和子か熙子が行くと決めています。おじ様には子供がいないので淋しくてたまりません。おじ様はわざと私たち三人を座らせ、顔を覗くようにして、

「素ちゃんがいいかな、佐和ちゃんかそれとも熙ちゃんかな」

三人とも、連れていかれるのはいやです。身を硬くし困った顔。おじ様は急に、

「冗談、冗談。心配しなくていいよ。このようにいつも逢えるから、この話はもっと大きくなってからだね」

深い意味も解せぬまま、とりあえず今日は連れていかれないということで大安心。

「おじ様大好き」

と三人がしがみつく。

ある日、両親の話を何気なく聞く。どうやらおじ様に関することらしい。父は母に、

「井上様は安東にある製紙関係の社長だがこれは表向きで、実は真の満洲人のための建国に心血を注ぎ、全くの私心のない立派な方だ。我が家にこのように来ていただけるなど、思いもよらないことで、今後ともよろしく頼む。奥様は安東におられ、やはり将来娘を一人と言っておられるが、まだまだ先のことだし、大切な娘たちだ。簡単には事は運べぬからな」

母も何やら、

「そうですとも」

といった具合に頷いています。私はその時、絶対に両親から離れない、いくら好きなおじ様でも養女の話は別と思い、母にとうとう意を決して意中を聞く。

「ねえ、お母さん、おじ様に子供はあげないでしょう。大丈夫よね」

母は当然といった顔で、

「何を心配していますか。大丈夫ですよ」

やれやれ、安心しましたが、とにかく井上のおじ様は日本の現状、満洲の現状を小声で父に話しておられる。私の頭に手を置き、

「素ちゃん、心の広い人間になりなさい」

私は深く頷く。何ともいえない言葉の深い意味。おじ様の敗戦後のことはあとで話します。

また、なぜ父はこのように深く信頼されるのかしら。きっと父は相手の心を深く揺さぶるような真実味のある立派な人間なんだ。私はその娘だ、長女だ、しっかりしなくてはと思う。私の性格もやはり血筋よりくる意気に燃えやすい性格のようです。幾分父に性格が似ているところがあり、子供の中では一番いたずらをしては父に叱られることが多いのですが、幼少の時よりシェパード犬、柴犬、洋犬と常に二匹以上、多い時は五匹も飼っていた時、父が獣医と同じように注射をしたり手当てをする時の助手は常に私で、犬の訓練にも小学一年生より同行。障害物を飛び越えさせたりするお手伝いです。また私も動物好きなので小鳥、兎、欲しいと言えば熊本まで汽車に乗り買いに行く。

そうかと思えば誠に教育熱心、長女に生まれたばかりに相当厳しい躾で、女学校での中間試験、期末試験が近づくと出張をとりやめて私と向き合い徹夜で勉強指導。私は努力型ではなく、すべて一夜漬け、普段は蝶やトンボ取り、そして市内見物の果ては気に入った品を買い求めるといった具合なので、父の嘆き方は相当なものでした。

努力が足りない私

「努力するということはいかに大切か、素子にはそれが欠けている。しっかりせよ」

最後には机を叩きながら、

「素子よ、よく聞け。お前の勉強は砂上の楼閣のごときものだ」

私も悔しくて負けません。

「お父さん、そんな漢詩はまだ教わっていないので意味がわからないわ」

夜中の大声で眠っておられた母が驚いて起き、覗きにいらっしゃる。そして横に座り、

「ああ、あきれましたよ、この親子には。もっと静かにできないものでしょうか」

夜中の一時頃になると父と私はお腹がすいてきます。折悪く食べるものが何もない。するといつもは何一つ家のことをしない父が、お台所に入り、グリンピースがあるのを見つけ、

「素子よ、皮をむき、豆を取りだしなさい」

父はお米を研ぎだす。そして今から美味しいご飯を炊き上げる、楽しみに待ちなさいと言われるが、薪になかなか火がつかず、上手に燃え上がらない。二人でああだこうだと言いながら、やっとご飯が炊き上がり、父が、

「出来上がったぞ、美味しいご飯が出来上がったぞ。さて、お腹一杯食べてまた勉強だ。素子よ、お茶碗によそいなさい」

私も勉強中の鉢巻を頭よりはずし、お盆にご飯をのせて父の前に差し出し、お互いに顔を見合わせて、何だか夜中に誰も我が家の者の知らない秘密の出来事を父と二人でやったとの楽しい気分で一口食べる。

口に入れて噛むと何だか変です。ボロボロと固くて食べられません。

「お父さん、ご飯が変よ、いつもと違うわ」

父も、

「うん、これはまずい、おい、ほかに何か食べるものがないか台所で探してきなさい」

と言われるので、探すが見当たらない。最後には父と仕方なくこのご飯を食べる。

父は学生時代を思い出したらしい。試験勉強は中止とし、父は明治専門学校時代のことを話しだす。男三人兄弟で、上兄は大阪の大学（この直一伯父さんには引き揚げ後大変にお世話になり深く感謝しています）、父だけが九州へ、下の叔父は京大へ、私が家は姫路にあるので不思議に思い、なぜ一人九州に行ったの？　と聞くと、父は熱っぽく語りだす。第一に総長山川健次郎氏（自分と同名）を心より尊敬し、総長が会津白虎隊出のこと、そして人格、いかに優れた方だったか。そして全寮での生活では、篝火《かがりび》を焚いて、輪になり、裸踊りをしたりこと。何しろ父はスポーツ万能で、乗馬、テニス、短距離、ボート、剣道と、何でもこなした。そして夜中お腹をすかした時に皆で内緒でご飯を炊き、その生炊きのご飯を皆で美味しく食べたこと。私が勉強よりずっと楽しいこの話を熱心に聞くと、父はアルバムをとりだし、過ぎし若き学生時代の写真を次々と指差して説明

してくださる。ふと気づくと、もう外が少し明るくなっている。父は、

「おい、大変だ。一眠りしなくては」

二人ともお布団に入らずそのままバタンと横に倒れるようにして寝入る。食べ残しのご飯も、お釜も、そのまま散らかし放題。

やがてつやさんの大声で目が覚める。

「奥様、大変です。夜中に泥棒が入り、台所の中が目茶目茶に荒らされています」

母や妹たちも驚いて起きだします。父と私は、布団を頭よりすっぽりとかぶり、知らん顔ですが、あとでわかり、大笑いとなりました。母がお釜の中にたくさん残っているご飯を見て父に、

「一言言ってくだされば、私が起きてやりましたのに」

父は私に、

「素子、楽しかったよな、そうだろう。ご飯も美味しかったね」

私も共犯者なので、

「そうよそうよ、美味しかったわ。お父さんのご飯は生れて初めてよ、佐和ちゃんたちも食べてごらん」

佐和子、熙子、駿介がお釜の中のご飯を少し手にとり、口の中に入れるが、ペッペと吐きだして食べられないと……。

私は瀬戸家の長女だ。責任が大きいということを幼少の時より両親、特に父にいやというほど言

われ、教え込まれる。だから教育はもちろん、礼儀は特に厳しい。満洲に来てからは、趙さんや井上様のような偉い人々がしばしばいらっしゃると、必ず私が先頭に立ち弟妹を紹介し、家族全員一緒に食事をともにすることになります。でも、その分最初の子供ということでよく可愛がって、父は片時も手放したくない様子ですし、私も父が大好き。母がよく言っています。子供が五人いる中で、あなたほど一日中お父さんお母さんと言っている人はいないと……。

私はとにかく、一日の出来事を、何もかも報告しないと気がすまない子供で、両親は今私が何を考え、思い、行動しているか手にとるようにわかりますので、兄弟中で一番、叱られたり褒められたりしています。

私は女学校三年生になり、街より離れた日本人の多い郊外地区に住むようになっても、日曜は家の前を通っている電車に乗ってはお小遣いを握りしめながら気に入った品を買いに出かけます。ところがある夜中、私はトイレに行きたくなり、廊下を歩いていると、応接室のドアより灯りが漏れている。あれ、この夜中に電気を消し忘れていると思い、何気なく近づくと、中より両親の話し声が聞こえます。

「素子には全く困りましたよ。いくらお小遣いを与えても足りません。どうしたらいいでしょう」

「一体あの子は何に使っているのか」

「何だか買ってきては部屋中に広げ、いちいち報告をしていますが、きのうは小さい人形、可愛い財布です。それとハンカチ。あの子は一つも経済観念がないようですね。困りました」

「何だ、そんなものを買っているのか。あの子は今お金を使うことが楽しくて仕方がないんだな。しばらく様子を見よう。いずれ飽きる時がくるから心配はいらない」

「本当に女の子でよかったと思いますよ。男の子だったら、将来、屋台骨をも揺るがしかねませんね」

私が欲しいと言えば、両親は黙ってお小遣いを下さる。お金はいつでも欲しければ、早くいえば天から降ってくると思っていました。全く呑気者といえばそれまでですが、私はそっと忍び足でドアより離れ、お便所にも行かずお布団に潜り込み、首だけ出し天井を睨むようにして考えている。両親の話を聞いて、何だか急にものを買う楽しみが馬鹿らしく思えてきました。思い至るのも早い、もうやめたわ、つまらない。何もかも父母は見通した上で私に何食わぬ顔をしてお小遣いを下さっていたのを知ると、つくづく私は馬鹿らしく思えた。そのうちにもう明日から買い物はやめたと決めた途端、眠りについていました。

私が夢中になり満洲での生活を楽しんでいる中で、戦局はどんどん厳しさを増してきていました。父を慕い新京まで来た川本青年にもついに召集令状の赤紙が届き、お別れの日が近づきました。お兄ちゃん行ってらっしゃいと言うものの、内心はお兄ちゃん死なないで、帰ってきてねと大声で叫びたい。そしてとうとう消息不明となりますが、あの独身寮にともに暮らした方々ほとんどが出征され、そのたびにお見送りで胸の中はつぶれそうですが、日の丸を振り、軍歌の〝勝って来るぞと勇ましく……〟と歌っています。そして、

「銃後は私たち女がしっかり守ります。一億総火の玉となり、聖戦を勝ち抜きます。神国日本は決して負けません」

いたいけな、まだ生を受けてたった十四年しか経っていない女の子が、何の抵抗もなく口々に言っています。

二年三学期に入る頃から周囲の情況もどんどんと厳しくなり、私たちも孟家屯にある軍へ奉仕活動で砲弾磨きをさせられたり、例の満鉄病院で看護師の実習をし、扁桃腺の手術に立ち会わされたり、入院患者の検温、脈拍を調べたり、注射の手伝い等々、私は将来母の家の病院を再興させたく、熱心に看護の勉強に励みます。学校での勉強どころではなくなっています。

食糧もあれほど豊富にあったのが、すっかり不足がちとなりましたが、我が家には満洲人からの差し入れがたくさんあり、二重窓（防寒対策で建築物は全部施工されている）は冬は即席の冷蔵庫となり、肉、卵など一杯詰め込まれ、地下室にも、もらい物の食糧が保管されています。やがて、軍人軍属の子弟はどんどんと内地に帰国し始め、級友の父親にも召集令状が届いて、私は父にいつこの令状がくるかと心配する日が続きますが、結局敗戦まで届けられなかったのが、本当に一家にとってこれ以上ないほどの幸せなことでした。

渡満して一年半の楽しい期間は束の間の夢の中の出来事のようなものでした。四年生になると学徒動員令が下り、どのようにして配属が決まったのかはわかりませんが、六隊（六組のことです）ある中で私は中部防衛司令部、お友達は割合と安全な中央銀行とか電信電話局などです。私たちは主に信号教育（赤と白の手旗での信号もあります）、その合間に軍事教練の銃剣術の訓練等で、配属将校より手渡されたのは、薄いアルミ板の六センチ×三センチほどの矩形板で青色の上に黄色の算盤の珠の型をしたのが三個並んだ図柄で、それを制服の上衣に縫いつけます。受け取った私たちは、何の意味を表しているのかわからないので先生に聞いても、確答はありません。そして軍での仕事は親や他人には絶対に言ってはいけないと厳しい命令です。父がこの標識のようなものを見て、私に問い質します。

「素子よ、お前は一体どこに動員されているのか。親にも言えないところなのか」

何回も何回も聞かれるが、私は決して明かさない。父も私の頑固さにはあきれていますが、内心どうも普通のところではなく危険な部署らしいと心配しています。

救急袋を母に縫ってもらい、その中には常に三角巾、包帯、ガーゼ、油紙、傷薬と、私の名前、生年月日、住所、本籍地を書いた紙。そして髪を少し切り、半紙に丁寧に包み入れています。その一部は家の自分の引き出しにも……。つまりいつ死ぬかもわからない時世で、形見として持っていたのです。父母はある日袋の中を見て、何とも表現できぬ淋しそうな顔をしていましたが、銃後の乙女は、前線の兵隊さんに負けないようにと張り切っています。

ソ連侵攻を指令室できく

教育方針も「ペンの代わりに銃を持て。命は鴻毛よりも軽ろし。忠君愛国、天皇陛下の御為に」

となり、また私たちも疑問を持つことなく、ただただ神国日本は勝つと一丸となり突き進んでいます。錦ヶ丘高女は幸いにして新京市内の動員でしたが、ほかの女学校、特に中学生は遠い市外の動員で、親の心配も相当なものがありました。

一学級約五十名、女学生なので勤務は日中で夜勤は兵隊さんと交替ですが、教育期間が三カ月間、主にモールス信号の解読、発信、受信でツーツートツーツーとキーを叩き相手と交信するのですが、なかなか覚えるのが大変です。職場は大型爆弾が投下されても大丈夫といわれている地下室で総参謀室の横にあり、満洲中部地方全域に張り巡らされている通信網の軍の基地とのやり取りをします。狭い個室が、ずらりと並んで、人間が一人やっと座れるほどの広さの中で、椅子に座り、台の上には一台の電話機と通信機、受信機があるだけで、入口には基地の名が書いてあります。そして別に一斉指令室が設置され、それは全部隊へ一斉に命令が下されるようにと、大型の送受信機が据え付けられ、ここは参謀室と直結しています。

どうやら職場にも慣れ始め、やれやれと思っていたやさきの八月九日、ソ連が条約を一方的に破棄し満洲国境に侵入の知らせで、緊張が皆の間を走ります。噂によると北満方面は日ソ不可侵条約を信じきり、主力部隊、もちろん新京駐屯全部隊は次々と南方に移動し、ほとんどの兵士は満足に銃も与えられず、あの神宮での学徒動員の学徒たちも大部分が北満方面に行かされていると聞いていましたので、ソ連侵入をいち早く受信した私たちは、何かしらの不安がありました。

八月十日、突如として一斉に各基地より電話がけたたましく鳴り始めます。内容は、ソ連が怒涛のごとく満洲国へなだれ込んできた知らせです。受信する私たちも軍人も、最初は余裕を持って当たっていたのですが、満洲里、ハイラルはもちろんのこと、綏芬河《スイフンガ》、虎林等、あっという間に音信不通で手もつけられないほどの早さで侵入してきた様子を次々と受信。中には電話の最中に、

「もう駄目です。どうにもなりません」

と絶叫とともに通話が途切れる。

私たちは地名の入った連絡票を持って参謀室に駆け込む。この地下室は騒然となり、何もかもひっくり返ったような有様と化しました。私の受け持ちは当日は一斉指令室です。手渡された指令書を一斉に伝えようにも何カ所もすでに不通の状態となってしまいました。私はわりと冷静に、駄目ならここで死ねばいいんだと思い、目の前を慌しく行き交う将校の姿を見ていますと、一人の将校が来られ、私に、

「何も心配しなくて大丈夫だからね。もう少し頑張ってほしい」

とおっしゃる。私は大きく無言のまま頷き、気を取り直し何とか不通になった部隊に連絡をとるために、その近くの部隊に頼もうと指令を出すが、どこも不通となってしまいました。

本当なら女学生なので四時頃には交替してとっくに帰宅しなくてはいけないのに、気がつくと飲まず食わずで頑張っていました。定時帰宅ができないので、電話のある人は連絡しなさいと言われ、私も母に電話をします。夜八時頃になるとさすがにお腹はすくし疲れが出てきましたら、一人の兵士が地下室に下りてこられ、

「おにぎりを作ってあるので食堂で少し休みなさい。疲れただろうに」

私たちはほっとして十名ずつ交替で地上に出ておにぎりを頬張り、ひと落ち着きし夜空を仰ぎ見る。地下室にいたので地上の出来事は何一つわからなかったのですが、市街は大変なことになっていました。

空中を飛び交う飛行機、すなわちソ連機の爆弾投下ですでに城内方面の夜空は炎で紅く染まっています。また一つまた一つと爆弾投下、人々の叫び声が私たちのいるところまでこだまのように伝わってきます。何しろ中部防衛司令部は西広場の付近に在し、城内までは相当離れています。どうやら宮内府（皇帝の住まいがある新京の東部）を目標に爆弾投下してるらしい。

私たちは一塊となり、

「凄いことになったわ、日本は大丈夫かしら」

と、真紅に染まる夜空を仰ぎながら不安げに話をしていますと、兵隊さんからここにいては危ないから、また地下室に戻るようにと言われ、休憩もそこそこにしてすぐに持ち場に戻り、夜明けまで作業を続けます。

今や地下室内は命令系統も不明確となり、やっと受信しても敗退の知らせばかり。上官を見ると書類を抱え込み「もう駄目だ」と叫んでいます。一体私たちは家に帰れるのかしらと思うと同時に、両親に自分の動員先を明確に告げていなかったことが悔やまれる。もし父が私の部署を知っていたら、どんな危険を冒しても迎えに来てくださる。我が家は南新京近くなので、随分と離れていますが、私はこの緊迫した状況下、昔の出来事を思い出しています。

小学六年生、女学校受験のため、学校に居残り、先生の授業を受けている間に近くの川が溢れて大水となり、身動きできない状態で大騒ぎとなっていた時に、父が腰まで水に浸かりながら、会社の若い人たち十名ほどを連れて皆を迎えに来てくださった時の、嬉しさ。父はテキパキと指示を出し、居残った学童を背中におんぶしたりして各地区の家まで送り届けます。私は最後に父の背におぶさり、家路に辿り着きました。もし私が行方不明になれば両親の嘆きが手にとるようにわかり、いつもわりと気の強い私もさすがに弱気になりかけています。

八月十一日、白々と夜が明ける頃にはソ連の機影もなく、いやに静かな朝を迎えています。上官より、女学生は今のうちに帰宅させるようにと命令が下り、私たちは大急ぎで更衣室に行き、自分の持ち物を肩にかけ、早朝で電車も通っていないので、致し方なく歩こうと決めて級友五人、南新京目指し出発。私たちの足では自宅まで歩いて一時間以上かかります。口々に、

「恐かったわね、どこに爆弾が落ちたのかしら。市内はどうもなってないから、私たちの家は大丈夫よね」

とおしゃべりしながら南新京にある錦ヶ丘高女の横まで辿り着いた時に、後方より飛行機の爆音が近づいているのはわかっていましたが、急に音が小さくなり、別に空襲警報のサイレンも鳴らないので皆はあまり気にもかけず、近道だと言って野原を歩いていた時、背後よりエンジンを切り低空飛行で急に一機現れ、私たちめがけ機銃掃射。逃げる場所も身を隠すところもなく、やっと窪地

にへばりつくようにして息を殺す。すぐ横、一メートルも離れていないところに弾がビシビシと一列に不気味な響きを立てながら大地に突き刺さっていく。私は頭をもたげ、飛行帽をかぶり飛行眼鏡をかけ口元にはうす笑いを浮かべている敵の操縦士の顔をはっきりと見取り、この顔は決して忘れない。必ず仇はとってやると睨みつける。それほど至近距離の銃撃で、よくぞ弾が当たらなかったと思いました。

やがて機首を上に向け空の彼方へと飛び去っていく機影を、私と友達は抱き合いながら、言葉もなくその一点をいつまでもじっと見つめている。大空にはこの一瞬の緊迫した出来事は何も存在しなかったかのように朝の光が、燦々と降り注いでいます。

やっと我に返り助かったことを手を取り合って喜び、敵機が引き返してまたやられては大変と、気を取り直し再び歩き出し富錦路に辿り着く。黄熙街との分岐点で三人の友に別れを告げ、私は古賀英子さんと二人で真っ直ぐに通った道を足早に帰路につく。英子さんの家の前でいつもの通り、

「またあしたね」

と笑顔で別れるが、この日彼女と話したのが永久のお別れとなるとは思ってもいませんでした。

やがて門のところで母が心配顔で私の帰りを待っておられる姿を見つけた時、急に疲れが出てきて母のそばへ駆け寄る。母は私を抱きしめながら、

「無事だったのね」

と繰り返し、敵機襲来でもしや素子がと胸騒ぎして迎えに出ておられたそうです。

私は昨日からの出来事といっても軍の内容にはあまり触れず、忙しかったこと、それよりもさっきの機銃掃射の恐かったことを口早に、朝食をとりながら話し、その後は畳の上にそのままごろりと横になり、深い眠りに入った。何もかも一度に吹き出したかのように五体を疲れが包み込み、死んだように眠る。母が私にお布団の中でおやすみと言っている言葉が何だか遠く彼方より聞こえています。

昼食もとらずに夕方まで眠り込んでいる間に、母は父に電話で私が無事帰宅したことを告げます。父は母の話では、一晩中心当たりに電話、ようやく動員先を突き止め軍に電話をする。軍より女学生は絶対に安全で責任を持って守るとの返事で一安心だったそうです。たった十五歳で体験した二日間は心身共に疲労の極みに至っていましたが、やがて一家に想像もできないほどの苦難の道が待ち構えているとは、いや日本人全体に降りかかるいばらの道が続くとは。

夕方父は息せき切って帰宅。玄関先にて大声で、

「素子は無事か、帰っているな！」

おまえが兄弟たちを守りなさい

私は飛びでて、父に顔を見せると、

「危なかったな。よかったよかった、何よりだった」

そして母に向かって、

「倫子、お前たちはすぐに避難の準備だ。時間がない。とにかく荷物をまとめ、当座の食糧を持って。俺は一緒には行けぬ。倫子、子供たちを頼む。それから素子、お前はお母さんをしっかりと助け、そして兄弟を守りなさい」

思いもかけない父の言葉に返事もできず、呆然と立ちすくんでいる私。ただ事でない父の様子に妹たちも驚いていています。

母はと見ると、落ち着いた様子で、

「やっぱり日本はもう危ないのですね。それでは何を持っていくか準備をしなくては」

父の方がずっと興奮気味です。

「素子、お母さんを手伝って、リュックに入るだけ入れなさい。もう時間がないぞ、わかったな」

私は一方的な父の指示に服従するわけにはいきません。私には日本のために大切な軍での仕事が待っていて、明朝行かなくては、皆さんが困る。それより逃げたと思われ、非国民と言われるのは恥だ。頭の中はいろんな思いが駆け巡り、ついに父に向かって、

「お父さん、私は逃げない。いやだ。私も日本人として最後まで頑張る。お父さんだって逃げないで新京にとどまるんだから、一緒に残る」

父は私の右腕をぐいと握り、ちょっとこっちに来いと、抵抗する私を引きずるように応接室に入り椅子を指し、ここに座ってお父さんの言葉をしっかり聞くんだと半分怒鳴るように言われる。その凄い剣幕には強情な私も黙るより仕方がない。

「素子、今から言うお父さんの言葉をしっかりと聞きなさい。第一に、もうソ連が侵入し、満洲いや新京が戦場となる。女子供は安全なところへすでに避難を始めている。ぐずぐずしている時ではない。特に素子にはしっかりと頼むことがあるのだ。それは病弱なお母さんの片腕となり幼い弟妹をしっかりと守り、地を這ってでも生き延びることだ。これから先何が起きるかわからぬが、いいか、一人でもいい、生きて瀬戸家の血を絶やすな。お前しかいないのだ。この今のお父さんの気持ちを察してくれ。頼むぞ。素子はこのことができる子供なのだ。お前は実に強い子だ。いいか、お母さんをしっかりと支えて生き延びるんだ。お父さんは立場上どうしても一緒には行けない。頼む」

父は私の両手をしっかりと握り、うっすらと涙を浮かべているように見えます。あの豪気な父の、必死の、そしてその願いをいやだとは言える時ではなくなっています。私は胸中、父の言葉を聞きながら、ようし、こうなったら皆より非国民といくら言われようとどうでもいい。父の言われるように、責任を持ち逃げると決心し、

「お父さん、わかったわ。もう何も言わないで私に任せて頂戴。きっと皆を守るから。そして必ずまたお父さんと会えるから」

私は少しおどけて父から握りしめられている両手を振り切るようにして、自分の胸をポンと叩き、ニコッと笑うが、本当は悲愴で顔も引きつっていた。そして今までの思いと決別するようにドアをドンと勢いよく開き、母に、

「お母さん、逃げましょう。一緒に逃げましょう。安心して、私がいるから大丈夫よ」

自分では何が大丈夫かよくわかりません。敗戦したら日本人がどうなるか、殺されるか、そんなことは十五歳の私には何もわかっていませんが、とにかく両親のため、弟妹のためにと責任感で一杯です。母は私の顔を見て、やっと納得したといった顔で、

「では素子、準備をしましょうね」

私は一旦決めると早いものです。押入れから必要と思われる品々を中廊下へボンボン放り出す。気がつくとその品が山ほど積み上がっている。よく見ると石鹸や、娘さんの洋服生地にともらった絹織物の布が幾巻きも、一張羅の私たちの着物、洋服など、いずれも日用品、必要品ではありません。私はその品を見てじっと腕組みし考えています。母はと見ると、子供の着て逃げる洋服の気のつくあらゆるところ、例えば裾上げのところなどへせっせと紙幣を縫い込んでいます。そして、

「素子ちょっと落ち着いて、日用品にしなさい。よく考えて、まだ大丈夫。時間はありますよ」

私は我に返り、落ち着いてと自分に言い聞かせながら準備。ふと気づくと私を説教しておられた父の姿が見当たりません。あれっお父さん、こんな大変な時にどこに行かれたのかしらと、詮索する時間などありません。どうせお父さんは逃げないんだから、もういいわ。やっと何とかまとまりました。母は最後に、そっと父の背広をたたみ、リュックに入れます。

お座敷の床の前に並べますと、大人のリュック三つ、小荷物、水筒、小さい鞄。持てるのは私と三歳下の佐和子。母は末弟がお腹にいますし、覡子を背負います。これでも多いのですが、私が頑

張るよりほかありません。私は弟妹を呼び寄せ、命令口調で「責任持ってね」と一つ一つ割り当てます。

あとで聞いたのですが、母は父が大連に家を建てる計画で知人の満洲人の紹介で広大な土地を購入するために、当時としては相当にまとまったお金を銀行より引き出していました。これが一週間後だったら大損となるところでしたが、運よくそのお金があったので、避難金として大いに助かります。母は落ち着いたもので、別に心を乱すでもなく、万が一の時にお金で助けてもらえるかもしれないと考えています。

お手伝いのつやさんは三カ月前に母が半ば強制的に日本に帰していました。大切な娘さんを親御さんよりお預かりしているのに、もしもの時は大変だからとのことで、本当に母の直感で、このような事態になった時帰国させていてよかったと胸を撫で下ろしています。妹たちは母にお隣の部屋でお休みなさいと言われ、不安げな気持ちでかたまって眠っています。

私は母と徹夜で準備に没頭して、父のことはすっかり忘れている中、朝方やっと帰宅です。私が、

「お父さんは何をしていらしたの」

「今、隣組各家を回り説得し、やっと一緒に避難することにした。お前たちが乗る汽車は満鉄家族のために特別に仕立てたもので、お父さんはある人にこのことを教えられ、無理に頼み込み編入に成功した。一人でも多くの人をここから逃がすのだ。近所の人と力を合わせ頑張ってくれ」

そして並べてある荷物を感慨深く見ておられる。

「おお、素子、よく荷物をまとめたな。よし、これでよし。倫子、本当に大変だがよろしく頼む」

母は、穏やかな顔で「大丈夫です」。父は隣室の襖を開け、もう眠っている弟妹の顔に自分の顔をひっつけるようにし、一人一人の頭をそっと撫でている。その姿を見ていると心の中に本当の悲しみが急激に湧き出てきた。急に父は床柱を背にし、私に向かい朗々と杜甫の「春望」の詩を朗詠し始める。

国破れて　山河在り
城春にして　草木深し
時に感じては　花にも涙を濺《そそ》ぎ
別れを恨んでは鳥にも心を驚かす
烽火三月に連なり
家書萬金に抵《あた》る
白頭掻けば　更に短く
渾《す》べて簪《しん》に勝《た》えざらんと欲す

私は父の国破れて山河在り、城春にして草木深しの節を聞いた途端、そうだ、もし日本が負けても必ず春は訪れる。それまでしっかりするんだと自分に言い聞かせています。父は途中までくると、くるりと私に背を向けて床に向かって続きを朗詠している。気をつけて見ると、父の目には涙がにじんでいる。私には見せまいとする父の仕草を見た途端、父が気の毒で気の毒でたまらなくなり、私まで涙が出てきた。母は何も言わず父を見上げ、覚悟の決まった顔つきです。

我が家のお観音様の掛軸を父は、床の間よりはずし、くるくると巻き上げ白い布に包む。私たち一家の守り観音様です。絶対に何事があろうと手放してはいけない。必ずお守りくださるとの強い信念が両親にはあり、事実これから打ち続くように起こる出来事が不思議と思えるほど、理解のできないほどに私たちはお慈悲の下に命を永らえることとなります。

何よりも家族を大切にし、こよなく愛していた家族と今このようにして離別することなど、父の人生では思いもよらなかったことで、あの時知人に言われた通り早く帰国しておれば、いやそれよりも家族を呼び寄せた悔悟の念が父の寂寞とした、胸中、嵐のように吹き荒れ狂っていたと思います。

でもこれも私たちの運命だったのです。観念し、覚悟を決め生きることです。生き抜くべきです。困難を真正面から逃げることなく受け止めて、堂々と生き抜こうと私は徐々に勇気が出てきました。各自の水筒にもちゃんと湯冷ましの水も入れ、おにぎりも数個、梅干を入れて出来上がった時は、もう十二日出発時間間近となっています。

八月十二日、この一年半足らず住んだ家、幸福の一杯詰まっているこの家を感慨深く隅々まで見て歩く。そして、必ず父のところへ揃って帰宅すると、はっきりと心に誓ってしばしの別れを家に向かって告げます。

避難先は安東との知らせを受け、父は井上のおじ様に家族を何とかお願いしますと電話していま す。そして私たちには、

「大丈夫だからな、心配するな。井上様に充分お願いしてあるので何も心配することはない。素子、お父さんが頼んだことは決して忘れるなよ。頑張ってお母さんを助けてくれ」

私は父の顔を見つめて力強く頷く。

父は私たちを新京駅まで見送ることができません。それは前日十一日に新京在住日本人男子一同に白紙召集令状が配布され、児玉公園に集合との命令が下されていたからです。父と私たちは別々の苦難の道を進む為に、お互いに家の前で無事を祈り合ってのお別れです。父はすでに戦闘帽、腰には私の子供時代の緋色の帯揚げで祖父より頂いた日本刀を腰に縛りつけ、ゲートルを巻き、水筒、おにぎりを持ち、先に出発する家族をじっと見つめています。

隣組で数人の居残り組の人たちに見送られるようにして、女子供ばかり約三十名一行の出発です。私は父の姿を幾度となく振り返り見ながら、大声で、

「大丈夫だから」

と叫ぶ。電車に何とか乗り込み新京駅まで行きます。電車内はもう避難する日本人で一杯です。

私の上衣のポケットには一枚の宝物が入っています。これから進まなくてはいけない道を、絶対に手放すことなくともに歩むことになります。それは常々母に私がお嫁に行く時には絶対に頂戴と小学四年生の時約束した、祖父より送られてきた実に精巧なPTARRANTと記されたヨーロッパ

土産で、女の子を頭に偶然にも私たちと同様に六人姉妹弟が仲良く遊んでいる絹織物（20センチ×16センチ）です。私はいち早く椅子を持ちだし壁より額を下ろし、織物を抜きだして手早く折りたたみポケットに収め、糸でしっかりとポケットの口を縫い閉じたのです。

満洲人も荷車を引いたり馬車に家財を載せ、どんどん城内へと移動し始めています。ボイラー焚きの金さん一家も、私たちと同時に城内へと向かっていきました。

悲劇は刻一刻と近づいていました。この大地に取り残された私たち一般人の前途には、戦勝国であるソ連、中国、朝鮮人からの、言葉では表現できないほどの復讐が待っていました。日本人に対して思う存分の仕打ちが与えられる。婦女はもちろんのこと、乳幼児でも遠慮なく殺され、また、子供たちは人身売買ために連れ去られる。何十万の同胞は無抵抗のまま一雫の露となり消え去る。そこにはジュネーブ条約の「戦時における敵国の管理下にある文民の保護」の片鱗も見出すことはできない。

あの荒涼とした大地に無惨な最期を遂げた同胞の叫びが、いまだに私の胸を締めつけます。私はこれから次々と、人間の持っている恐ろしさ、残虐性を目撃することとなります。

第2章　避難、敗戦――蓮の花のごとく生きよ

避難列車

八月十二日、電車は終点の新京駅に到着。見ると広場はもちろんのこと、駅構内は日本人の避難民でごった返しの状態となっています。私たちはどこのグループと行をともにするか皆目見当もつかないので、一塊となり広場の隅に佇んでいますと、構内の方より一人の男性が走ってこられ、

「瀬戸さん御一行ですね」

「ハイそうです」

母が返事をしますと、

「お待ちしていました。ご主人よりくれぐれも頼むとの連絡があり、先ほどよりお待ちしていました。この人ごみの中、どうしようかと心配でしたが、すぐわかりほっとしました。ご案内しますので皆さん私のあとについてきてください」

私は十五歳としては小柄ですが、重い大人用のリュックを背に、両腕にも一個ずつリュックを持ち、弟妹に大声で、

「お母さんを先頭に、そのあとに続きなさい。素子姉さんは最後に行くから、いいね。はぐれないように手をつないでね」

私は数歩で重い荷物で両腕はじんじんと痺れるようになっていますが、まだ第一歩を踏みだしたばかりです。

案内された構内の一隅にはすでに満鉄家族の多数の人たちが不安げな顔で静かに何列にもなり待機しておられます。私たち一行は全く部外者なのですが父の尽力により快く受け入れてくれて、内心ひと安心です。責任者の男性が五、六人、そして軍人三名同行とのことで、これもまたよかったことで大助かりですが、全責任を持つ人は汗だくで駆け回っておられます。満鉄一行ということで列車も最優先にされ、食料品、特にお金も軍資金とでもいうのでしょうか、いくばくの準備もあり、このことが普通の避難民との大きな差であり、後々にも大きく作用します。

やがて「出発」と合図の笛の音とともに銘々重い荷を持ち、列車へと向かいます。私たちのグループには一客車があてがわれ、まず私が中に入り場所を確保し、何とか乗り込み終了。ほっとする間もなく伝達で、

「とりあえず、安東に避難します」

安東には井上のおじ様がいらっしゃるので、私には心配することはありませんでした。また皆さ

んもこの時点ではそんなに差し迫った危機感もなく、割合とまだゆとりのある気持ちでいます。暑い日差しを受けながらガタンゴトンと列車が出発です。弟妹には、

「お利口さんにじっとしていてね」と言うと、おとなしく頷いています。

少し進行すると、草原の中で一時停車、何やら責任者の男性が走り回っています。一体どうしたのかと少し心配になってきます。しばらくすると、

「安東には行かず通化方面になりました」

「いや、やっぱり安東に行きます」

避難先が二転三転し、さすがの私も不安になり始めますが、最後に安東決定の知らせでほっとします。途中で何回も停車、早く一刻も早く安東に着かないかと心は焦り始めます。

いよいよ目指す安東駅に到着、井上のおじ様にどのように連絡しようかと思案しながら下車の準備に入っていると、またもや伝達で、

「安東は今、非常に危険な状態となり、市民は暴徒化し、我々は下車することは不可能です。しかしどこに行けるかわからないので、皆さんは静かにしていてください。この列車にも暴徒が押し寄せてくるかもしれません。お願いします」

ホームは荷物を背負い子供の手を引きずるようにして逃げ惑っている母親、はぐれた身内を必死で探し求めている絶叫にも近い声々、人々が溢れています。暴徒化した満洲人の物凄い罵声が聞こえ、火の手が方々から上がっている。とてもとてもこの安東で下車などできるはずもなく、身を固

くして命令に従い、客車の中に身を縮めるようにして、あまりの恐ろしさに誰一人声を立てる人もいない。どうやら安全な場所はどこにもない様子。避難民でごった返しの状態です。何しろ日本に一番近い街なので、どっと押し寄せて、街中が人で溢れまたその日本人を狙う暴民が横行し、被害に遭い始めています。これでは私たち女子供がここで下車すれば〝飛んで火に入る夏の虫〟の諺のごとく、ひとたまりもありません。

私は何だか急に井上のおじ様がホームまで来てくださっている予感がして、叱られるのを覚悟で身を乗りだして周囲を見る。少しあきらめた頃、ふと見ると前方の車輌を次々と覗きながら近づいてくる麻の背広を着た男の人に目が留まる。よく見ると井上のおじ様です。私は我を忘れ大声で叫ぶ。

「井上のおじ様、ここにいます」

雑踏の音で打ち消されようとする中、必死で私はおじ様を呼ぶ。おじ様が私の声に気づき、人をかき分けて走ってきてくださる。嬉しい。母も弟妹も立ち上がりおじ様を迎える。地獄で仏のごとく、ただただ嬉しい。おじ様も家族が全員無事なのを確かめると、額の汗を拭きながら、

「無事でよかった」

と何回も繰り返される。私が安東では下車できないことを告げると、

「今、安東市内は大変な状態となり、日本人の生命の保障は何一つない。本当は自分が皆を守るべきだが、自分の命さえ危ない。もし安全な所があればそこへ身を寄せなさい。必ず後日救い出すか

ら。素子ちゃん、しっかりと頑張ってお母さんを助けなさい。生きなさい。頼む。最後まで生き抜きなさい」

そして自分の身に降りかかっている危険を顧みず、両手に食糧を持ってきてくださいました。母はただただ拝領し、感謝の意を表しています。子供たちは黙ってじっとおじ様の姿を見つめています。駿介の頭を撫でながら、

「男の子だ、頑張れ！　再び逢える日まで頑張るんだぞ」

弟は元気よく「ハイ」と答え、佐和子、熙子、規子と順々といとおしむように頭を撫でてくださる。この混乱の中でまたいつ逢えるかわからない別れ、これが井上のおじ様との最後のお別れとなります。おじ様の消息は敗戦後父が安東に出向き突き止めますが、詳細は後記に譲ります。

何時に出発するのか、行き先不定な私たち。おじ様は出発するまで動こうともなさらない。母が、

「どうぞ、暗くならないうちに。私たちは大丈夫です。連絡ができるなら必ず致します」

と申し出ても、おじ様は頭を横に振り、

「自分は大丈夫、心配はいらない」

数時間後やっと行き先は新義州と決まりました。今の北朝鮮です。満洲国より朝鮮に移動です。

私たちはおじ様に必死に手を振り続け、またおじ様もホームに立ち、見えなくなるまで手を振り続けてくださいます。あの夏のカンカン帽と白の麻の背広姿で汗を拭きながら立っていらっしゃった

お姿は終生忘れられない情景です。

鴨緑江を渡り朝鮮へ

おじ様と別れ、また何ともいえない不安の中、本当に心配が増大してきました。頼りにしていたおじ様ともお別れで、今度こそ家族だけの力で何とかしなくてはいけなくなりましたが、先のことを色々と考えても、どうしようもありません。列車に身を任せ、満洲全体、いや日本全体に吹き荒れている渦の中に巻き込まれ始めています。もう個人ではどうしようもない、ただ運を天に任せ、一握りの小さい幸運をお観音様に心の中でただひたすら祈り、おすがりしている母と子たちです。父のことがふと気がかりになります。父も一人新京に残り、私たちの行く先をただひたすらお観音様にお祈りしていらっしゃると直感します。

八月十四日夜、いよいよ鴨緑江を渡り、朝鮮国新義州に到着。もう夜中です。暗がりの中、朝鮮国内も治安がどのようになっているかわからないので、なるべく音を立てずに下車の準備をせよとの伝達で、静かに皆さん待っています。ところが、またもや新義州も中止となり、今度こそ本当に行き先不明の出発となりました。あとで考えると新義州で下車しなかったのが私たちの命を守ることとなりました。後日風の便りで、新義州の日本人は、ほぼ全滅状態、虐殺されたとの消息が入りました。天上に煌々と冴え渡る月光を仰ぎ見ながら、心の中で、

「お月様、お守りください。何とかお守りください」

と祈ります。

夜中二時、小さな駅にゴットンの音とともに停車。一瞬皆の中に緊張が走ります。やがて、

「この定州で下車します。早く準備してください」

で、慌しく下車。するとやけに周囲は静かで、町の様子もポツンポツンと灯りが漏れ見える程度です。何だか田舎の駅に降ろされたと思えるのですが駅名も何も暗くて確かめることもできません。一応、ホームに声も立てず皆静かに立っていますと、やがて数十の提灯をかざしながら人々が近づいてきます。警戒していますと、思いもかけず日本語で、丁寧に、

「ご苦労様でした。お疲れでしょうに、これからご案内しますが、足元が暗いので注意してついてきてください」

提灯に照らされた姿は朝鮮の人でした。私たちは案内されるままに運を天に任せ無言であとからついていきます。でこぼこの田舎道を転ばぬよう気をつけて、辿り着いたのは小高いところにある小学校で、説明によると私たちのために急遽ここに決めて迎えたとのことです。

さすがに母は疲れきった様子です。普段から病弱である上に規子を背負い、五人の子供を父より託されて、その心痛は察するに余りあるものがありますが、母は道中、何一つ叱ることも声を荒げることもなく、我が家族は絶対にお観音様のお守りで生き永らえるとの強い信念で、何事が起きてもびくとも心が揺らぎません。その母の姿を見るたびに、私は心に大きな安堵感が湧き上がり、勇気づけられ、母を助けて生き抜こう、母のそばにいる限り私たちは絶対に安全だと思っていま

す。

私たちは人数により振り分けられて、一つの教室をあてがわれます。私は責任者に、

「あなたたちはここです」

と言われた途端、真っ先に飛び込み、自分たちがこれから何日間過ごすかわからぬ居場所として、一番いい場所、つまり入口より離れた一番後ろの窓側の一画を占拠。すぐに手早く机、椅子を積み上げて空間を作り上げ、廊下で待っている母たちに手招きで、

「ここに決めたので早く入ってきて頂戴」

と言う。そして、荷物を運び込み、一番隅の角に、しっかりと白布に包み持ってきていたお観音様の軸を立てかけ、手を合わせます。私のあまりにも素早い行動に母はあきれると同時に感心しています。一緒に同行した隣組の人たちも慌てて場所を作り始めます。

定州小学校

私は自分たちの場所が決まったので、皆さんのお手伝いで順々に片づけ、そしてほっとひと落ち着きですが、疲れがどっと出てきたのと同時に物凄い空腹感に襲われます。幸いにして我が家は安東で井上のおじ様よりの食料品のお蔭で何とかなりますが、皆さんの手前、堂々と食することもできかねますので一計を案じ、私は大きなリュックを三つ積み上げてその陰に弟妹たちを座らせ、皆に見えないようにして食べさせます。片隅に陣取ったのがよかったのです。何と美味しかったこと

よ。おじ様に感謝しながらも、周囲に気兼ねしながら頂いています。水は校庭の手洗いにありますので、月明かりを頼りに水筒を持って入れてきます。

私は自分でも自分のやっている行動について何で私はこんなに素早くやれるのかしら、いつも長女でわりと人任せに育ち、過ごしていたのに。やはり普段両親が蝶取り、トンボ取りと自由に遊ばせてくださったので、その時に瞬時に判断、行動する大切さが今とても役立っているんだわ。と、十五歳の少女は自分なりに納得していますが、それと同時に八月十一日の夜、父にしっかりと長女としての責任を託され、大きな責任を持った人間として少し成長したと自覚し始めています。

落ち着いて周囲を見回すと、頼りになりそうな者といえば、もちろん軍人三名、大人の男性五、六名の引率者以外は女性独身者十五歳の私たち女学生とまだ動員されていない中学二年生、合計二十名にも満たない。あとは老人、母親、子供たちばかりの三百名ほどの集団です。さすがに全員、ほどなく肩を寄せ合い、死んだように眠り込みます。

明けて八月十五日、夜明けとともに空襲警報が鳴り響き、驚き飛び起きる。急いで弟妹たちに逃げる準備をしてやる。引率の男性が大声で、

「早く校庭に集まってください。山の中に逃げます。早く、早く」

と各教室を声を嗄らし伝え走り回ります。私を見ると、

「女学生、中学生は、ここにとどまり、皆の荷物の見張りを頼みたいので逃げないでください、頼みます」

私は大声で、

「ハイ」

と返事をし、佐和子に、

「煕ちゃんたちをしっかり守り、はぐれないように逃げなさい。素子姉さんはここを守らなくてはいけないから」

佐和子は大きく頷き、いつも姉のやってたことを今度は自分が責任を持ってやるといった顔つきです。母は皆さんが大騒ぎしているのに、別に慌てることもなく座ったままなので、私は驚き、

「お母さんも逃げて頂戴、危ないのよ、早くして頂戴よ」

「素子、そう慌てなくても大丈夫よ。お母さんは逃げません。ここに座っていますよ」

一人教室内に座り込み動こうともしません。母は疲れきっています。逃げる元気も失せていま す。私も母の姿を見て内心、私も逃げずに学校に踏みとどまるのだから、もしもの時はお母さんを背負って逃げればいいと決心し、佐和ちゃんには皆としっかり手をつなぎはぐれないようにしてほしいと、しつこいほど頼み、やがて山の方へ逃げ込む一団を見送ります。

町中を小高い小学校の校庭より眺めていると、割合と静まり返っています。敵機はどこから現れるかと木立の下で大空を仰ぎ見ていると、やがて五分後、爆音とともに敵機数機が編隊を組み近づいてきます。誰かが、

「日本機ではないな、やっぱりアメリカ機か」

「危ないぞ、物陰に隠れろ」

残留組は急ぎ身を隠し、敵機の動向を息を殺し見上げ、どうぞ通り抜けてくれるようにと祈る思いです。低空で物凄い爆音が周囲の山々にこだまし、耳を塞ぐほど響き渡り、どうぞ爆弾を落とさないでと必死で心の中で念じます。

どうやら、この町が目的ではないらしく、何事もなく通り過ぎていき、皆ほっとして一カ所に集まり、安堵の胸を撫で下ろします。一体敵機はどこに行くのだろうと話し合っていると、空襲警報解除の知らせとともに、山の方に逃げた皆さんがぞろぞろと帰ってきて、口々に、

「山まで行かないうちに飛行機が来て、一時はどうなるかと皆、木陰などに身を隠し、空を見上げていたが、やれやれ何事もなくてよかった」

佐和子は、しっかりと弟妹の手を引いて帰ってきました。私は気の小さい佐和子はさぞ大変な思いをしたろうにと、可哀想だったと同情しますが、案外本人は、しっかりしています。皆で教室に帰りますと、母は何事もなかったような顔をして、

「お疲れ様。爆弾が落ちなくてよかったわね」

とちびちゃんたちの頭を撫でていますし、私も本当によかったと思う半面、これから先、何が起きるかわからないと覚悟します。やがて、本部より敵機は新義州が目標で、大変な被害が出ているらしいとの知らせが入ります。

皆、朝食なしで山の方に逃げたりしたので、お腹はすっかりすいています。昨夜当地に着いたば

かりで炊事当番も何も決まっていません。早速、軍人の方がテキパキと指示を出し、やっと一つの集団として動き始めます。一教室から三名から五名手伝ってくれとの話で私もお手伝いとして加わり、大釜で持参していたお米を炊き、そしておにぎりを握る。私は女学校三年生の時に軍でさんざんおにぎりを握ったのでそのことが大変に役に立ちますが、何しろ握っても握ってもまだ数が足りません。両手は火傷寸前、真っ赤になり痛くなってきますが、お腹をすかして方々で泣いている子供の声を聞くと、自分のことなど考える暇もなく、出来上がると次々と教室へ運ぶ。まるでこれも戦争の一つに加えてもよいほどに大変なことです。私は小柄ですが、なぜかこのような緊急事態となると俄然元気者となり張り切って次々と仕事をこなします。

耐えがたきを耐え？

全員、やっとひと落ち着き、これからの運営などの会議を始めようとしたやさきに、今から重大な放送があるので全員校庭に集まり聞いてくださいとのお達しがあり、一体重大な知らせとは何だろうと口々に言いながらぞろぞろと校庭に集まり、暑いので木陰に入ったりしてその時を待っています。ラジオの調子が悪くガーガーと鳴りやまず、横を叩いたりしているうちに急に重大放送の声に続き、忘れもしない玉音放送、天皇陛下の声を聞いた途端全員起立、帽子をかぶっている人は急ぎ脱帽、聞きにくいラジオの声を一言も聞きもらしてはと、咳一つしません。

「耐えがたきを耐え……」

それから先は、とにかく神国日本が負けたという事実だけ理解できました。大人たちは呆然と立ちすくみ、言葉もない。一瞬、何が何だか理解することもできない全く空白の数秒が過ぎる。やがて、誰ともなく、

「これは絶対にデマだ。皆しっかりするんだ。だまされるな、神国日本が敗れるはずはない。絶対に勝つ」

あちらこちらから、

「そうだ、だまされるな。一人になっても戦い抜くぞ」

大騒ぎとなる。息巻く人、肩を落とし涙を流す人、座り込んで動こうともせずにじっと遠くの方を見つめている人、私は一目散に教室に駆け込み、

「お母さん大変、大変、日本が負けたそうよ。何だか天皇陛下が放送しておられた。皆さん大騒ぎ、私たちは一体どうすればいいの」

母は、

「慌てないで静かにお話をしなさい。やっぱり日本は負けましたか」

とわりと冷静にこの重大な放送を受け止めています。

やがて校庭から多くの人が各教室へ帰ってきます。蜂の巣をつついたような騒ぎです。一体私たちはこれからどうなるのか、それは全員共通の不安、そしてそのうちに座して死を待つより戦えということとなり、中学二年生の久保君と伊藤君は身支度をし始めます。ゲートルを巻き帽子をかぶ

り、今にもどこかへ出発するつもりです。母親が横で必死に止めておられる。

「おば様、どうかしたのですか」

「まあ、素子ちゃん聞いてください。この子は今から新京まで歩いてでも帰り、かねて望んでいた幼年学校に入りお国のために戦うんだ、伊藤君（やはり同じ隣組）と二人で出発すると言い張って困っているの、何とかやめるように言って頂戴」

おば様は必死な顔でほとほと困り果てた様子。でも聞いていた私もだんだんと自分も一緒に新京に帰り日本のために戦わなくてはいけない、こんなところでぐずぐずしているわけにはいかないと思いだしたのです。久保君を止めるはずの私までが母に私も一緒に新京に行き戦うと言いだし、自分も身支度に取り掛かり始めます。母はすっかり呆れた顔でしばらく私のやっているのをじっと見守っています。

一応準備完了、久保君、伊藤君は本部に、今から新京に帰ることを報告しに行きます。やがて二人揃って帰ってきて母親に、

「本部の人に止められた。無謀な行動はやめて、ここでしばらく情勢を見てそれからでも遅くない。ここを離れるのは絶対に許さぬと強く諭され、叱られた」

と肩を落としていますが、おば様は急に明るい表情となり、

「それでいいのよ、もうしばらく情勢を見ましょう。それからでもいいじゃないの、素子ちゃんもそうしなさいね」

私も時が経つに従い、少し冷静になり、よく考えると私がいなくなると母や弟妹は誰が見てくれるのでしょう。誰もいませんし、危うく父との堅い約束を破ろうとしていたことに気づき、母に、

「もうやめたわ」

母はやれやれ、やっと自分の今やろうとしている行動がいかに馬鹿げているかに気づいたようだと思ったのでしょう。本当に素子は何を考えつくか、しっかり落ち着きなさいと、言葉では何も言いませんが母の心の中は手にとるように私に伝わって、少し考えの浅かったことが恥ずかしくなってきます。

本部より次々と伝言が入ります。治安悪化、いつ襲われるかわからぬ危険状態、決して勝手な行動をとらぬこと。そして若者は学校の周囲の見張りのために校庭に集まるようにと。
四、五人ずつ集まっては今度のことを話し合っていますが、名案などあるはずもなく、とにかく全員協力し合いこの難関を何とか切り抜けようと決まります。この一団は前にも記したように満鉄の一行で、ほとんどの人が顔見知りですから、わりと話がまとまるのが早いのです。
私は、敗戦で私たち日本人が今後どのような目に遭うか皆目見当もつきません。母に、

「日本が負けて一体私たちはどうなるの、殺されるの」

母は静かないつもと一つも変らぬ口調で、

「素子よ、心配はいりませんよ。何一つ今までと変わりません。やっと新しい自由なよき時代の到来です。元気で病気せずに少なくともこの家族は仲良く明るく過ごしましょうね。特に素子は長

女、頼みますよ。これから先に何事が待ち受けているかわかりませんが、ただ一言、素子は蓮の花のごとく生き抜きなさい。泥の中より何の汚れもなく気品に満ちた美しい花を咲かせているように。このことだけは心に銘じ忘れてはいけません。家族が今こそ一つになり、お父さんに必ず再会できると一生懸命お観音様に皆でお祈りしましょう」

私たちはいつもお祈りをしています。この混乱を極めた中においても毅然とした母の姿に接し、急に心が落ち着きそして安堵感を覚え、母のこの言葉は終生何事にも代えがたい人生の指針となりました。

八月十五日以後

八月十五日を境に私たちは監禁状態に置かれ、周囲を朝鮮人が鉄条網を張り巡らして、水道も止められ、そして状況は一変し積年の恨みすべてが私たちに押し寄せます。夜になると日本人宅を襲撃、火が放たれ、ある者は殺され、その悲鳴が小高いところにある小学校まで聞こえ、夜空は炎で真紅に染まっている。全員声もなくガタガタ歯の根も合わず震えが止まらない。恐ろしい、本当に恐ろしい。小さい物音にも敏感になり、私たちもいつ襲われ殺されるかも知れないと教室にちぢこもり身を固くしています。でも幸いにしてなぜかこの避難場所には暴民は押し寄せる気配がありません。母に言わせると、鉄条網で囲われたことがかえって安全になったと。なるほど、私たちも警護も入口の付近だけ見張ればいいのです。恐怖に包まれた一夜が開け、自分たちに危害が及ばなかったことをお互いに喜び合います。襲撃に遭わなかった一因は、三百名にも近い大きなグループで固まっていたことで、もし少人数のグループだったら完全に襲われていたことが後日わかります。

敗戦と同時に青年団がやってきて、スパナで次々と水道の栓がしめられ、水はどこの蛇口をあけても一滴も出ません。幸いにも私は水筒三個に必ず水を入れていましたので飲み水は当座はしのげますが、食事の準備ができません。朝食昼食なし、各自持っている食品で空腹を満たすほかありません。あの敗戦の玉音放送のある前までは、少なくとも手前上朝鮮人も丁寧に親切に日本人に接してくれてはいましたが、それが全く逆転し、あからさまな憎悪を込め、侮蔑的な言動を浴びせられますが、ただ我慢し、逆らわぬことに徹しなくては命が危ない。さすがに水がなければ全員死と言う道しか残されず、それともここを移動しほかの土地に逃げるかのどちらかの方法しかありません。学校の周囲は手に鍬などを持った人間がウロウロし始め、中の様子を窺っている。いつ襲われるかわかりません。

本部の人たちは会議を開いています。私は窓際より中を覗いて成り行きを見ている。長時間にも及ぶ会議の結果、どうやら所持金の一部を提供し話し合うことに決定。でも朝鮮人の誰と話し合えばいいのでしょう……。朝鮮人の中にも物凄い反日家もいれば、理性のある人もいます。

やがて三人の朝鮮人が小学校を訪れ、この小学校長も中に入り色々と話し合いが続いています。どうやら校長は、水を止めることについては反対のようですが、何しろ青年たちが強硬な意見です。全員固唾を呑んで会議の成り行きを見守っていると、やがて校長がスパナを持って水道のところへ行き栓を緩める。

蛇口より勢いよく水が出ます。皆飛び出してきて、口を蛇口に押しつけ水を飲む。全員我を忘れたかのようにただひたすら水を飲む。助かりました。日本人のこの様子を、校長は片手にスパナを持ったままじっと見入っています。そしてぽつりと、

「日本が戦に負けたからといって皆さんに水も与えないことは非常に恥ずかしい行いです。もう心配しないでください」

しかし、開水の件については、相当のお金を払ったそうです。私も思う存分水を飲むと、すぐに調理室に行き食事の準備の手伝いです。

行動をともにしていた軍人三名も敗戦とともに私服となり、そして最後まで私たちを守ってくださいます。毎日毎日空腹との闘い、持参した食糧も底をつき始め、一日一個の小さいおにぎりだけとなりました。その代わりに鉄条網越しに物売りがやってくるようになり、それが日を追って多くなってきました。朝鮮の人も生きるためには日本人相手でも商売しなくてはいけません。

避難民生活の知恵

籠の中には蒸したトウモロコシ、朝鮮餅など。日本人に食糧を売ってはいけないと厳しい通達があったらしく、物売りも隠れるようにしてやってきます。最初は言われるままの値段で求めていましたが、こちらも値切るようになり、方々で値段の交渉をし、身を乗り出しながら鉄条網越しに買

っています。が、だんだんと手持ち金がなくなります。あまりにも急な避難で銀行に行く時間もなく、着の身着のまま、子供たちは空腹であちこちで泣き、親を困らせています。我が家は前記のように手元にわりと大金を置いていたので助かりますが、皆の前で買えません。でも、このままでは弟妹たちは栄養失調となり、病気にでもなればそのまま死に至ります。私は教室の節穴だらけの天井をじっと見つめながら考え、早速行動開始です。

母より人目につかぬようにお金をもらい、お便所に行くようにして校庭へそして周囲にも誰もいないのを見届けると、まるで斥候のように校舎の裏側へ回り込み、張り巡らした鉄条網の一カ所をこじ開け、怪我をせぬように気をつけながら外へ這い出す。外側には一人二人と籠を抱え売る機会を待っている。お互いに目が合うと急ぎ手招き、そして朝鮮餅だの、トウモロコシを値切りながら手に入れる。何回もこのようなことをしていると顔馴染みもできます。目につかぬように私は買ったものを洋服の中に入れ、また鉄条網をくぐり学校内に帰り、草むらの中に一時隠し、なにくわぬ顔をし教室に戻り、とりあえず弟妹二人、校庭で遊ぶようにして連れだし、木の茂みに潜りこみ食べさせる。その間私は誰か来ないかと確かめながら弟妹に、

「ゆっくりおあがりよ。素子姉さんが見張っているので心配いらないわよ」

と言う。二人が食べ終わると次の二人とかわるがわる連れだす。最後は私と母の分を洋服の中に隠し持ち教室内へ、そして夜もすっかり暗くなると誰にも悟られぬようにして食べる。でも我が家は幸せです。どのような方法にせよ何とか飢えをしのぐことができています。このような事態に及

んでいても、私には少しも悲愴感はありませんでした。

それにどんどんと食糧の逼迫とともに人々の心も荒んできて、少しのことであちらこちらで言い争いが始まり、遂に私たち一団に向かって、この人たちまで食べさせ、面倒を見ることはない、何も提供せず我々のものを平気で食べているといった具合で、最後は私たちの方へ向かってくる人も。私はこのような話になるのを一番恐れていましたので、いつも自発的に雑事は進んでやっていいます。本部の人たちは私をとても可愛がってくださり、よく手伝ってくれると喜んでくださるが、このことがまた面白くない人もいたのです。

ここまでくると人の口など気にかけていては何もできません。母といえば当地に着いた時から一切口出しをません。黙って教室の隅に座り、行事も話し合いもすべて私が代理、口さがない連中は一切無視、悠々たるものです。最後は私一人があちらにもこちらにも気を使い通し、でもよく考えますと母のとった行動は正しかったのです。やはり子供の私が使い走りでも何でも少なくとも一生懸命にやっている方が、ずっとこの大変な期間を無事通り抜けることができたのです。一週間、二週間と飢えと危険の中に晒され、時だけがどんどんと過ぎていき、私たちには何の光明、道をも見出すことがありません。

二週間が過ぎた。もうあたりが暗く静かになりかけた時、ぼろぼろの姿で青ざめた顔、髪はぼさぼさの日本人が五、六十人、まるで転がり込むようにして入ってこられた。驚いて私は廊下に飛びでる。何とその一団の中に錦ヶ丘高女同級生の青木さんの姿を見つける。私は我を忘れて、

「青木さん、青木さん」

と呼ぶ。青木さんは私の声で少し微笑まれるが、言葉を発する気力すらない様子です。すぐに本部のある教室へ案内する。話によると、私たちよりもっと奥の方へ避難したが、日夜暴民に襲われ、ものは盗られ、生命も危なくなり、定州の小学校に日本人一団がいるのを知り、やっとの思いで辿り着いたとのことです。受け入れる私たちも大変、部屋の中は人で溢れ、私や母はほとんど座ったまま眠っていますが、一番救われたのは幼い弟妹がとてもおとなしく、お腹がすいてもじっと我慢をし、一度も困らせたことがないことです。三週間目に入る頃より、現状を何とか打破し、どう動くか決めなくてはと連日連夜、役員集合で話し合いが始まります。

満洲、朝鮮に残留していた日本人は、自分たちの力で守る以外、危害こそ加えられるが誰も助ける人は稀有に等しい存在で、自国民を守る力をなくした国家、民族がいかに哀れな末路を辿るか、これからいやというほど体験します。三週間目に入る頃から病人が出始めますが医者がいません。時間に合わせの薬を飲み一時しのぎ、私たちの隣組でも三歳の坊やの容態が思わしくなく、一日中力のない声で泣いています。そばにいても胸が締めつけられるようでたまりません。私もだっこしたり、看病の手伝い。夜ともなると周囲の気短い人が〝うるさい〟と怒鳴りだすので、抱きかかえて校庭のベンチに座り、月を仰ぎながら、何とか坊やを助けてくださいと母親とともに祈ります。顔色がだんだんと土色に変わり始めています。

今のところ我が家族は不思議と思えるほどの健康体、普段は一番に病人の出る家族ですが、母をはじめ何事もありません。しかしいつまでもこのようなところに滞在していても何一つ光明も見出せず、かえって生命の危険度が高まり、全員共倒れとなってしまいます。食料もなくなりましたが、まだ少しの軍資金ともいえるお金が残っています。動くなら全員元気なうちに移動した方がいい。

南下組と新京へ帰る組

ついに本部より結論が発表されました。つまり、このまま朝鮮を南下し、日本に帰国する組と、再び新京に戻る組とに分かれることになりました。ここにぐずぐずといても餓死を待つのみです。大人たちはどちらに決めるかと、寄ると触るとこの話ばかりで、決めかねている様子。母は皆さんと相談するでもなくその話し合いに入るでもなく、黙って見ていますので心配になり、私がどちらに決めたのと問うと、

「このような時、家族は決してバラバラになってはいけません。死ぬ時は家族一緒、お父さんは今どんな気持ちで皆を待っていらっしゃるでしょう。それに満洲には知人も多く、きっと何とかなります。迷うことは何もありません。新京へ帰りましょう」

一緒に避難した人たちも相当に迷われていらっしゃったが、母の意向を知ると新京に帰ることを決意し、本部に申し出てくださる。決まったらすぐに準備です。

いよいよ出発まであと一日と迫った日、私は一人暑い日差しの中、校門のところに咲く真紅のカ

ンナの花を眺め、そして向こうに広がっている町の家々を感慨深く見渡す。考えるとこの町に夜中の二時に着き、そのまま小学校へ入り監禁状態。定州の町ということは人伝に聞いたが、この町がどのようなところか、新義州からどれほど離れているのかさえ何も知らない。そして飢えと恐怖の日々を二十五日間ほども過ごしています。いい思い出は一欠けらもない、そして残されたのは朝鮮人に対してのある種の憎悪、心の中では葛藤が続いています。仲良しの朝鮮の友の顔が大きく私に迫ってきます。

「もとちゃん、それは違うわよ」

「何が違うのよ、今現在こんな目に私は遭っているのよ。私は一つも朝鮮の人に悪意も敵意も持ったこともなく、とても仲良く過ごしていたのに、一体私がどんな悪いことをしたというの。考えて頂戴よ」

　空を仰ぎ心の中で無言の応答が続きます。一部の日本人の大人たちが朝鮮、満洲をどのように支配したか、子供の私たちは知りません。現在に至るまでの過程ではきっと過激なことをやった人間もいたでしょうが、損得抜きの人間として立派な行動をした数多くの日本人は絶対にいたはずですし、現に父の周囲にもこのような人が数多くいらっしゃった。でも今は何を言おうとあだとなります。何も言わず無言に徹することが一番だと気づきます。

差し入れ

母のように〝黙って動かず〟、一人物思いに耽り、ふと校門の左側の道路に目をやると、野菜を一杯に積んだ荷車が近づいてきます。ああ、どこかに野菜を売りに行っていると思い見ていると、やがて私の前で止まり、見ると満洲人です。私に、

「あなたは満洲から逃げてきた日本人か」

身振り手振りでの応答です。私がそうだと返事をすると、

「責任者はどこにいるのか、会いたい」

「請您等一会儿《チンニンドンイーホイル》（ちょっと待っててね）」

私は小走りで本部の教室に駆け込み伝える。皆さんは今頃何事だ、満洲人が押しかけてきたのではと緊張しながら四、五名の人が馳せつけます。農民をよく見ると白い上衣は肩のあたりが破れ、ボロボロで、奥さんらしき人も泥にまみれ、土色に染まった手拭いで汗を拭き、待っています。暴民でないことがわかりひと安心。

「私たちに何か用ですか」

相手は、笑顔で、

「自分と同じ満洲にいた人たちが今、食糧もなく苦しんでいることを知り、とても心が痛みます。じっとしていられなくてとりあえず自分の作った野菜を積めるだけ積み、運んできました。どうか

腹の足しにしてほしい」

居合わせた者たちは思いもかけない厚意にただただ感謝し頭を下げるばかり。

「謝謝《シエシエ》（ありがとう）」

を繰り返し、涙を浮かべお礼を言うだけです。何か返礼と思っても、手持ちの品は何もありません。胸中を察したかのように、

「何もいらない、何も心配いらない。これは同じ人間として当然のことをしただけだ。どうか元気に日本に帰国してください。早く野菜を下ろしてください。見られたら危ないから」

そして、夫妻は何事もなかったように、ごく普通のことをしたまでといった淡々とした姿で、炎天下の坂道を振り返り振り返り、

「再見《ツァイチエン》、再見（さようなら）」

と手を振り、遠ざかっていくその姿を、全員手を合わせ拝んでいます。まるで映画の中の物語を実際に体験しているかのような感覚にとらわれています。

荷車の野菜を日本人に運んだことがわかった途端、この満洲人も身の安全はないのです。私はお観音様が化身し農民となり救いに来てくださったと思い、深い感謝の祈りです。一同、言葉もなく天の恵みの野菜を見つめていると、やがて誰ともなく、

「さあ、思いもかけないこの野菜で最後の晩餐会を開きましょう。皆さん一緒に手伝ってください」

悲愴感に包まれていた中に、パッと光が射し込み、急に全員元気が出てきて、多くの人が参加し、大鍋に白菜、人参、カボチャ、もらった野菜を全員が調理して塩味のお汁を作ります。賑やかな久し振りの笑い声が響きます。すると今度は、翌日の新京組出発を聞きつけ、朝鮮の人が数人隠れるようにして肩に米袋を担ぎ訪ねてこられる。口々に、

「どうか無事に新京に辿り着き、お父さん、ご主人と会えますように頑張ってください。自分たちにできることはこのくらいですが」

あまりの申し出に夢かとばかり、お礼の言葉を何度も繰り返し述べます。

〝人の情けが骨身に沁みる〟。全くその通りです。お互いの中で少しずつ感情のいがみ合いが始まり気持ちがバラバラになりかけていた時です。急に全員心を一つにして食事の準備。おにぎりもどんどん出来上がり、校庭に机を持ちだし各教室に知らせに走る。子供たちは久し振りに見る食事に大はしゃぎです。鉄条網の向こうでは大勢の朝鮮人が集まり見ていますが、別に危害を加えることもありません。本部役員が、

「皆さん、明日はいよいよ二手に分かれて出発します。考えると二十五日間を過ぎる苦しい生活の中よくぞ耐え抜いてくださいました。でも、明日からはまた新しい苦難が待っていると思いますが、どうぞくじけずに再び日本で再会することを全員ここで誓い合いましょう。今日は皆さんも知っての通り、朝鮮、満洲の人々から思いもよらない善意にあずかり、このように何日かぶりに食事をすることができました。感謝するとともに明日への力として楽しく食しましょう。今から乾杯を

します」

全員役員の言葉一言一句、心に噛み締めるように聞き入り、どこで手に入れたか日本酒一本を全員一滴ずつ手につけて舐める。

ここでの最後の豪華な宴も終わり、眠りにつきますが、私と母は相変わらず横になる場所もなく、座ったままリュックに寄りかかり、よくぞこの苦しい期間、誰も病気をしなかったとお観音様に感謝し、必ず新京に辿り着き、父に再会できるよう祈り続けます。私は密かに朝鮮人の物売りより餅だの煎餅などを手に入れ、弟妹たちの持つ小さい鞄の中に入れます。

明けて当日、南下組の人たちの見送りで再会を約し、約半数の人員が出発。私は新京出発時と全く同じ服装で背には大きなリュック、両手にも同じく大きいリュックを持ち、弟妹たちにもそれぞれ責任を持ちなさいと言いながら荷物を振り分け、特に長男の駿介には男の子だからお観音様は絶対に手から離しては駄目だと念を押すと、本人もわかったと軸を抱きしめています。食糧不足の中、体力も相当落ちていますがこれが最後の勤めとばかり、私は力を振り絞るようにして、歩きにくい田舎道を一歩一歩踏みしめるようにして進む。進みながらも弟妹たちが迷子にならぬようにと気を配る。

駅前の広場

やっとの思いで駅に辿り着いた途端、想像もしていなかった光景が繰り広げられていました。私は一瞬たじろぎ、咄嗟の判断がつきません。駅前の広場では私たちより学校を先に出発した人々があちらこちらで荷物をひっくり返され、強引に奪いとられ、泣き叫ぶ人々が。着ている洋服まで剥ぎ取られ、足で踏みつけられ、抵抗すれば殴られ、朝鮮人の思う存分の暴力に対して、日本人は誰一人として抵抗できない有様です。

とにかく八列ほどの列の中に入り、早く荷物を広げろと、居丈高に私に怒鳴りつけるので、私はむっとして睨みつけるようにして動かずに立っていると、母が、

「素子、どこでもいいから並んで順番のくるのを待ちましょう。反抗してもどうにもなりません。まあ、何とかなるでしょう」

「何とかならないわよお母さん。何よ、きのうまで俺は男だといわんばかりに偉そうにしていた男たちが今は小さくなり、泣き顔で何一つ文句も言えない。あのように赤ちゃんまで丸裸にされているのに、少しぐらい言ってもいいでしょうに、全く」

むらむらと腹が立つ。私は朝鮮人の行動は無論のこと、もっと憤りを感じるのは日本人の大人たちです。まるで無気力なこの中には、少なくとも日本統治下時代は上層部で多くの部下を従えていた人もいるはずです。何とか今のこの現状を収めるために、一つ肝を据えて交渉する人間はいないのかしら。まるで自分だけがここを無事に通過できればいいと思っているかのようだ。

一人で怒っているが、子供の私ではどうにもなりません。仕方なく母の言う通り三列目の後ろにつき、肩からリュックを下ろし、順番を待ちながら、弟妹たちに、

「心配はいらないからね。じっとしときなさいよ。絶対にお姉さんから離れては駄目、大丈夫、殺されたりはしないから」

無言で弟妹は頷き、声一つ立てず一塊となり大きな瞳でこの様子を怯えた眼差しで見つめています。私も落ち着き、じっと周囲を見回すと、我々は十六番目ぐらいのところに並んでおり、まだまだ検査までには少し時間があります。冷静になり見ると、腕章には青年団と記してあり、若者たちがその名の下に暴れ回っているといってもいいほどです。

突然バサッと目の前に何か飛んできた。何だと驚き見ると、荷物の中から次々と引きだし、茶筒を見つけ、

「この中は何だ」

「これは別に悪いものではありません。ただのお茶っぱです」

と女の人はそれをとられまいと抱きかかえています。

「本当か、嘘をつけば承知せんぞ。確かめてやる」

怒鳴り声とともにその茶筒を投げつける。蓋ははずれ、中から茶葉がバラバラに撒き散る。私は心の中で、たかだか茶葉なら、あの人も黙ってやりたいようにさせればいいのに。一つ一つ弁明し、荷物を取り上げられないようにしているからかえって事が大きくなる。

没収した品々は事務所の天井まで届いて、入りきらずに外にまで積み上げてあります。我が家の荷物も絶対に没収されるが、まあいいか。命があればお父さんと会えるからと、荷物没収にはやは

り子供ですからあまり未練はありません。急に悲痛な叫び声、泣き声が列の前から聞こえる。驚いて見に行くと、避難中に生まれた可愛い赤ちゃんの産着を、それも若いお母さんがやっと持ってきたたった一枚の着物を剥ぎ取っています。青年の足元にとりすがり、若き母は懇願しています。「自分のものは全部あげます。お願いです、助けてください。この子は死にます。助けてくださ い」

「うるさい」

怒鳴られた上、足蹴にされ泥だらけとなり、手足はすりむけ血がにじんで、赤ちゃんは真っ赤な顔でオギャアオギャアとか細い泣き声。私は目を覆いたくなる。その叫び声が心臓奥深くまで突き刺さる。敗戦国民とはこんなものか。情けも何もなくなり、ただ今までの復讐に燃えたぎっている凄い形相の青年の目をじっと見つめ、私は散乱した品々を黙々と集めてあげる。この女の人はさぞ心細い思いをしていらっしゃる、私には母がそばにおられる幸を噛みしめています。そして負けてなるものか、負けたりしないぞと心の中で決心する。

飛びだしたまま、なかなか帰ってこない私を母は心配顔で待っています。母に朝鮮人のひどい仕打ちを口早に話し、

「あの青年は鬼よ、今にやってくるわ」

母は、急に、

「素子、列を変えましょう。あちらへ行きましょう」

さっさと手荷物を持ち、歩きだします。慌てて、

「お母さん、どうしたの。ちょっと待ってよ。荷物が重くて簡単には動けないわ。佐和ちゃん、早くお母さんの後ろに続き皆の手を離さず移動するのよ。お姉さんもあとに続くから」

同じ列の人たちがなぜ急に私たちが列を変えるのか不思議に思い、

「どうしたのですか、何かあったのですか」

「母があっちに行こうと言うので」

青年団長

母は自分勝手に新しい列を作り立っていますと、あとから来た人たちが次々と続き、一つの長い列が出来上がりました。しかし、新しい列ができたのを青年団員は気づきません。母は早く検査しなさいとばかりに、自分からリュックを開き、中身を手際よく地上に並べ始めます。私はすっかり驚き、

「お母さん何をなさるの、待ってよ。広げるのを待ってよ」

「いいのよ、どうせ取り上げられるのだから。出していれば早くて済みますよ」

そう言われればそうですが、見渡す限り自分から広げる人は一人もいません。でも母がするのなら従わなくてはいけないので、私も最初に普段着の入ったリュックを開き、ゆっくりと並べます。最後の一つだけは開くのを少し躊躇気味、しばし考えていますが、やはり逃れることもできないの

で観念して開き、品物をとりだす。中は野宿の時、もしもの時換金できる品と思い、父の極上のテンの毛皮のコート、銀狐の襟巻き、リスの和服用のコートがぎゅうぎゅう詰めで入っており、避難地ではこのリュックは一度も開けてない代物です。

私が最初から気づいていた。立派な品格のある青年団の一員が事務所の前で何もせず腕組みをして駅前で繰り広げられている光景を見ています。私はきっとあの人は総大将で指揮者だと思い込んでいます。私は品物を並べながらふと前方を見ると、その人物が私たちのほうへつかつかと真っ直ぐにやってきます。心の中で、

「ああ、神様、お観音様、全部没収です。もう駄目です」

その人は母の前でピタリと止まり、そして子供たちをじっと見ます。団長の印を胸につけており、その目は澄んだ、優しい眼差しですが、今の私にはそんな人の善意を求めよう等の余裕もなく、なるようになれと捨て鉢の心理状態。物事すべてあきらめが肝心です。

母は少しも怖じ気づくことなく、

「どうぞ検閲してくださいませ」

と丁寧に挨拶。すると相手は小声で、

「お見受けすると、お子さんがたくさんでこれからが大変ですね。どうか無事に新京まで帰られることを祈っています。今このような状態ですが理解してください。さあ早くこの品物をリュックの中に入れてください。ほかの人間に見られたら大変です。それからこの掛軸は何ですか」

「はい、お観音様の掛軸です」

「ああ、お観音様ですか。大切なものです。絶対になくさないようにして、それから私があの列車までついていきますから安心してください」

我が耳を疑いました。私に向かって、

「これからが大変だと思うけれど、お母さんを助けてあげなさい。今は辛いが必ずいい時が来る。頑張りなさい」

自ら広げられている毛皮などを手際よくせっせとリュックの中に入れるのを手伝ってくださる。やがてほかの青年団員がやってくると、もうこの人の荷物は検査済み、あちらのを検査しなさいと言っています。そして四車輛ある無蓋車の二番目の片隅に荷物を置くのを見届け、出発するまで黙ってそばについていてくださり、心ない人たちから守るように気を配り、元気に、お父さんに会えるといいねなどと話をし、少しでも私たちが安心するようにと心配りをしてくださる。やがて出発、鈍い音とともに汽車はゆっくりと動きだす。私たちは身を乗りだして、

「ありがとうございました。さようなら、さようなら」

とその人の姿が豆粒ほどになるまで手を振り、その人もまた同じようにいつまでも一人ホームに佇み手を振ってくださる。私の両頬には自然と感謝の涙が溢れ、それを拭こうともせず、ありったけの感謝で別れを告げます。母はじっと両手を合わせ感謝の意を表しています。

この一団で無傷だったのは私たち家族だけで、ほかの人たちは、さんざんな目に遭いました。こ

の最も激しい反日感情の渦の中で、何事にも臆することなく自分の信念に基づきこの無力な母子を守ってくださいました。このことがいかに難しい行動だったたか、私は充分に理解しています。この青年は、「自分たちはすべての世界中の人間が平等であるべきよき時代を築く」を志しておられると直感します。母に、

「まるで夢の中の出来事みたいだ。どうして私たちだけがこんなにして助けていただいたのかしら。きっとお母さん、お観音様が助けてくださったのね」

母は深く頷き、

「立派な青年でした。あの方の将来を心を込めてお祈りし、そして感謝しましょう」

私はついさっきまで、朝鮮の人を憎み、悔しく思い、もうこの定州、いや朝鮮など二度と訪れないと決めていましたが、心の声が聞こえます。

「素子の接した人間がすべてではないぞ、このように立派な心の持ち主もいるではないか。一つのことを見てこれがすべてと思ってはいけない」

朝鮮最後の時、このように心の素晴らしい人に巡り合えたのは何事にも代えられない教訓となります。深く深くあの満洲人のお百姓さん、そして今の青年団長に教えられましたが、これから辿る困難な道程で、信念を持ち進むということがいかに難しいかを教えられることになります。後年、中国の革命闘争を目の当たりにして、痛切に身をもって体験することになります。

第3章　再び新京へ

父のもとへ

　無蓋車の中は身動きもままならぬほどですが、ここでも運よく後部の左端をあの青年団長のお蔭で確保できました。一応発車です。残り少なくなった軍資金ともいえる大金を使い、定州にいた満洲人の機関士に頼みやっと了承。出発の運びとなったことを聞かされますが、この機関士もお金で動いたといえばそれまでですが、一方では命がけです。いつ爆破されるか、いつ暴民に襲われるか、ソ連軍に出遭うか数えればきりのないほどの危険な出発です。このように何一つ安全の保障もなく再びまた、今度はソ連の占領下に戻るのです。当時、常識的に考えれば、南下すれば、日本に近く、そして安全と思われていた道程に、私たちはあえて日本より遠くなるところへ行くのです。

　南下組の人たちには、

「よく考えた方がいい。せっかく今まで苦労をともにしたんだから、日本まで一緒に行きましょう」

と言われました。私たち一団はただただ神仏に祈り、一握りの幸運を願うだけです。不安を一杯抱えた出発ですが、私は一つも心配していません。新京の父のもとに帰るのです。

汽笛は一切なく、ひたすら平野を走り続けます。真っ直ぐに伸びた一本の線路、その先には新京が、いや父が待っている。望みはこの一点しかありません。

「貨車より絶対に頭を出さないように。もしソ連軍に出遭っても一切抵抗せずに静かにすること、女性は顔に煤を塗り、服装もなるたけボロボロのに着替え、子供は絶対に泣いたりしないように。大切な品は見つからぬようなところへ隠すこと」

次々と伝達です。平原の真ん中で急停車、一瞬覚悟を決めると、

「皆さん、下車して用を足してください。とにかく急いでください。暴民が狙っていますから」

私は誰よりも早く貨車より飛び降り、弟妹たちを近くの草むらの中に連れ込み用を足し、そして水溜まりを見つけて煤で汚れた顔を拭いてやり、汚れ物を手早く洗い、一目散にまた貨車に飛び乗りほっとしています。男性がその間、四、五人で見張り役をしてくださる。

私はいつからか絶えず家族の人数を一、二、三、と声を上げて確かめています。でも弟妹たちは本当によく姉の言いつけというよりも命令に従いよその子供たちのように無理等一切口にしないので大助かり。母の身体も心配です。よく考えると自分のことを朝鮮避難以来考えたことはありません。緊張の連続ですが、家族全員が私を一番必要としてくれているのが私にとっては無上の喜びと

変わってきていました。

ソ連兵

また急停車。今度は何と初めて見るソ連兵が、銃を構え三名貨車の中に入り込み、胸に銃を突きつけ、身体検査。めぼしい品々は次々と取り上げられるが、こちらは命さえあればいいのです。皆両手を上げて何もしません。いよいよ隅にいる私たちのところへやってきました。兵士は前まで来ると急にしゃがみ、そして子供が五人一塊になっている一人一人の顔を笑顔で心配するなと目配せするのです。よく見るとほかの二人はそれぞれ戦利品ともいうべき品を抱えていますが、この兵士は何一つ盗品も持たず、優しいソ連兵だと思いほっとします。他の貨車では若い女の人を連れ去ろうとして大騒ぎとなり、何とか周囲が協力して難を逃れます。私はまだ本当のソ連兵の恐ろしさは知りませんでした。わかっているのは自分たちは敗戦国民でソ連は勝戦国民。それも最も卑怯なことに、条約を破り侵入した国ということだけです。

何回かこのようなことに遭遇しますが、私たちの貨車は何とか大きな被害は免れていますが、辛かったのはトンネル通過の時、煤煙の火の粉が雨のように降り注ぐことです。弟妹にはありったけの布をかぶせますが、私は髪はチリヂリに焼け、服は破け火傷をした腕は水脹《みずぶく》れができおまけに息苦しくて死ぬかと何度となく思い、トンネルを通過するとすぐに覆い布をはぎ弟妹の無事を確かめます。火傷の痕が痛くても薬がないので我慢です。

今度は、

「もう石炭がないので次の駅で何とか交渉してみますが、駄目なら皆さん覚悟を決めてください。静かに待ってください」

全員固唾を呑み事の成り行きを見守り、心の中で「どうかここの駅員が善良な人で、何とか石炭を分けてくれますように」と願います。役員が必死な顔で相談しては駅の方へ走っていく姿が見えます。新京までの距離感など私には存在していませんが、駄目なら歩けばいいと、待つことしばらく。大声で各貨車に伝達として、

「皆さん石炭の補給ができました。元気を出して頑張りましょう。新京まであとひと頑張りです」

全員一斉に両手を高々と天に向け万歳と叫ぶのですが、ここで今まであったお金を大部分使い果たしますが、少しでも目的地に近づけたらよしということです。

私は弟妹の身体の特徴をつぶさに調べ、例えばどこに怪我の痕があるか、ほくろは、といったことを頭に叩き込むようにして覚えます。このような状況では何が起きるか、万が一はぐれた時にと、弟妹にしつこいほど、名前、年齢、父母の名、行き先は新京と繰り返し教え込みます。

なかなか国境まで辿り着きません。お腹はすき始めます。少しの食料が配られます。もうあたりはすっかり闇に包まれ、ただ鈍い貨車の響きだけが聞こえます。自分たちが今どの辺にいるのか私には見当もつかない。ふと夜空を仰ぎ見ると冴えきった月がまるで私たちを見守りながらずっとついてきているように思え、私はいつの間にか幼少の幸せそのものの生活の思い出に浸っています。

お月様には兎がいて餅つきをしている昔話を信じ、毎晩月を眺め父の片腕にぶら下がり大声で、

「十五夜お月様見てはねる……」

自然と声が出て小さい声で歌いだします。弟妹たちは日中の種々の出来事で疲れたのか、お互いにもたれ合うようにして眠っています。可愛い寝顔です。月光に照らされ始めた貨車はまるで蛇がスルスルと音も立てずにありったけの速度でこの平野を這っているように、汽笛もなく突き進んでいます。しばらく感傷に浸っていますと、急に斉藤様の、

「坊や、坊や」

と悲痛な声が耳に入り、私は驚き母にそっと、

「斉藤のおば様何かあったのかしら。少し変よ。でも暗くてここからはよくわからないし」

「素子、おそばに行ってお手伝いをなさい。もしや坊やの病状が急変したのでは」

三歳の坊やの埋葬を手伝う

私はすぐに手探りで他の人を踏まないように用心しながらそばまで行き、月明かりで見ると、何だか顔色が白いように見える。手を握ると冷たい。これは大変だと直感し、

「坊や、坊や」

と手足をさするが、反応はほとんどない。おば様は気が狂ったように名前を呼び、抱きかかえられるが医者もいない、手当てもできない。もうおば様には絶望の二文字しかありません。ついに脈

が止まります。私もどうすればいいか、貨車内の人たちに、

「今、斉藤様の三歳の坊やがお亡くなりになりました」

と、か細い声で知らせるのがやっとです。母は、

「尿毒症だったのね。本当に短い命でした、お気の毒です」

周囲も次々と起こる事柄で、もう死に対して悲しむ力も余裕もなく、淡々と受け入れるばかり。「明日は我が身か」との思いがあります。一輛目に本部があるので、すぐに坊やが亡くなったことを報告すると、もうすぐ国境の手前で、そこで最後の一時停車をするので、それまで何とかお願いしますとの言葉です。おば様は今は亡き坊やを抱きしめ虚ろな顔をし、五歳のお兄ちゃんはよくわからずおとなしく座ったままです。私は慰める言葉がありません。こんなに身近に死に接したのは生まれて初めての体験です。

やがて夜が明け、周囲は相変わらず民家も見えずただ一本の線路上を黒煙を上げ進みます。また急停車、今度は、

「これが最後の停車です。皆さん用を早く足してください。間もなく満洲に入りますが、知らせではすでに暴民に襲われ多数の犠牲が出ている様子です。我々も襲われるかもしれませんが何とか突破するつもりです。皆さん、気を落ち着け団結して何とか乗りきりましょう」

やがて三人の男性が石炭をすくうシャベルを持ち、私たちのところへ来られ、今からどこかいいところを見つけて坊やの遺体を埋葬しましょうと言われます。母はまた私に、

「素子、おば様一人ではお気の毒です。あなたもご一緒して差し上げなさい」

私は黙っておば様のあとから下車しました。皆はしばらく野原を見渡し、どこがいいかと相談し、少し小高いところに決めて埋葬です。私は咲いている夏の野菊や名も知らない可愛い小花を手当たり次第に摘み取り一つの花束を作り、そっと真新しい土饅頭の上に乗せます。墓標として木の棒を立て、お線香も何もない、地名も判明しないこの地に三歳の坊やはたった一人で永遠の眠りにつきました。可哀想で可哀想で、涙がこぼれます。おば様の悲しみが私に伝わってきます。

「何と幸の薄い坊や。いつかきっとお父さんとお母さんが坊やを迎えに来るから、それまで我慢してね」

ひっそりと心の中で私はつぶやいて、少しでもこの地の特徴をつかもうと、何かの手がかりにと周囲を眺め回し、一つの絵のように描き心に刻みつけます。男の人にここは何という地名ですかと聞いても誰も知らず、わかっているのはもうすぐ鴨緑江にさしかかるということだけです。後ろ髪を引かれる思いでおば様とともに乗車。すぐに出発です。

やっと鴨緑江を渡り、再び満洲国内に入りましたが、非常に緊迫した状態で安東地区通過は最大の難関、現在多数の死者が続出。暴民の手により次々と襲われ、ここを突破するのにはただ一つ、何事が起きようと、強引に突っ走るしかないのです。本部よりの通達があります。

「皆さん、いよいよ安東にさしかかります。どうか落ち着いてください。何事が起きようと冷静に、そして決して声を立てず、貨車より頭を出さず、一塊となり無事に通過することを祈ってください」

外から見ると、ただ貨車が走っているように見せる、押し寄せる暴民の目を欺く算段です。本部の人も必死です。私は弟妹たちと一塊となり危険な時には貨車より降りて逃げる準備をします。弟妹たちに当座の少ししかない食料を手早く分けて、それぞれ肩より下げている布製の鞄の中に入れ、水筒を持たせます。

「よく聞いて頂戴。自分の名前、年齢、お父さん、お母さんの名前、新京。このことは絶対に忘れては駄目よ。それより絶対にお姉さんから離れないで。絶対に守ってあげるから、心配はいらないのよ」

布製の肩掛け鞄には住所、氏名、本籍地等私の思いついたことを定州の小学校に非難した時に全部書き込み縫いつけています。皆さん息を止めるように身を固くし、咳一つなく、猛スピードで汽車は走ります。緊張の長い時間が過ぎます。やがて、本部より、

「皆さん、もう大丈夫です。安東地区を何事もなく通過しました」

この知らせを受けた途端、全員ほっとした表情になります。でもすぐ現実に戻り緊張が続きます。これより新京まで全速力で石炭の続く限り汽車は大地を走り抜くのです。全員が心の中で手を合わせ、神に仏にご先祖様にありとあらゆる森羅万象、この宇宙の中に存在するすべてのものに祈ります。

「私たちが無事に新京まで辿り着きますように」

小さい子供がぐずりだします。母親はなだめるのに必死です。そのうちにあちこちで、

「おしっこ、うんち」

と言いだしますが、どうすることもできません。とうとう紙を敷き、そこで用を足し、貨車の外へ紙を丸め投げ捨てます。私は心身共に疲れきっていましたがじっと耐え、ぼんやりと沿線の景色を眺めていますと、何やら線路に沿って変な物体がごろごろ転がっています。その数はどんどん増え続けています。貨車の速度が速いので一瞬で通り過ぎ、最初はよく確かめることも不可能でしたが、その物体は死人です。虐殺され、衣服は剥ぎ取られ、無造作に打ち捨てられた日本人の姿。私はそれを確認した時の衝撃に声すら出ません。母に無言でただ指を差し伝えるばかりで、弟妹はもちろんのこと全員が驚きと恐怖心でじっと見つめているだけです。

数限りない犠牲者が延々と続く中を目をつぶるようにして縫うようにひたすら新京を目指し全速力で進む私たちですが、果たして無事に父に会えるかさえ不安となってきます。男の人が貨車より身を乗りだし一行に向かって叫びます。

「もうすぐ新京です。皆さん、元気を出してください。頑張ってください」

見渡す限り夏草が生い茂り、数本の〝どろやなぎ〟。民家は遥か彼方に数軒点在。地平線の見える荒野、非業の最期を遂げた多くの同胞を目の当たりにし、いやが上にも今後の私たちに降りかかる身の危険を感じます。四平街の交通の分岐点まで辿り着き、一時停車します。見渡すと、ここはわりと静かで、暴民の姿も見当たりません。これこそ最後の石炭購入の交渉です。何気なく右手の

方に目をやると通化方面行きの線路の上を一人の日本兵が軍服のまま疲れきった様子でトボトボとこちらに向かって歩いてきます。母はやにわに貨車より身を乗りだすようにして、

「兵隊さん、兵隊さん」

と大声で呼び止めます。兵隊さんは一人線路伝いに通化方面から逃げてきたのです。母は、

「その軍服姿では危ないです。殺されます。早くここで、この背広と着替えた方がいいですよ」

強引に軍服を脱がせ、朝鮮まで命がけで持って逃げた、たった一着の父の背広をリュックより取り出し着替えさせます。見るとまだ若い兵隊さんです。

「これで大丈夫です。無事に日本に帰れますように祈っていますよ」

少し大きめの父の背広を着た兵隊さんは深々と頭を下げておられます。そして母は残り少ない食料の一部を差し出しています。何しろ日本軍人の死体が方々の木にぶらりと、つり下げられ無残な姿を晒しています。目のやり場のないほど、死体が転がっているのです。母が咄嗟にその軍人を救うために惜し気もなく大切な父の背広を差し出す行為に私は心服しました。

果たして新京市内はどのようになっているのかしら。父は健在かしら、でも考えてもどうすることもできません。この先には幸が待っていると信じることにします。

四平街駅に着いた時、初めて私たちが無事に安東を通過できた訳を知ります。それは、私たちの前を走っていたやはり避難民を乗せていた貨車が暴民に襲われ、殲滅状態となり多数の死傷者が出た。沿線の新しい死体はその人たちで、そのあとに私たちが通過することになったのです。でもそ

の時は暴民は引き揚げた直後で、本当に奇跡的な、まさに神仏が我々に与えてくださった恵みの一《ひと》時《とき》の空白の時間を通り抜けたのです。

私たち家族はこれより四年後、再びこれと同じ恵みの時間を与えていただき、奇跡的に難関をくぐり抜け生き抜くのです。

父との再会

長い旅の果てにやっと南新京に辿り着いたのは九月末、駅は本駅と違い小さな駅ですが、貨車がガタンと大きな音を立て停車、やっと無事新京の地を踏むことができました。もう新京市ではなく、敗戦と同時に長春市と名を改めたそうです。本部の方が、

「皆さん無事に帰ってきました。途中、暴民の難にも、うまく逃れ、ソ連兵の被害も少なく本当に不思議なほど、無事に乗り切りました。これから先はどうか皆さん元気に何とか日本に帰るまで頑張ってください。ご苦労様でした」

深々と頭を下げられるお姿に接し、全員深い感謝とともに誰ともなく万歳を叫ぶ。方々で万歳、万歳と。私も弟妹たちも思い切り大空に向かい万歳と叫ぶ。駅構外には身内を探している人たちが一杯待っています。どの人も真剣な眼差しです。私は母に、

「お父さんがきっといらっしゃると思うので、今から私は探しに行ってきます」

弟妹には、

「お姉さんは今からお父さんを探しに行くので、絶対にここを動いては駄目よ」

と念を押し、私は人込みの中に入り、大声で、

「お父さん、帰ってきました。皆元気よ。お父さん、素子よ。どこにいらっしゃるの」

次々に人の顔を確かめ探し回る。私は心の中で、父は絶対に迎えに来てここで待っておられると確信し、雑踏の中を駆け回る。すると何と向こうより父が必死で探している姿を見つけたのです。その時の嬉しさ、天にも昇るほどの喜びとはこのことです。父も私を見つけて駆けてきます。息を切らしながら、

「素子か、よく帰ってきた。皆無事か。お母さんも元気か」

父は矢継ぎ早に聞きます。

「お父さん、大丈夫。皆元気であちらで隣組一同揃って待っているのよ」

私は父の手をしっかりと握りながら、心の中は喜びで溢れている。やがて父は大きな両腕でしっかりと子供たちを抱え込む。そして頭数をわざと大声で一人二人と数え、この喜びを心の中で噛みしめるようにいつまでも抱きかかえておられる。駿介がとうとう、

「僕、苦しいよ」

「おお、すまん、すまん。おい坊主、元気にお母さんをちゃんと助けたか」

一番幼い覘子のふさふさとした髪を優しく撫で、

「覘子は可愛い、いい子だ。よく小さいのに耐えたね」

「煕子元気だったか、お母さんの言いつけを守りいい子にしていたか。苦しかっただろうに。もうお父さんがいるから何の心配もいらんぞ。よかった、よかった」

「佐和子、お前はお姉さんを助けてよくぞ耐えてくれた。元気でよかった」

母に、

「倫子よ、心より感謝する。よくぞこの子供たちを守り抜いてくれた。本当によく頑張ってくれた。ありがとう」

父は深々と頭を下げられる。私は生まれて初めて見る光景、父の喜びが伝わってきます。母は、

「ご無事で何よりでした。子供たちは実にいい子で何一つ不満も言わず、じっと耐え、言いつけをきちんと守っていました。病気もせずにこれでやっと家族が一つになり、安心しました」

父は私に、

「素子、お前は本当に頑張ってくれた。ありがとう」

私は礼を言われて少し慌て気味ですが、口早に今までのことを報告します。

父は私たちを迎えた時の気持ちを次のように書き残しています。


『十月も押し迫った頃、日本人会から南方に避難した日本人が三個列車編成で新京に帰ってくるとの報せがあり、私は夢で家族一同が元気な姿を数回見た事を思い出し、気がはずんでいた矢先であり、列車が南新京に到着時刻には必ず駅に出迎えに行くが二個列車共家族の姿が見当

たらず、落胆気味で家路についたが最後の列車には必ず乗っていると確信し夢を信じ最終列車の到着時刻には待ち切れず二時間程前に駅に行き待っていた所、正に夢のお告げの通り元気な姿の家族一同を迎えることが出来、こんな嬉しい幸福に浸った事は無かった。出発の時、駿介に観音の画像をどんな事があっても責任を持って守れと言い渡しておいた通り胸に抱きしめて帰って来たのは極めて印象的であった』

この混乱を極めた中で再び朝鮮より帰ってこられたのは奇跡でした。私たちが乗ったのが新京に辿り着いた最後の貨車でした。父は急に、

「お、そうだ、隣組の人たちも一緒に来て皆を探しておられるので、すぐに連絡しなくては」

素早く走り去りほどなく皆さんが来られ、あちこちで涙の劇的な場面が展開され、歓声が起こりますが、グループの中、ただ一家族、坊やを亡くされた斉藤様の悲しみを見ると言葉もありません。おじ様は再会という大きな喜びも束の間、最愛の坊やの訃報を知らされました。おば様は今まで張りつめた心の糸が一度に切れてしまったかのように取りすがって泣き崩れ、ただただ、

「申し訳ございません」

を繰り返していらっしゃる。おじ様は黙って残った長男とおば様を抱きしめ、

「お前の責任ではないよ」

と天を仰ぎ両目に一杯の涙を溜め、かえって苦労をねぎらっておられる。そばにいる両親も言葉

をかけることのできない悲しい一刻が過ぎ去ろうとしています。おじ様は大学の先生で本当に穏やかな優しい方で、父とはよくお話もする間柄でしたので余計にこの悲しみは私たちにもこたえました。

電車は動いていないので、四十分ほどかけ帰路につきます。何日ぶりでしょうか、このような平和な一時を味わったのは夢のようです。私にはまだ大きな宿題が残されています。父と肩を並べて歩いておられる斉藤様のそばに走り寄り、

「あの、おじ様、ご報告したいことがあるの」

「お、素子ちゃん、何の用事」

「坊やの最期で私の知っていることをお話ししたいの。いいかしら」

「素子ちゃんありがとう。何でもいいから話を聞かせてほしい」

背後では母がおば様をいたわりながら歩いています。全員がやっと歩いている状態です。私は坊やの最期の様子、そして埋葬地の周囲の風景を事細かに話します。おじ様に報告するまではあの心に刻み込んだ風景を絶対に忘れてはいけないと、覚えていたことを話します。朝鮮の国境近くの駅も何もない場所で、長春に向かって線路の左側の歩いて二、三分の地点で、目印に一本の細い棒を立てて遥か向こうに四軒の平屋の朝鮮家屋が木立に囲まれるようにしてあり、その他は見渡す限り平地が続いていたことなど。おじ様は私の一言一句、真剣に聞き漏らすことなく聞いてくださる。

「ありがとう、本当にありがとう。よくあの混乱の中、ここまで記憶してくれて、本当にありがと

う」

父も横より、

「素子、よく覚えていてくれた。いつか、きっとご両親がその地を探しに行かれる時に役に立つ」

私はやっと大きな責任を果たした気分です。

新京の我が家にもどる

真っ直ぐに通っている富錦路の風景は以前と変わっていません。やがて仲良しの古賀英子さんの家の前を通る時に、心の中で、

「英子さんは元気かしら。どこかに避難されたのかしら。明日顔を出して確かめなくては」

やがて懐かしい我が家が見えます。隣組の人たちも家に近づくとともに元気が出て早足になり、やがてお別れの言葉を告げながら苦労をともにした一団は解散します。父は門のところに立ち止まり、私たちに、

「皆、この家を守るのにお父さんは大変だったぞ」

「どうして、どんなに大変だったの」

「それはな、敗戦と同時に市内に暴民が押し寄せて、方々に火の手は上がるわ、日本人と見れば殺される、この家も朝方何やら外の方で人の声がするので何事かと窓より見ると、なんと暴民が二、三十人ほど、手に手に鍬だの棍棒などを持ち、家を襲おうとしている。そこでお父さんは咄嗟に日

本刀を抜き、飛び出て、来るなら来いと怒鳴ると、中国人がすっかり縮み上がり、蜘蛛の子を散らすように逃げ去った。お蔭で一つも被害を受けていないが、周囲の家々はすべて暴民にやられてしまっている」

私は大変な苦労をしたのは自分たちだけでなく、残った父も本当に大変だったのだと痛感します。母も話を聞き、

「それは大変でした。私たちも持っていった品は不思議に一つも被害にも遭いませんでしたよ」

皆やれやれといった感じで玄関より入ると、何だか家具の場所が変わったりしているので不思議に思いますが、それよりもやっと帰った喜びが先で、子供全員が畳の上で思い切り大の字となり手足を伸ばし、

「やっぱりお家はいい」

と言っている間に父はせっせとお風呂の準備をして、

「オーイ、駿介来い。お風呂に入りなさい。きれいに洗ってやるぞ」

そうです。私たちは逃避中、一度もお風呂に入っていないので、垢だらけ、髪はボサボサ、哀れな姿です。弟妹たちの下着を箪笥からとりだす時になり、初めて我が家の損害を発見します。父の、

「我が家は何一つ暴民にとられていない」

の言葉はここで崩れ去りました。私はおかしいと思い、着物の入っている二さおの桐の箪笥を片

端から開けてみると、何と中は一枚も見当たらない、全部空です。

「お母さん、お母さん、大変早く来て頂戴よ。一枚の着物もないのよ、これはどうなったのかしら。お父さんのおっしゃったことと違うわよ」

私の大声で、母が驚いてやってきて空っぽの箪笥の中をじっと見つめています。何を言っていいやら、言葉が見つかりません。やがて父は駿介とともに上機嫌で私たちのところにやってきて、

「早くお風呂でさっぱりとしてきなさい」

「お父さん、大変よ。いい着物、金目のもの全部盗られて、何もないのよ」

「そんなはずはない、嘘だろう」

父は私たちよりもっと驚き、駆け寄り確かめ、畳に座り腕組みをして考えています。

「一体いつ盗まれたのだろう。全く解せない。不思議だ」

何だか今までの喜びが半分しぼんだ感じ。それより父を見ると気の毒です。父は母の不在だった期間、一生懸命家を守ってきたはずだったのに。押入れの普段のお布団はありますし、日常着はなぜか残っています。しばらく考え込んでいた父が急に、

「そうだ、あの家を空けた三日の間だ」

詳しく聞くと、私たちが避難する当日、父は白紙召集令状により児玉公園に集合し、新京死守のために配置され、それが三日間続きました。やがて十五日敗戦の放送とともに自然解散、帰路中国人より唾をかけられたり、手鼻を振りかけられたりする日本人が続出。非常に危険な不穏な状態の

中、馬車にも乗ることを拒絶され、足取りも重く一時間以上かけてやっと自宅に帰ると、何と避難もせずに数人残留していた日本人が自宅に集まり酒を飲み大騒ぎしている。その最中に父がひょっこり帰宅。少しおかしい、鍵をきちんとかけてあったのにと思いますが、父は自分が無事に帰ったのを迎えるために準備してくれていたとよい方に考えます。ここが少し私に言わせると世事に疎い、技術一本に進み全く家のことも何もかも母任せで通してきた父です。一応お帰りなさい、無事で何よりでした、の言葉で乾杯が済むと急に何やら皆がそわそわし一人去り、二人去り……。父はそのまま部屋の中も確かめず、呑気にしっかりと家を守っていたと思い込んでいました。私たちが避難先より帰宅し、事実を知ります。

何と、小さな狭い家に住んでいた人たちが、応接間は自分が住む、座敷は誰々と、各々決め、めぼしい品を全部持ち去ったのです。後日その品を宝清路の青空市場で売っており、知人三、四人が、

「今、宝清路でお宅から盗んだ着物を○○さんが売っているから早く取り返しに行った方がいい」

と、何回となく教えにいらっしゃる。最初は腹が立ち、市場に行ってどんな顔をするか私が見に行く、と息巻きますが母に止められます。

「貧しい心の人と同等になってはいけません。可哀想な人です。盗んでまで生きていかなくてはならぬ人たちです。確かめるのはやめなさい。命さえあれば、ものはまた自然と得ることができます」

母こそ、一番がっかりし、また怒ってもいいはずです。自分でデザインし特注で染め上げた着物、結婚時に持参した品々、思い出のある品々がごっそりと、事もあろうか日本人に盗まれたのです。まだ中国人に盗まれた方があきらめがつきます。

結局盗みをやった人たちは、周囲の目に居たたまれずにどことなく引っ越しました。母は一口も父を責めません。それよりも、この家が残ったのは父のお蔭と感謝しますので、父は一層申し訳ないと小さくなっています。私はそれがおかしくて、

「お父さんしっかりしてね。私だったら直感でピーンときてすぐ変だと気づいたのに」

母が横で私をたしなめます。

避難先より帰宅した当日、一緒に行をともにした隣りの伊藤様宅などは何一つ残らず盗まれて、お布団一枚も残されていません。そのことを知った両親は昼間は危険で外出不可能なので、夜、暗くなってお布団を担いで運んだり、お互いに助け合っています。

敗戦後の新京

当夜は何しろ全員が安堵の気持ちと疲労が一度に出てきて、お風呂にも入り身ぎれいになり、お布団の上でゆっくりと眠りにつきます。あとで考えますと、南新京駅に着き、眠りにつくまで奇跡のような実に平穏な静かな一日を過ごすことができましたが、一夜明けると全く別の世界が繰り広げられていました。

翌朝、いつもより早く目覚め、すぐに庭に出てみると、私が植えていたダリヤ、えぞ菊が所狭しと咲きだして、畠には牛蒡の葉も随分と大きくなっています。肝心の根の方はどうなっているのかしら……、そして時期はずれのトマトが可愛い真紅の実を所々につけています。何かの間違いで生えてきたトウモロコシが一本、大きな実をつけ、隅にはサトウキビが勢いよく成長しています。すっかり嬉しくなり妹たちを呼び、サトウキビを折り、

「甘くて美味しいね」

と言いながら噛んでいると、玄関口で大声で父が私たちを呼んでいます。

「皆、早く家に入りなさい。勝手に庭などに出てはいかん。早く早く」

言われるままに、あまりにも厳しい父の顔つきにすっかり驚き、手にしていたサトウキビもそこに捨てて家の中に飛び込むようにして入る。

「お父さんどうしたの。何を怒っていらっしゃるの。サトウキビを食べたのが悪かったの」

「そんなことではない。お前たちはまだわからんだろうが、家の周囲にはソ連兵が一杯いて、危険だ。お前たちを見つけたら連れ去るかもしれない。とにかく、お父さんの言いつけを守り、おとなしく家の中にいなさい。皆わかったな」

なるほど、そうでした。すぐ横の交通部にも実に獰猛な、昔罪を犯した人間を集めた一個師団が先遣隊としてやってきて、日夜、人家のドアを叩き壊して土足で入り込んでくる。そして銃を突きつけてものを盗っていく日が続いているそうです。父に詳しく話を聞いていくうちにさすがの私も

恐くなってきます。

仕方がないのでお座敷の窓越しに、それも敗戦後窓硝子を破られるので父が一人で窓という窓は全部小窓だけを残し、煉瓦で塞いで昼でも部屋の中は薄暗いのです。その小窓より庭越しの富錦路を眺めているうちに急に、「そうだ、古賀英子さんはどうしておられるか」と気になりだし、父に知られぬようにそっと玄関口より門を出て友の家の方を見ると、何だか近所の人たちが集まり、中よりムシロに包んだものを五個、荷車に積んでおられる。不思議に思い行ってみようと歩を進めた途端、父に見つかってしまい怒られ手を引っ張って家の中に入れられてしまい、ひどく叱られ私は自由を束縛された気分で黙ってまた小窓より見ていると、やがてその荷車を四、五人の日本人が押しながら通り過ぎていきます。何と後日わかったのは、あの仲良しの英子さん一家自決のご遺体で、それを法院の裏の野原に埋葬する時に、偶然にも私の目の前を最期のお別れと通り去られたのです。私は悲しく、嘘であってほしいと願い続けていましたが、時が経ち十五年後やっと同級会に出席し、その事実がわかりました。

私は思いました。「私でさえ、あの朝鮮の危険な中を生き抜いて帰ってきたのに、なぜ全員自決しなくてはいけなかったのかしら。なぜ」。仲良く明るく、いつも肩を並べて通学し、動員先でもともに過ごした日々が走馬灯のように思い出されます。そして最後に思い至るのは、英子さんは最期のお別れに私の帰りを待ってくれていたと……。悲しい友とのお別れでしたが、このような感傷に浸る暇もない日々がこれから続きます。

夜になるとドアを叩く者がいます。父はすぐに私たちに地下室に逃げるように言いますが、その時間もなく急ぎ洋服を着て防空カーテンの中に潜り込み様子を窺っていると、一人の将校がやってきて、庭のトマトが欲しいとのことで父もこれはお安いご用とばかりに懐中電灯を持ち畠の方へ行きます。父はソ連兵にも礼儀正しい者もいると言っていますが、子供たちは一塊となり部屋の隅で「恐ろしかった」と言いながら朝まで眠ることができません。

ここで私たちの不在だった一カ月以上の間、敗戦直後から父はどのようにしていたか、八月十五日以降の父の文章の中からそれが窺えます。

『八月十五日児玉公園で敗戦を知る。全員放心状態で誰一人として雑言を発する者なし。数分間この状態が続いていたが、誰言うとなく徐々に隊伍が解け、夢遊病者の如く家路につくが、途中満洲人は既に敗戦を知り非常に危険な中自宅に着く。しかし迎えてくれる家族も無く、その虚無感と南方に避難した家族の安否の憂いと苛立ちで言語で言い表す事の出来ない不安感がこの五尺の身体を包み身の置き場所の無い一夜であった。

明ければいよいよソ連軍を迎え撃つ為に出陣である。鰹節三本、少量の乾し飯、生米と若干の金とを風呂敷で肩にくくりつけ腰には日本刀を緋色の帯揚げ（素子のもの）で付け、戦闘帽、ゲートルを巻き勇ましく児玉公園に集結すればこれ如何に、集まる者僅かに数十人、前日まで勇ましく号令をかけていた幹部連中は誰一人も来ていない。いくらなんでも烏合の衆の未教育補充兵だけではどうにもならず、全員打ち合わせて自由解散する。鰹節、乾し飯、米等を持参した理由は、どうせソ連兵と戦っても勝ち目は絶対に無くこれをかじりつつ南方に下り、何時の日か家族の者に会う事を一縷の望みとしていたからである。

〝満洲人決起して日本人街を襲撃して皆殺しして伊通河を血で赤く染めるとの情報しきりと伝わる〟

その夜七時過ぎ、突如日本人会より国務院に全員集合、男子は武器を携え、婦女子の護衛に当たる様にとの緊急指示があり、私は日本刀を携えて直ぐに指定場所に急行。既に相当数の日本人が集結しており、私は腕に覚えのある剣道で暴徒をぶった切って力の続く限り暴れ回ってやる覚悟で国務院の周辺を警戒していた時に、はるか東方の空に雷鳴轟き亘り火箭飛び混じり、その烈しさ言語に絶するものがあった。ああこれは天帝が日本の終焉を私に知らしてくれた気象現象と、胆に深く深く銘じた次第であった。

祖国は既に無く、無国籍に陥ったと感じた。終夜責任遂行で一睡もせず日本人の保護に当たったが何事も無く無事に一夜は過ぎた。伝えられる所によると満洲人街に住んでいた数十家族はほとんど全部が虐殺に合った由。翌日より満洲人の暴民が日本人家屋に不法侵入して目ぼしい家財道具を略奪暴行をほしいままにし、極めて危険で安心して婦女子の外出はほとんど不可能の状態である。これを防ぐには日本人同士間に組織を作りその集団の力でこれを防ぐより方法が無い。

ある早朝玄関先で何者かががやがや言っているのに目を覚まし日本刀を携えて見ればリヤカーを引っぱって私の家を襲おうとしているので、私は抜刀し、怒鳴り散らした所、満洲人は蜘蛛の子を散らすように逃げ去った。日本刀には非常に威圧感を持ち恐ろしがっているようだ。引き抜いた刀をそのまま鞘に収めるのも癪だったので庭にあるポプラの五寸くらいの木に切り付けた所、見事にずばりと切れ、生れて初めて日本刀で物を切った。よく切れるものだ。

〝北支方面に軍事行動を取っていた日本軍（金沢部隊の一部九師団）部隊が治安維持の為急ぎ新京地区に転じ日本人の保安に当たる〟

新京駐屯全部隊は作戦計画遂行の為南方に移動し、治安警備は無力と化し（幹部を除くほとんど全部は満洲軍で組織されていた）満洲軍は暴徒化し市内は非常に危険な状態に陥る。中国の正規軍は数年に亘る日本軍との交戦に依り弱体化しているので急に新京に集結する事は困難な為、中国軍入城までの治安は日本軍の手により保つ事になり天津地区に駐屯し特別任務に当たっていた極めて優秀な金沢師団の一部が夜を日についで僅か一日半の強行軍で新京に到着。敷島高女に駐屯し新京市内、特に富錦路（自宅のあった地区）及びその付近の保安に当たる。日本軍は終夜歩哨に立ち、我々を暴民の手より守ってくれていた。丁度歩哨の交代地点は自宅の前であったので、暇な兵士達は自宅に暫時の休憩を取りに来ては天津地区の治安工作について話をする。

約一週間を経て後、駐屯軍は日本軍として最も不名誉な武装解除の命が降り、公主嶺まで南下しそこで武器弾薬一切を中国軍に引き渡す事に決定したので顔なじみの兵士連中が別れの挨拶に数名来宅。あり合せの酒と菓子を食し別離のささやかな宴をはる。

彼らの出発の前夜午前一時頃、玄関をコッコッと周囲をはばかる様なノックの音がした。寝苦しかった一夜だったので直ぐに玄関を開いた所、武装せる日本軍人が一名起立しているのに驚いた。直ぐに中に入れ厳重に鍵をかける。この兵士は天津地区で敵中深く潜入し宣撫工作(占領地区の住民に占領政策を理解させて人心を安定させる事)に従事していた金沢地方の僧侶出身、石川某と称するなかなか豪胆な若者であった。彼は公主嶺まで引き下り不名誉極まる武装解除に応ずる事は出来ない。この際、断然部隊より離れて一日本人として在京の日本人の相談相手となり一人でも多く日本に帰れるように努力する覚悟であるが脱走した事が解れば部隊長は責任上探しに来るので自分をかくまってくれとの事である。自分は無論の事、承諾を伝え、石川氏の隠れ場所を押入れと決め武器一切を付近の草叢に投げ捨てさせる。押入れに入るや否や高鼾で直ぐに寝入ってしまい、余程疲れていたのだろう。数十分後やはり部隊長がやって来た。

実は部下が一名行方不明になったので、責任上探し回っているがどうも行方が分からないので困っている。その辺をまた回って再びお宅に来る。実は明日新京を退くので挨拶旁お別れしたいと言って部下二名従えて出て行った。しばらくして再び来宅。前日の残りの少量の酒とお菓子を食いながら日本の将来を憂え、悲憤の涙を流していたが、なかなか落着いて度胸のある人であった。歩兵中尉で金沢地方の中学の先生で西川某といっていた。西川中尉と対談している最中に隣の押入れより鼾が高らかに聞こえ中尉は笑みを浮かべたが何一つ言わず、拙宅を去る際奥の方を指して言外に「よろしく」と言って去って行った。この二人の勇士は無事に祖国の地を踏み得たろうか。

日本軍が引き揚げた数日後、中国正規軍がすげがさを肩に背負い天秤棒には鍋釜等の炊事道具一切をぶら下げ意気揚々と言いたいが、半数は小銃も無く疲れきった様子であった。しかし案に違わず我々日本人家屋に侵入。手当たり次第に略奪また婦女子を襲う不安な状態になるが、それに対抗するだけの組織力も無く彼らの為すがまま、遂に我々は隣組数軒手をつないで自衛策を講ずる。窓には煉瓦や板を打ち付け玄関口には厳重な鍵をかけ、各家との間に針金を渡し、空き缶に小石を入れそれをぶら下げていざと言う時には針金を引っぱりこれを鳴らして警戒し合う。これにはこっそりと襲う事が出来ず困った様だ。

八月二十日過ぎにソ連軍入城、益々治安悪化。至る所で強奪、果ては殺害される者も出る。我が家より三百メートル程離れた交通部に一部隊が駐屯する。婦女子は全部丸坊主になり男子の格好になる。その日は朝から雨が降り嫌なお天気だったが、駐屯するや否や我が家が襲われ玄関を銃床で打ち破り侵入。それこそ手当たり次第に持っていく。絶対に逆らわぬ様にする。私が今まで知っていたロシア人とは全く異なった人種に思われ、これでは中国軍より更に我々に危害を与えるのではないかと危惧の念に駆られた。

ソ連はモスコー市街戦ベルリン攻略戦で殆ど正規軍を失い、東方侵略に必要な正規軍を割くことが出来ずに僅かの幹部にシベリヤ地区に流された罪人や不良の徒などを駆り集めた部隊なので何をしでかすか分からず非常に心配になって来た。

翌日は更に悪い。早朝から入れ替わり立ち代り獰猛なソ連兵が銃口を突きつけ侵入。家中を引っ掻き回し持ち去る。私は気を落着ける為に蓄音機を鳴らす事にした。それまで家中荒らしていたのに次第に私の周囲に集まり聞き耳を立てる様になりいくらか静かになる。その内に一人が蓄音機の針を耳に当て、「ホーホー」といっているのに気が付いた。彼等は生れて初めての蓄音機。音楽は針それ自体から出るものと思い針を耳に当てている。案の定また翌日別のグループがやって来てその蓄音機を寄こせと言うので止むを得ずその希望通りにしてやると大喜びで持ち去るが、お蔭で彼等より受ける被害は我が家は非常に少なくなった。』


このようにして私たちのいない家でただ一人、必ず家族との再会を信じ次々と変わる占領軍に対処し、そして北部より来る日本兵士を危険を承知の上で地下室に、多い時には十四、五名かくまい、軍服を平服に着替えさせ、当座の路金を工面し、夜間南下を決行。これらのことを密告覚悟の上でやっていたとのこと。ちょうど私たちが逃避先より帰宅する前日に、皆様出発されたあとだったので父としてはほっとしていた時で、

「お前たちも本当によい時期に帰ってきた。周囲も少し落ち着きを取り戻し、暴民の襲来も少なく

なった。本当に再会が果たせて何よりだったが、敗戦直後、避難させていてよかったとつくづく思った。もしこの地にいたら命の保障はなかったと思う」

　厳しい中でも、どうやら幸運に恵まれ私たちは元気にまた懐かしい家に帰れましたが、父は依然として軍人をお助けするために奔走しています。「有望な青年をあたら死なせてなるものか。必ず日本再興のために働いてほしい」一念で、お蔭で私や母も相当ひやひやしながら、でもともに手伝っています。

　帰宅はしたものの、婦女子は外出禁止、食料の蓄えもなくなります。地下室には少し残り物があったので、何とか飢えをしのぎます。父も迂闊に外出して運が悪ければ、ソ連の日本人狩りに遭遇し、そのままシベリア行きなど、とんでもないことになります。家の中で我慢の日が続き、そしてソ連兵の〝ダワイ〟(品物を取り上げること)の恐ろしさの日々……でも、このような中でも私は極めて明るく、何だか今まで感じたことのない生き甲斐を味わっています。朝鮮避難の時の責任感をずっと引きずり、私が何とかしなくては、瀬戸家は駄目になると思い込み、じっとなんてしておれません。私がおとなしかったのはほんの一週間程度。周囲の状況を大体つかむと日中はソ連兵のいないのを確かめては庭の畠の作物をとりに行ったり、家の中ばかりで洗濯物を干しているのもいやになり、庭の物干し竿のあるところへ持っていき、周囲に目を配りながら急ぎ干しては家の中に駆け込む。でもやはり市場に買い物だけは行けません。

ボイラーマン朱さんの差し入れ

さすがに食べ物がなくなり灯りもつけず、食卓を囲み梅干を食べ明日はどうしようと案じていると、玄関の戸を叩く音に気づき、私がそっと小窓より見ると、何と暗闇に大きな荷物を担ぎあの独身寮に一時住んでいた時のボイラーマンの朱さんが立っています。急ぎ戸を開け総出で迎え入れると、朱さんは全員無事であるのを確かめると涙を流しひたすら喜び、敗戦後からのことを中国語と日本語を交ぜながら口早に語る。そして食料の一杯入った大きな荷物を差し出し、少しだけど食べてくださいと。何しろ自宅からここまで歩けば二、三時間はかかりますし、まして日本人に食料を持ち込むのがわかればそれこそ命さえ危ない。太陽が沈み、あたりが暗くなったのを機に訪ねてきてくれました。別れて一年は経っていますのに、いまだに昔を忘れず私たちのことを思ってくれています。両親は深く感謝し、お礼を言っています。

朱さんは今から故郷の四平に帰るその挨拶もあると、名残惜しそうに振り返り振り返り手を振り漆黒の闇の中に消え去り、もう二度と会うことはありませんでした。その後国府軍（中華民国国民政府軍）と八路軍（中国共産党軍）が四平で大激戦、話によるとほとんど市街は壊滅状態となったとのことです。もしや朱さん一家もそれに巻き込まれたのではと、心配しただ無事を祈るばかりでした。朱さんはとても真面目で優しく「アイヤーお嬢さん」が口癖、何でも聞いてくれていたし、家族ぐるみの楽しい付き合いでした。私たちは朱さんのお蔭で食事にやっとありつけ、何日かをそれでしのぐことができました。

それから五日ほど経ったやはり夜です。玄関を叩く音に私は気づき、皆にソ連兵だったらすぐ身を隠すようにと言いながらそっと小窓より覗く。暗い闇の中に浮き出したように若き凛々しい日本将校の姿が目に入る。急ぎドアを開けると、大尉（軍人の階級）が直立不動の姿で、父に面会を求められる。私は、

「はい、お待ちください。とにかく家の中へ」

と家の中に引っ張り込み入口の鍵をしっかりとかけ、父に知らせる。父は驚き上衣の袖に手を通しながら迎える。用件はというと、

「今、兵一個師団を引き連れ南下中。孟家屯までやっと辿り着きましたが、すでに食料も金もなくなり、このままではソ連軍の追及も日々激しく、身動きがとれなくなりましたが、ある人に、瀬戸という人を訪ねれば、きっと何とかしてくれるからと教えられ、自分は夜陰に乗じ兵士一人を伴い決死の覚悟でお訪ねいたしました」

父は黙って聞いています。私も母もそばに立ちこの将校の思いをしっかりと聞いています。

「お話の内容はよくわかりました。でもその姿で何事もなくここまでよくぞ来られました。周辺にはソ連兵の駐屯地もあります。充分に気をつけてください。まず第一に全員軍服を平服に着替えさせ、武器一切を捨てて絶対に団体行動をとらず、夜になって動いてください。今自分にできるだけのことはさせていただく。どうかいかなることに遭遇しようと決して犬死はせぬように、とにかく

生きて生き抜き、日本に帰り日本再興のために尽力してください」

大尉は挙手の礼で答え、

「必ず命永らえ、一名でも多くの兵士が祖国日本の地を踏めるように尽力いたします」

力強い、たとえ自分が犠牲になろうとも部下を守る意志がひしひしと胸に迫り、神々しくも見える大尉を私は深い感動とともにじっと見つめています。

父は当座必要なお金だけを残し、全財産を差し出し、母と私はありったけの食料をかき集めますが、運よく先般朱さんよりもらったお米で炊き上がったばかりのご飯があります。少し待ってくださいと言いながら、二人でおにぎりを作ります。この大尉も兵隊さんもきっと何日も水ばかりで過ごしておられると思うと涙が出てきます。そのおにぎりを押し頂くように挙手の礼。動員先が軍部だったので反射的に私も挙手の礼をします。

やがて家族全員庭に横一列に並び、暗闇の中に消え去る大尉と兵士の無事を心より祈り見送ります。両親は今接した大尉を心より立派な軍人だと、何とか日本まで辿り着いてほしいと念じています。私は敗戦後たった二カ月半の間にどうにも抗しきれない世の動きの中で悲しい悔しい別れを何度も味わっています。父は一見しただけで信頼できる軍人と見抜き大金を差し出したのだと思いました。

ソ連兵を皆は〝ロスケ〟と呼んでいます。ソ連兵は日に何回となくやって来ます。厳重に木材で補強している玄関や裏口も斧で叩き壊し、銃を突きつけ侵入。その腕には入墨が彫り込まれ、野蛮人剥き出し。決して逆らってはいけない。最初は恐怖でカーテンの中、押入れ、地下室と逃げ込み、父一人が銃口を突きつけられ応対し、家中引っ掻き回され品物を盗んでいきますが、私もだんだんとこのような日々に慣れ、父に銃口が向けられると、子供たちがずらりと並び、覚えたばかりのロシア語「ドラスチー（こんにちは）」と笑顔で挨拶をするとさすがに驚いた顔つきで、まじまじと子供たちの顔を見てやがてほかでダワイした品物、特にお菓子等を一人一人に分け与え、中には写真機まで置いていく兵士もいます。私は十五歳ですが小柄なので十一、二歳ぐらいに見られて、危険はありません。つくづくチビでよかったと思いました。

そのうちに顔見知りとなりますが、母の度胸は凄い。妊娠七カ月の大きなお腹をしていますが、どのような時でも和服をきちんと着て、数人の兵士が侵入しようと玄関で両手をつき、

「いらっしゃいませ」

ソ連兵はすっかり驚き、銃を引っ込める。そして口々にこれが本当の日本女性だと言う者もいますが、父は横ではらはらしています。そして母をまじまじと見つめ、母の容貌は日本人でなく外国人だ、同じロシア人ではないかと言いだす。母は娘から見ても美しいモダンな顔立ちです。やがて

ソ連兵が引き揚げ、何事もなくてほっとしていますと、何やら父が憤慨しています。

「誠に失礼なやからだ。お母さんはれっきとした日本人だ」

私はおかしくて噴き出します。父が何で怒っているのかよくわかりません。

兵士にとっては家中の品々が珍しかったようで、それもごく普通の例えば電灯を指差しなぜ明るいのか、この光はどこからくるのか、私がいくら説明してもわからない。そのうちに一人が煙草に火をつける為に電球に煙草を押し付け吸ってみるが火がつかないので怒り割ってしまう。当時は手に入らず高価な品で代わりがなく本当に困りました。また、製図器具を探しだしその使用方法を父に熱心に聞く兵士。両腕両脚にびっしりと腕時計を巻きつけ自慢げに見せるが、そのうちに時計が止まると螺子《ねじ》を巻くことを知らぬので壊れたと思い捨てる。私の引き出しから万年筆数本を見つけだす。どうするか黙って横で見ていると最初は全部持ち去ろうとしていたが、急に私に悪いとでも思ったのか、盛んにロシア語で五本だけ自分にくれと言うので、いいよと私が言うと満足そうに持ち去る。

下級兵士の服装は気の毒なほど粗末で、零下三十度の中、薄い木綿のルパシカ（ロシアの民族衣装）一枚、それも破れて肌が見え、外套もなく、これでよく寒さに耐えられると感心する。靴下は木綿の布で包帯のようにぐるぐると巻きつけ、靴は破け足指が出ている。敗戦国民の私がすっかり同情しています。

一人の兵士が押入れの中に頭を突っ込み何やらごそごそやっている。もう何もめぼしいものはないのにと見ていると、着物の端布を見つけ首に巻きつけ「ハラショー、オーチンハラショー（とてもよい、物凄くよい）」。この様子を見た私は後日ハンカチ売りの大ヒントとなり、家計の一端を補うことになります。

治安はますます悪くなり、日本人、中国人、朝鮮人の区別なくすべてが被害者となります。中でも一番我慢ならぬのは同じ日本人が自分のためにソ連に密告することです。その人たちのお蔭であらぬ疑いをかけられ命すら落とす人もいます。この時代は一番信用できぬのは日本人でした。やっと日本人会結成。父は隣組長となりますが、やはり密告でソ連本部より出頭命令があるたびに私に、

「父が帰ってこなかったら、母を助け生き抜け」

でも夜中にひょっこり帰宅。「あー助かった」と全員お観音様の前に座り感謝の祈り。これを何回味わったことか。毎日薄氷を踏む思いで過ごします。

ある日ソ連軍より隣組長九名全員集合を命ぜられます。隣組の中に旧日本軍人、警察官が隠れていないか、全員の来歴と現在の生活状況を詳しく調査される。父の番がきた時、父の身のこなし方や目つき、取調べ中の態度が落ち着いているので不審がられ厳重な取調べとなります。子供から見ても、何しろ学生時代から剣道を嗜み、相当な腕前だったので咄嗟の何気ない動作に全く隙がありませんから無理からぬことですが、父の前歴は製紙技術者であり兵役に服したことがないのを強調し、製紙に関してはグレートエンジニアであり、今まで自分が完遂してきた技術上のこと、ある事

ない事大袈裟に吹聴したらしい。つまり中国の〝白髪三千丈〟の類です。父は、部屋に長時間放り込まれ取調べをされないので腹が立ち、煙草を二、三本よこせと文句を言うと、早速一箱持ってきた。父は悠々とした態度と言いたいけれど、長時間の調べで不安がまし、数本目の煙草を吸っているると係長がやってきて、今までかかり色々と身分を調べたが本人の言うことが間違いでなくて、すまなかったと、コーヒーとお菓子を出してくれ、別れ際に是非今度ソ連が必要とした時は応援してほしいという意味のことを言われ、内心とんでもないと思ったそうです。この時ばかりは母も私も覚悟を決めていました。他の隣組長は全員帰宅しているのに、父だけ帰ってきません。父の姿を見た時、夢かとばかりしがみついていました。

今度は、ソ連軍より十六歳以上の女性を各地区から全員出頭させよと命令が下ります。父はその会合より帰宅するなり、こんな馬鹿げたことに従えるものかと立腹ですが、私は横ではらはら様子を見ています。私は十六歳以上の年齢と聞いた途端、私は十五歳なので大丈夫と安心しますが、同級生は十六歳が多いのです。父に、

「お父さんは、どうするの。女の人を出す気なの。違うでしょう。そんなことはしないでしょう」

不安そうに矢継ぎ早に問いかける私を見ながら、

「お父さんを何と思っているか。こんなことに従うと思うか。この地区では一人たりともソ連軍には引き渡さぬ。心配するな」

しばらくして、

「おい素子、すぐに女の人たちに我が家に来るように言ってこい」

私は各家の戸を叩き回り、口早に用件を話す。皆さんも驚き、すぐに集まり父は地下室に全員かくまう。そして、ソ連軍より何回も呼び出されます。でも最後まで該当者なしと言い通し、その度胸のよさには恐れ入りますが、さすがにソ連兵が銃を突きつけ確かめにやってきて、地下室入口の板の間を土足で歩き回っている間中私は薄氷を踏む思いでどうか入口が気づかれませんようにと祈り、胃が痛くなるほど緊張しました。他の地区では災いを恐れて女性を出頭させ、その気の毒な女性たちは数台のトラックに乗せられどこへともなく連れ去られるという事件もありました。

北部方面から続々と長春目指し避難民が集まり、市内はその人たちで溢れるほどになります。父もその方々のために奔走し、我が家の応接間等に入ってもらいますが、多くの人は放心状態、栄養失調、途中追い詰められて子供を自分の手で殺し気が変になってしまった母親、丸坊主になっている方、ボロボロに破けた衣服、次々と病に倒れ死亡など、個人の力ではどうすることもできません。数多くの罪のない尊い命が異国で一雫の露となり消えていき、厳しい冬の訪れとともに暖をとることもできず凍死。チフスの流行で何千人、何万人いや、何十万人の人が死んでいます。大地は凍りその人たちを埋葬することすら不可能で、死体がどんどんと積み上げられいくつもの山となり、不気味な姿を晒しています。

人の生死で嘆き悲しむ力、感情さえもなくし、今生きることに精一杯、明日のことなど考える余地は残されていません。枕を並べて眠っても翌日はすでに帰らぬ人となっている話は山ほど聞かされます。街には親を亡くした子供たちが増え、日本人会でも力が及ばず中国人の人買いに連れ去られる。そうかと思うと日本人の父親がお酒欲しさに一升の酒と我が子を交換する。〝貧すれば鈍す〟のごとく常識では考えられぬことが横行しています。

やっとソ連兵の先遣隊が引き揚げたと思ったら、また新部隊が交通部に入ってきます。砲兵部隊で治安は日が経つにつれて少しずつよくなっているように思えますが、身の危険度はあまり変わりません。しかし、ゲーペーウー（GPU）という憲兵のような人たちが周囲を回り始め、兵士の行動を厳しく監視するようになりました。また私も顔見知りとなった兵士から十一、二歳の可愛いマーリンケ（子供）と呼ばれ、ロシア語も使えるようになり内心、「しめた、私は十五歳ではなく十一歳ぐらいの女の子としかソ連兵は見ていないから安全だ」と確信します。

商売

金銭面では誠にのんびりと育てられていた私ですが、家計が逼迫しているのはわかります。何しろ日本兵の皆さんのために大切なお金の大部分を提出したのですから……。父は技術者としては素晴らしい力を持っているかもしれませんが、世の多くの父親のように、青空市場で頭を下げ生活のために商売をするだけの元気はない様子です。俗にいう「プライドが許さない」の一言です。交通部周辺にも兵隊相手に市場が立ち、賑やかになり始め、私は興味があるので見学しているうちに、自分も商売をやってみたくなり、裏に住んでいる親切な人に商売の〝いろは〟から教わります。どうすれば利益が出るか、つまりどうやれば儲けになるか、色々と伝授していただき、考えたのが私の大好きなお菓子屋を開くことです。でも仕入れ金がありませんので、父にお金を頂戴と申し込む。父は大変驚き、一体そのお金を何に使うのかと言われるので、内容を話すと、腕組みをし、呆れ顔で聞いておられたが、最後は母に、

「素子は何でも興味を持つ子だ。どうせ長続きはしないと思うがこれも一つの経験でよかろう、思うようにさせてみよう。ただし一つ約束があるぞ。絶対に危険な場所には行かない。それが守れるかな」

世の中の流れで、父の教育方針も変わりました。戦前は駄菓子屋さんで皆が買っているのが羨ましくてたまらなかった。それが何と私も皆と同じようにお菓子屋さん、つまり商売を許されたのです。

私は俄然張り切りいよいよ行動開始。問屋で自分の好きなお菓子を一杯仕入れ、早速ベニヤ板を見つけ自分で台を作り、その上にきれいに並べる。でも何と声をかければいいかわからずおとなしく座っています。

一日目は一個も売れずじまい。全部持ち帰り、弟妹と仲良く美味しく食べ、また翌日も父よりなけなしの大事なお金を頂き商売をするが、前日と同様。両親は一言も文句も言わずに私のやっていることをおかしそうにして見ているだけでさすがにこれはまずいと考え直し、三日目はお店を開かず市場の隅に立って様子を見ていると、

「あら、素子ちゃん今日はどうしたの。お休みなの」

と知りあいの人に聞かれ、
私は少し体裁が悪い。

「そうなの、今日はちょっと用事があるので」

とごまかすが、内心売れないことが悔しい。考えているうちに急に思い出したのがソ連兵が着物の端布をスカーフ代わりに首に巻きつけて上機嫌だったことです。〝そうだ、ハンカチ売りだ〟。すぐに家に帰り、まだ残っていた七五三の着物を惜しげもなく正方形に切り、母に頼みミシンで周囲を縫ってもらい、とりあえず三十枚ほどのハンカチを持ち市場へ直行。大声で、

「ブラトーチキ、ブラトーチキ（ハンカチ）」

と陽気そのものですが、三歳年下の妹の佐和子は恥ずかしそうに下を向いている。

「あなたも大声を出しなさいよ」

いくら促しても首をただ横に振り半泣きの態。そのうちに私の声を顔見知りのソ連兵が聞きつけ集まり、あっという間に売り切れです。私は妹を連絡係にして母に次々と縫い上げてもらいますが、大きなお腹をした母も大変な労働です。最後はお客のソ連兵が家にまで来て出来上がるのを待つほどですが、中にはずるい者がいて、代金を払わない。するとちゃんと顔見知りの兵士が私に代わり徴収役をしてくれます。とても楽しかった。何しろ生活費の足しになっている喜びで心の中では「私もまんざら捨てたものではない」と一人ほくそ笑む。でも外は零下三十度近い。歯の根も合

わないほどガタガタ震えだすと、家で暖をとってはまた市場へ行く、その繰り返しです。なぜ私のハンカチがよく売れたのか不思議に思えますが、きっと今でもロシアのどこかの片隅で大切に持っていてくださっているかもと想像するだけでも心温まる思いがします。

ソ連兵の立ち退き命令を撤回させる

一軒家の我が家はいつ立ち退きを命ぜられるのかとの不安で、ジープが通るたびにビクビクしています。ついにその日が訪れました。ハンカチ売りから帰宅してみるとジープが止まり、六、七人の兵士が銃を構え両親弟妹を庭先で囲っています。私は夢中でその中に飛び込みロシア語で話を聞くと、どうやら即刻家を明け渡せと将校が命令し、父は両手を頭の上で組み降参の格好。弟妹たちはおとなしく立っています。父は言葉がわからないので困り果てていますが、大体のことは察知し、目で私に、何も言うなと言っています。

私は居丈高な態度を見た途端、物凄く腹が立ってきました。前後も考えずに将校を睨みつけ、前に進みおぼつかないロシア語をありったけ継ぎ合わせ、破れかぶれ、撃つなら撃ってみろとばかりに詰め寄る。命なんて惜しいとも思いません。とにかく理不尽という思いで一杯です。

「キャピタン（将校）は戦に勝ったと威張っているが、この子供、両親を寒空の下、どこに住めというのですか。自分たちはもう何もかもなくしここしか住むところがない。ソ連は人民の味方と言っているがあれは嘘ですか。キャピタンにも私たちと同じように家族がいるのでしょう。これがもし逆の立場だったらどうしますか。私たちの住む家をちゃんと見つけてから言ってください」

という意味合いを単語と身振りで必死で言います。気がつくと何の騒ぎかと顔見知りの兵士が十四、五名ほど心配げに垣根越しに集まり、事の成り行きを見守っています。私は抗議をしながらもその方向にチラチラと目をやると、盛んに手真似で何も言うなとやっている者や、もっと言え言え、とやっている者もいます。私は心の中で計算しています。「いくら何でも将校たる者がこんな女の子を多くの兵士の前で殺しはしまい」

全く強気の一点張り。

父は黙れ、黙れと目配せで私を叱りつけていますが、母を見ると平気な顔で見ています。気がつくと銃口が私に向けられています。この強気の女の子の言うことを一言も発せずに聞いていた将校が、やがて身を動かし私に近づくので、一瞬私も身構えると、将校は振り返り両手をかざし、兵士たちに銃を収めろと命令。やがて弟駿介を抱き上げ頬ずりをし、

「悪かった。安心しなさい。この家は自分がここにいる限り心配はいらない。何かあったらすぐに直接に連絡をしなさい」

ポケットよりキャンデーをとりだし、じっと身を硬くし事の成り行きを見守っていた弟妹一人一人に手渡し、父に向かって、

「本当にいい子を持って素晴らしい。オーチンハラショー（とてもよい）」

と握手し兵士とともに去っていく。

心配げに見守っていた兵士たちが走り寄り喜んでくれます。聞くと将校は砲兵部隊最高司令長官マルメーシャーという方だったのです。この事件以降、我が家は命令により特別に警備してもらえ、被害はすっかりなくなりましたが、父にひどく叱られます。

「お前は女の子のくせに向こう気が強く、今日は相手がよかったので何事もなく済んだが、以後絶対にああいう無謀な行動は禁止だ。家くらいお父さんはすぐに見つけ、お前たちに寒く辛い目には遭わせない。本当にわかったか。でもお前の度胸には驚いた。本当に女の子でよかった。男の子だったらとんでもないことになっていたぞ。それにしてもロシア語を素子はいつ覚えたのか」

私は兵士たちに〝子供〟と可愛がられ、ハンカチ売りの中で自然に覚えましたが、その後は捨鉢な気持ちだけでしゃべっています。敗戦国民でも私は戦争には参加していない。私の知らないところで大人たちが勝手にやったことだと子供なりに理屈をつけているので、別に卑屈になることもありません。しかし、部下を従え引き揚げていく総司令長官の後ろ姿を見送りながら、やはりソ連にも偉い人はいるんだ。日本の武士道と相通じる立派な精神が存在しているのだと十五歳の頭で感心しています。父の言う相手がよかったからお前は助かったとの言葉がやがて身近で証明される事件が発生しました。

夜中に突然一発の銃声が鳴り響き、私たちは飛び起きます。それはすぐ裏の家の方だとわかり父は取るものも取りあえず家を飛び出します。近所の人たちも恐る恐る出てきて大騒ぎとなる。何と歩哨に立っていた兵士が顔見知りの日本人宅に侵入。例のごとく「ゼンギダワイ（金を寄こせ）」

と銃口を向けた相手は私と同年の小川君です。北満より命からがらやっと長春に母親と二人で辿り着き、ほっとしていた少年に銃口を向けたのです。小川君も半分冗談と思ったのか、

「ゼンギ、ネエト（お金は無い）」

と言った途端、本当に発砲し一発で殺され、父が家に飛び込んだ時はすでに息絶え、部屋中血で染まり、母親は言葉も失せ呆然と座り込んでおられたそうで、この惨状を目撃した父は激怒、早速総司令長官に直談判へ行くと言いだします。私も父のあとを追うように母の制止も聞かず現場へと行きますが、父が私を見て、

「お前は見てはならん、ひどいもんだ」

家の中は見るにたえないほどだったようです。

近所の人たちも父とともに抗議すると言われ、夜明けとともに交通部のマルメーシャー総司令長官に面会を求めるために父を先頭に五名ほどの人たちが出向きます。私は、これは大変なことになったと今度は父のことが心配になり、帰りをじっと待っています。数時間後一行が帰ってきました。話によると総司令長官は話を聞くとすぐに兵士を呼び出し首実検となり、間違いないことがわかると、後日この件については改めて連絡するからと言われ、引き揚げてきたそうです。翌日父に、

「誠に申し訳なかった。深くお詫びを申し上げる。兵士は犯罪者として牢に入れ必ず処罰する」

どのように処罰したかは私にはわかりませんが、今まで敗戦国民として小さくなり、何の抗議の

行動すらしようともしなかった日本人の間では大きな話題となります。撃ち殺された小川君はたった十五歳で異国の地で理不尽にも人生を閉じ、夫にも子供にも先立たれた母親の悲しみは正視できないほどです。形ばかりのお葬式、私は同年ということでしばらくは悲しく暗い日々を過ごしています。

それからしばらくすると、またもやソ連兵が裏の家に侵入。こともあろうか奥様を犯そうと銃口を向ける。奥様は死ぬ覚悟で二階より飛び降り、それに向かっての銃声で人々は驚く。父が目撃したのはご主人も銃口を突きつけられ身動きできない状況下で事が起きました。幸いにも付近を巡視していたゲーペーウー（GPU・憲兵）二名がすぐに来て、兵士を取り押さえる。奥様は何とか命は助かりましたがすっかり精神を病んでしまわれました。この小さな五十軒足らずの隣組内でも悲劇が起きています。全満洲でどれほどの尊い命が踏みにじられ悲しく散っていったか、決して忘れ去ることのできない記憶です。いつも犠牲者は子供、女性。弱き者へと押し寄せてきます。

秘密の任務

街角の至る所では〝日本人狩り〟といってトラックで容赦なく男性を捕まえシベリア方面に連れ去られるのでうっかり男性も一人歩き、いや外出はできません。ある日、家の前の富錦路に一台のトラックが止めてあります。私は怪しいと思い生垣に身を隠し様子を見ていると案の定、日本人狩りです。通りかかった男性に銃を突きつけトラックに押し込んでいます。その兵士をよく見ると顔

見知りの優しい人です。私は咄嗟に飛び出し、今まさにトラックに入れられようとしている男性の洋服をつかみ、

「この人は私の家に用事でやってきた人なの。子供が二人いるからやめて」

兵士は誰が飛び込んだのかと驚き見ると私です。何だか困惑の表情で考えていますが、周囲に他の兵士がいないのを見届けると、

「早く降りて逃げろ」

男性は一瞬戸惑っていますが、私が口早に、

「早く逃げてください。今のうちです、早く早く」

とせかし、すでに乗っていた四人の男性もドサクサに紛れ、この人もあの人も知人だといって全部降りてもらいます。皆さん頭を下げお礼を言いながら一目散に逃げだし、私も兵士に、「シパシーバ（ありがとう）」を何回となく繰り返し、家の中に飛び込み、在宅だった父に、

「お父さん、私ね、日本人狩りでやられていた男性五人を助けたのよ」

父は驚くが、やがていいことをしたな、人のためにやったことだがあまり危ないことをしてはいけないと諭される。私は忠告を聞きながら父だって危ないのに日本軍人をかくまったりしているのになぜ私がやってはいけないのかしら。私だってあの兵士が顔見知りで心の優しい兵士だったから救いを求めたのであって、無闇やたらにはやらないと思っています。でも今でも自分ながらいいことをしたと、嬉しい思い出の一つです。

このような危険な中、北部から逃れてきた日本兵士が一人二人と父を訪ねてこられます。父は隠れ家として前を通っている電車道を通り越した所にどこの社宅か知りませんが、すでに無人となっている数件の平屋を見つけ、そこに常に七、八人の人たちをかくまっています。草はすでに私の背丈以上に伸び、屋根までとどき、中はあまりよく見えません。日本兵士は全部平服に着替えていますが、日中は外出できません。

父はある日私に、

「素子よ、お前に頼みがある」

何の用なのと聞くと、兵士の隠れ家に食事を運んでほしい。お前ならソ連兵とも顔見知りで極めて安全なのでとのこと。もちろん私は引き受けます。母がおにぎりと少しのおかずを作りそれを風呂敷に包み腰に巻きつけ、ソ連兵の歩哨がいなくなるのを生垣に潜り込みじっと待つ。そして富錦路を横切り一目散に線路を越えたところの草やぶに身を潜め周囲を見回し、何事もないのを確かめると日本兵士のいる家の中に飛び込む。七、八名が二軒に分かれて住んでいます。

「はい、食事です」

差し出すと皆さん大喜びでお礼を言われるが、私は「我が任務果たせり」とばかりに早々に別れを告げ再びもと来た道を腰をかがめながら家路につく。何回このようなことをしたでしょうか。たまに運悪くソ連兵とかち合うと、「ドラスチー（こんにちは）」と笑顔で片手を挙げ挨拶する。相手も私とわかるとにこやかに片手を挙げ「ドラスチー」。私は半分くらいこのスリルを楽しんでいます。やがてソ連兵が引き揚げ、国府軍となり日本人引き揚げ開始となった時、身分を隠し一般人として帰国の途につかれるまで、この任務は続きました。

しかし一人、どうしてもこの地に残り、敗戦の汚名をそそぎたいと言い張っている旧特務機関員の高橋氏の説得が大変です。高橋氏が家に来られた時、私はてっきり中国人だと思っていました。ぞろりとした便服（中国服）、なまず髭を生やし、中国人独特の歩き方で、日本人のように膝を折った歩き方と違います。どう見ても日本人ではありません。大変な教育訓練を経て、それがすっかり身についていますが眼光だけは鋭い。いつもは優しい目をしていますが、時折人を射抜くほどの強い眼差になる。私はそっと横で見ていて思います。こんな目つきではすぐに前身がばれてしまう……。父は説得しています。

「犬死はするな。絶対に犬死は許さぬ。大切な命だ。一度祖国の地を踏み、そしてしっかりと考えることだ。目を覚ましてくれ」

とうとう母も、最後は私までが、

「お兄ちゃん、日本に帰って頂戴。お父さんの気持ちを汲んで、とにかく皆と一緒に帰って頂戴」

私にまで言われると、高橋のお兄さんはすっかり困っています。やがてやっと両親の気持ちがわかったのか、日本人最後の引き揚げに編入し明日は出発という日に来宅。父に今までのお礼を言いに来られた。父は肩をポンポンと叩くようにして、

「いいか、必ず日本に帰るんだぞ。そして何をすべきかをよく考え日本再興のために尽くしてく

れ。途中でやめてどこかへ消えたりしてはいけないぞ」

深く無言で聞いておられたが、父はその後も長い間、本当に帰国されたのかと心配していました。

我が家も経済的に生活はますます厳しくなっていますがよくしたもので、私がハンカチ売り、そしてまだ盗まれていない上等の食器類をリヤカーに乗せ、宝清路の市場で売りさばき何とか過ごしています。私は敗戦後、思いもよらなかった自分自身の積極的な性格にいささか呆れ気味ですが、とにかく死ぬよりましです。父は物売りは前記のようにとても苦手。でも何もしていないのではありません。ある日納豆を作り販売する計画を立て、私も手伝わされ大釜と麻袋一袋分の大豆を購入。一日費やして煮て納豆菌を混入、それをお風呂の湯の温度を利用し温度を保ちます。素子も手伝いなさいと言われるので温度を計り、温度が下がれば薪をくべ温度を上げます。父と私は徹夜で頑張りましたがその結果は大失敗です。あとで考えると水道のカルキを含んだ水を使ったので、せっかくの納豆菌を殺してしまったのが原因だったらしく、その大豆は食べることもできず庭の片隅に穴を掘って埋め、大損害。私はがっかりしました。

ほかにも知人が地下足袋が五百足くらい安いのがあるから買わないかと、父をブローカーの親玉くらいに思い話を持ち込んだり、酒屋を共同出資でやらないかとか、そばで聞いている私は、はらはらのしどうしです。避難してきた方のためにいくばくかの出資をしても見事に踏み倒され、父にはこのような世俗的な商売なんて絶対に無理な話で、人に利用されるだけだということは私にさえもわかります。父はやっぱりこの混乱の世の中で、人のために奔走し、お世話をしている姿が、娘から見ても一番似合っています。とうとう私の思いついた父の役割は市場までの荷物運びで、あとは私が一手に引き受けて売るのですが、よく売れますし、また知人の李さんがよそよりも高く買い取ってくれます。朝鮮まで持っていった毛皮のコート等も高価に買ってもらって大助かりです。売れるものは何でも売り払いました。

この冬はスチーム生活ともお別れ。父は市場から中古のストーブを購入し、部屋に据え付け、自分たちの手で石炭を入れて冬を越さなくてはいけません。幸いにして去年の石炭がまだ庭の隅に少し残っていますが、とても一冬は越せそうもなく、燃やせる家具は手当たり次第薪にしてしまいます。箪笥も碁盤も果ては押入れの中の板まで剥がし燃やします。父は朝から夕方まで鋸を引き、斧で割り大変な労働です。私は一人で裏の空き家になってしまった独身寮に入り木片を拾い集め背負って持ち帰ります。重い薪を背に私は小学校の門のところにあった銅像、二宮尊徳を思い出していいます。薪を背負い本を一心に読みいかに勉学に励んだかをさんざん教え込まれました。私は今生き抜くために頑張っています。人目などは一つも気になりません。つくづく得な性分に生まれたものです。涙は出ません、むしろ皆が喜ぶだろうと必死で何回も薪集めに通います。母は私の姿をじっと見つめています。時の流れ、世の流れの中で娘がせっせと薪を運ぶ姿を見るのは本当は耐えがたいものがあったと思いますが、ここでまた援軍が現れます。すでに顔見知りのソ連兵が暇を見つけては私を手伝い一緒に運んでくれたり、中にはそっと軍の石炭を運び込む兵隊もいます。練炭作りを庭でやっていると手伝ってくれ、あの恐ろしいソ連兵が我が家ではとても仲の良い親友のごとく変化しています。

弟の誕生

昭和二十一年、新年おめでとうという言葉一つ頭に浮かんでこないほど、日本人が飢えや寒さと闘っている中、二月六日、末弟が予定より一カ月早く誕生。それも真っ赤なしわだらけの小さい赤ん坊ですが、元気です。家の中に大きな光が射し込み輝き始めました。特に父の喜びようは大変なもので、お産婆さんを探すのに苦労しましたが、幸運にも一週間ほど前に奥地より逃げていらっしゃった一団の中にとても経験豊かな小川様という方がおられ、お蔭で無事出産でき、母も順調に回復していますが、何しろまだお乳を飲む力もなく母は苦労をしています。小川さんが、

「このお子様は袋をきれいにかぶって生まれてこられました。このような出産は私の経験でも、とても珍しく、昔からこのようにして生まれたお子様は素晴らしいお子様だといいます。元気に育ちますよ」

母はこの慰めの言葉を心の頼りに自身にも言い聞かせるようにし、また赤ん坊も家族全員が見守る中、すくすくと育っています。子供はこれで六人。私は心の中で思っています。六人の中で誰の手も借りず家族中で力を出し合い育てたのはこの弟だけです。私たちの時はいつもお手伝いさんがいました。今は明日をもわからぬ厳しい世の中で赤ちゃんを中心に明るく回り始めています。弟は

不思議と盗まれていない八畳間一杯に広げられた北極の白熊の毛皮の中に埋もれるようにして眠っています。これは母の祖父の知人が北極に行った記念として頂き、それを送ってくださった品ですが、あまりにも大きいのでソ連兵もさすがに持ち去ろうともしませんでした。そして弟誕生を伝え聞くとソ連兵が入れ替わり立ち替わりおめでとうを言いに訪れ、弟の周囲は本当に和やかな空気で一杯です。

名前は謙介と命名。父はやっと日本人の餅屋を見つけ無理に紅白の餅を有り金を叩《ハタ》き頼んできましたが、誰が受け取りに行けばいいか、もし父が下手に日本人狩りにでも遭えば大変なことです。結局私がとりに行くことになり、重いので佐和ちゃん同行と決定します。妹は恐いので私の後ろより黙ってついてきますが、無事受け取り帰路についた時、一人のソ連兵とかち合う。全くどこにも逃げ場はなく、この大切なお餅をとられたらどうしようと心落ち着け相手をよく見ると偶然にも顔見知りの兵士です。私は努めて明るく大声で、

「ドラスチー（こんにちは）」

相手も驚くが私たちだとわかると、今度は一体どうしてこんなところを歩いているのか、そしてその品は何かと聞きます。私はこれは弟の誕生祝のお餅と説明すると、重いだろう自分が持ってやると言うので私はサッと手渡し家路につきます。こんな安全なことはありません。心配げに門のところに立っておられる父は、ソ連兵にお餅を持ってもらって帰宅したのには本当に驚きますが、丁寧にたった一言覚えた「シパシーバ（ありがとう）」を何回も繰り返しお礼を言っています。

ソ連軍引き揚げ

三月末からソ連軍の長春引き揚げが開始され、ある日総司令長官マルメーシャー氏が数人の部下を従え我が家を訪れます。また何事かと心配げに見守る中、父に向かって直立不動、胸に手を当て、

「明日モスクワに向け、我々は出発する。本当に皆苦労をしているがもう戦争も終わり、あとは偉大なスターリンが必ず日本人民を救うであろう。自分たちはお別れだが、元気に日本に帰国するよう祈っている」

私は父に下手な通訳で一生懸命伝えます。やがて二人は固い握手、子供たちにも一人一人丁寧に頭を撫で名残惜しそうに振り返り帰っていく姿を見送りながら、小学校で習った唱歌の「旅順開城」の一節を急に思い出しています。

〝昨日の敵は今日の友……〟

蒙古系のコーリヤー中尉は非常に心の優しい穏やかな人。私が妹とよく似ているといって色々と気を配ってくださる。総司令長官が去った後、このコーリヤー中尉が裏門よりやってきます。母に話があるとのことで一体何だろうと思うと、何と内容は日本は負けたのだから今日本に帰ると占領しているアメリカに殺されてしまう。その上教育もできないと思うので、素子を自分が責任を持ってモスクワ大学まで妹とともに進学させ、卒業後に日本に帰したい。しかし今は軍の移動中なので

落ち着けば必ず迎えに来るから待っていてほしい。私は通訳しているうちにとんでもない話にと進むので驚いて母の顔を見る。母は丁寧に、

「よくわかりました。ご厚意は心よりお礼申し上げます」

私はいくら優しい兄のようなコーリヤー中尉でも、モスクワまで行く気もなければそれほど勉学に燃えてるわけでもありません。これは大変なことになりそうだ。何とか迎えに来るまでに日本に帰らなくてはと焦ります。別れた後、母に私は絶対にモスクワには行かないと力説する。母はそのような心配は無用、行けっこないからと言われ、確かにその後何の音沙汰もなくほっとします。

翌朝、雪が少し溶け始めた中を砲兵部隊が次々と出発です。優しかった兵士、恐ろしかった兵士、すべての兵士の顔にはやっと戦が終わり、無事に本国へと出発する安堵感に溢れ、にこやかな笑顔で私たち一家に戦車の上から見えなくなるまで手を振り、お互いにありったけの声を出し、「ドスベダーニャ（さようなら）」と叫ぶ。見送りながら私は大きな疲れを感じる。何だか大きな山をやっと一つ越えた。悪戦苦闘、敗戦国民の悲しさ、でもその中で卑屈にならず最後は勝者敗者の区別なく同じ人間として過ごせたことがせめてもの慰めと思っています。

昭和二十一年春、ソ連軍が引き揚げる時濡れ手に粟のごとく何の苦労もせずに全満洲の産業機械、物資を自国へと持ち去る。私はどうせ日本は負けたんだから、でも一番損をしているのは中国ではないか……このことを中国自身はっきりと自覚する時がくるのだろうかと感じる。

ソ連占領時代に特記すべきことがあります。市内至る所で婦女子狩りが横行し、外出は一切不可

能となり、ドアまで打ち破り銃を突きつけ連行する。あちらこちらで悲惨なことが発生しました。私は当時十五歳、なぜソ連兵が婦女子ばかり狙って連れ去るか、その深い意味などわかるはずもありませんが、感覚的にもし自分がそのような目に遭ったら、日本女性として自ら命を絶つと覚悟はしていいます。ある日、父は会合より興奮気味に帰宅し、母に話をしていいます。私も横にいたので聞きましたが、緑園には当時多数の北部より逃れてきた人たちの宿舎が点在していました。そこへ例のごとくソ連兵が銃を突きつけ、「女を出せ、もし出さなかったら全員撃ち殺す」と脅す。皆さんが死を覚悟したその時、そこに、俗にいう水商売の女の人がおられ、決然と名乗り出て黙って連れ去られたとのこと。皆さんはその後ろ姿に手を合わせて拝んでおられたそうです。自らの身を投げ出し多くの日本人を救った行動に父はとても深い感動を受け、私に向かって、

「いいか素子よ、絶対に職業で人を判別してはいかんぞ。いつもは人から水商売と言われていた女の人のとった行動は、人間として最も崇高な最も勇気のある行動だ」

私は深い感銘を受ける。何と凄い女の人だろう。自分のすべてを投げ出し多くの人を救う。しかも平然として立ち去る姿を想像し、今の私には絶対にできないと思う。このような人のお蔭で私たちは無事にこの時代を乗り越えられたのだと心より感謝しています。

満映の甘粕氏の最期

もう一つ、父は敗戦後ずっと何やらある人の消息を、八方手を尽くし危険を冒しながら探してい

ます。時々どこに出かけられたか一つもわからずに心配していましたが、とうとう消息、いやその人の最期の様子をある信頼できる中国人よりはっきりと伝え聞きました。

我が家の前の富錦路を隔てた向こう側に大きな満洲映画協会（満映）が見えます。そこに母方の親戚がおられ、渡満後たびたび内地よりの手紙にその人に会うようにと書かれていましたが、何しろ父は忙しくなかなか会えません。やっと時間を作り満映に出向き面会を求めましたが、その方は急用のため生憎不在でまた次の機会にと言っているうちに敗戦を迎えました。今さら言うのは何ですが、あの時に面会を果たしていれば父の運命もどうなっていたかわかりません。その人の名は甘粕正彦氏です。私はこの人がどのような人物かなど一切両親から聞かされていませんでしたが、満洲建国の際、相当に重要な任務を果たした人だという知識はあります。顔を見たこともない遠い存在でしかなかったのです。ある日、朝から外出していた父が息を切らし帰宅。

「倫子、倫子、わかったぞ。やっと信頼できる人からはっきりと消息が伝えられた」

「どうでしたか、生きてはおられないのは覚悟していますが、どのような最期でしたか」

概略次の様な話でした。敗戦の日、甘粕氏は満映の全社員を集め、自分の思いを語られる。

「満洲国のために日夜努力したけれど、志半ばにして実現することができなかったことを心より満洲の人々に謝りたい。今ここに満映の全財産がある。これを皆さん全員で分けてほしい。今の自分にはこのようなことしかできない。では皆さん、さようなら、それから身体を大切にしてほしい」

（甘粕氏は密かにこの日のために前もってあらゆる財産を集め準備していたらしい）

そして壇上より下り、手を振りながら理事長室のドアを開け、静かに閉める。みんなが死なないでくださいと言う声を聞きながら。やがて一発の銃声。全員がドアを押し開き室内を見ると、すでに息絶えた甘粕氏が理事長の椅子に座っておられた。自らこめかみに銃口を当てて。その死を悼み、彼の棺を埋葬地まで皆で担ぎ、立派な葬儀が執り行われた。母は父のこの報告を聞き黙って頷いてただ一言、

「立派な最期で何よりでした」

私はこの父の一言一句を聞き逃すまいと、胸の奥底深くに秘める。今の私は人間の生死について冷静に受け止めている。あまりにも次々と人の命のはかなさを見せつけられそれをただじっと受け止めるしか方法がなかったのです。きっと平時であればまた別の感情が動いていたはずです。でも一点だけ、自ら命を絶たれたことに対し、最期はきちんと責任をとられたことに一種の安堵感さえありました。それは、自決もできず責任もとらずうろうろしているうちについに連行され、大衆の面前で晒し者となり殺されそのまま放置されている人、またソ連国に連行される人、この無様な最期が風の便りで流れてくる中で、私なりにこのような死に方が最高だったと思ったのです。

後日、埋葬された遺体は数人の手により夜密かに掘り出されてどこか別の土地に移されたそうです。敗戦により進駐してきた中国軍やソ連軍の追及を恐れての行動です。往時に関係した人たちはこの出来事は絶対に口外せず、永遠に胸の中に収め激動の中国の中で生き抜かれていると思います。敗戦前から多くの高級幹部、軍人、軍属、つまり満洲国を陰で動かしていた人たちが密かに私

財を内地に運んでいる噂がしきりと囁かれていた中、甘粕氏に関しては何一つ私財を残した形跡が見当たりません。

時が経ち三十数年後、偶然にも甘粕氏自殺二日前にともに食事をし、語り合った人に出会います。私が親戚であることは何も知らずその人は話し始められる。よく聞くと私と同年の新京第一中学生で、父親の関係でたびたび甘粕氏と同席し、食事をともにしていたらしいのですが、甘粕氏は非常に温和でユーモアのある人で、よくお酒を飲まれていたが、最後の食事の時はすでに自決の覚悟の上の皆とのお別れだったことが後日わかり、悲報を受け皆で悼んだそうです。私は全部話を聞き終わって初めて母の親戚でしたと言うと、非常に驚き、このように巡り合い甘粕氏の最期をお話しできた不思議さを覚えました。

国府軍入城

やっとソ連軍が引き揚げたと思うと国府軍が入ってくるが、治安は依然として悪く、兵士は土足で入り込み残り少なくなっている品を遠慮なく持ち去り、私たちはそれを黙って見ているだけ。最初に白熊の敷物を肩に担ぎ持ち去る。いまだ売らずに残っていた中国書の六双の屏風、掛軸、ソ連兵が見向きもしなかった東洋独特の逸品を見抜きニヤニヤ笑みを浮かべながら盗んでいく。私は横で見ているうちにソ連兵の時とはまた違った、同じ皮膚の色、言葉のみ異なる中国人に思いもよらぬ憎悪を抱き、心の中でいつか仇をとってやるからと決める。品物を肩に担ぎながら、

「あなたたちは安心しなさい。自分たちがしっかりと守るから」

大人たちはソ連占領時代より少し心のゆとりが出たらしい。この敗戦をいまだに信ずることに抵抗があるらしく、折あらば長白山に立てこもっている日本軍が再起し、長春を制圧する。それまでの辛抱だとか、もう公主嶺あたりまで来ているとか多くのデマが流れ、寄ると触るとその種の話に夢中になっています。明日にでも長春に日本軍が入城しそうな話をし、銃声一発を聞いても日本軍が我々を助けにやってきたと緊張し、横で聞いている私までが信じてその日を待つようになっていますが、現実は厳しいものです。

ある日国府軍人数名が機関銃を担ぎ裏門より入り込み、防空壕を作った残土が小高い山のようになっている場所に五台据え付け始める。何事かと思い私が聞くと、八路軍が攻めてくるので守ってやるから安心しろと言っています。不思議に思います。こんなところに機関銃を据え付けて一体どこに向かって撃つのかしら。何しろ我が家の横は大建築物の交通部で、前は航空研究所の大きなビル、しかも家のすぐ後ろにいてどうする気かしら。さては一番安全なこの場所を選び戦争に参加するつもりだ。物凄くずるいと心の中で思うが、とにかく私は、

「それではしっかり守って頂戴」

と言って家の中に入ると同時に急に方々から弾が飛んできたので驚く。いよいよ内戦開始。八路軍の猛攻撃。でも変なものです。ついこの前の第二次世界大戦の当事者であった時は爆音一つ聞こえてもすぐに防空壕へ入っていたのに、今回は何しろ他国の戦争。自分には関係ないと、いくら弾

が目の前を飛んでいても平気で窓より眺め、むしろ面白くてたまらない。ビルの周囲を両方の兵士がまるで鬼ごっこをしているかのようにぐるぐる駆け回り、そのうちに角で鉢合わせして大慌てで銃撃が始まる。見ているうちに実際の戦争とはこんなにも幼稚なものかとおかしくなり、気がつくと私たちは窓の隙間から眺め、両方の兵士に応援を送っている。さすがに父は危ないからと畳を窓にあてがい一応防御態勢に入ります。庭では我が家を盾にしながら盛んに銃撃です。

一日中賑やかな銃声の中、逃げだすこともせずに家の地下室に閉じこもっていましたら、夜になると急に静かになり、何だかおかしいと思い、朝を迎え恐る恐る外に出てみると、何と服装の違う八路軍がうろうろしています。家の周辺を調べてみると壁には数十の弾痕が見つかり、話によると流れ弾で日本人数名が死亡、あるいは怪我をしたとのことです。国府軍統治はたったの一カ月強の期間だけでした。

八路軍（山東八路軍で非常に優れた部隊）

疾風のごとく入城した八路軍。あの抗日戦でさんざん日本軍を苦しめたゲリラ部隊のことは学徒動員中よく聞かされていたので恐ろしさもあるが興味もあります。今までソ連軍、国府軍と悩まされたので、とても用心深くなり、皆さん固く戸を閉め静かにしています。やがて玄関の戸を叩く音。いよいよやってきたと覚悟を決め恐る恐る開ける。何と目に飛び込んできたのは庭先に整然と並び挙手をしている兵隊の姿。その中の隊長らしき人物が実に礼儀正しく、

「お宅はこの地区の責任者と聞いたのですが、兵士に一杯の水を分けてください」

丁寧な日本語にまず驚き、急ぎ父に知らせに家の中に飛び込みます。父が急ぎ応対に出ると、

「今夜宿泊するところがないので、一晩泊めてほしい」

父母は真剣な顔で話し合っています。今まで何度も押し入られひどい目に遭っていますが、同じ屋根の下で、ともに一夜を明かすなど一度もありません。大変な申し出で私は、

「断って頂戴よ。恐ろしくて私たちはこの家にはとてもいられないわよ」

両親は考えた末、あまりにも礼儀正しい八路軍を信用し申し入れを受けます。子供たちは襖の隙間より事の成り行きをじっと見ていますと、兵の中に日本兵が二人おられる。そして父母と何やら話をしています。これには驚きますがまた安心もし、大丈夫だと思って子供五人並び、丁寧に「こんにちは」と挨拶すると相手の兵士も満面の笑顔で応じてくれます。父が日本兵に、どうして八路軍に入ったのかと聞くとその人は何だか思想的に深く共鳴するところがあるのでとの返事です。当時私は思想的に云々と言われても深くはわかりませんが、心の中で「何てこの人は戦争が好きなんでしょう、他国のために血を流すなんて信じられない」としげしげとその人の顔を見る。そして早く日本に帰りお母さんを安心させればいいのに、全く親不孝者だと思いますが、話によると相当数の日本兵が八路軍に入って参戦しているとのことです。十五歳の私にいわせると〝全く馬鹿みたい。そんなに人を殺したいの〟の一語に尽きます。

早速母を手伝ってお茶や食べ物をとりあえず出すと、非常に遠慮し全く手をつけようともしな

い。何だか今までの軍隊と全然違います。やがて夕方になると十数名廊下や玄関のたたきに各自銃を手に座り、いくら父が空いている部屋へどうぞと勧めても深く辞退し、結局一晩中うずくまったままの姿で眠っておられる。夕食の準備も自分たちで庭で始め、不足している炊事道具を借りたい時は必ず借用書を書いて、実に驚くことばかり。もしかしたら日本軍よりも規律は上ではないかと感心します。そして引き揚げの際にはきちんと返却してくれました。翌朝出発時は一同庭先にまた整列し引き揚げていき、全く拍子抜けで見送ります。一人の兵士が恐縮しながらお椀《わん》を一個下さいと言われる。こちらはお安いこととすぐにまだ盗まれていないお正月用の上等なお椀《わん》を差し出すとそのような立派なものはいらないと、普段使用しているものを見つけ、言いにくそうにこれを下さいと言われる。そしてどうするのかと見ていると器用に横に穴を空け紐を通し腰にぶら下げる。なるほど、割れないコップ代わりだと心より感心する。

このように久し振りに平穏な生活を数日味わうことができましたが、突然父に呼び出しが八路軍よりありました。いやだとは言えず父は早朝出頭、何だかいやな予感がしますが今では日本人は全員捕虜の状態、自由はありません。帰宅が遅い、これは拉致されてしまったと喉の奥はカラカラに渇き不安ばかりが募ります。お観音様の前でお祈りをしたり外に出てみたり、心配のあまり八路軍に殺されたのではとまで思いつめています。母は、

「大丈夫よ、心配いりません。お父さんは何も悪いことはしておられないので、もう少し待ちましょう」

子供の前では極めて平静を装っておられるが、気がつくと一人お観音様に向かい身動きもせずに一心に祈っておられる。私は急ぎ弟妹を呼び寄せ後座にて、

「お父さんをお助けください、お願いします」

と繰り返し声に出し必死になりお祈りする。やっと夕方父が帰宅。母を応接室に呼び話し込んでおられる。何やら重大な事柄らしい。やがて私たちを呼び寄せ、

「今日八路軍の所へ行ったのは名指しでハルビンに行き是非製紙事業に協力してほしいとのことだ。もちろんお父さんは即答は避けたが、実は高崎様（後の通産大臣高崎達之助氏）が横にいて、自分も行くがすでに君のことは八路は全部調べ上げ逃げ場がない。生命の安全は絶対に保障すると言っているし、頼むから後々の日本のためにも自分と同行してほしいと言われた。当然この件はお母さんと相談するが長女のお前はどう思うか」

私は暗然とする。後々の日本のためにと言われてもなぜ私たちが犠牲になるのか、冗談じゃない、それに長春より北のハルビンに行ったら、どんどん日本は遠くなる。これでは一生帰国できないと一瞬思いますが、いくらあがいても所詮敗戦国民です。

「お父さん、お母さんと一緒ならどこに行っても平気よ」

大好きな父と離れるのは朝鮮避難でいかに心細かったか、二度と家族バラバラは味わいたくない、その一心です。

その夜両親は、決断するのに遅くまで話し込んでいますが、今の日本人には全く自由な生き方は

なく、名指しでくるからには逃げ道もなく、ハルビン行きを承諾。その返事をするとほどなく準備金として多額の八路軍票が届けられ、五日後出発で迎えをよこすので、その準備を整えるようにと伝えられました。父はテーブルの上に軍票を置き考え込んでいます。まるで命とのやり取りのようなものですが期日も迫り、いまだ残っている家財の処理があります。売れるものは何もかも売り、少しでもお金に換えたい。運よく顔見知りの李さんにお願いします。内容を知った李さんは非常に複雑な心境のようですがあのハンカチ売りで活躍したミシンも高価に買い取ってくれます。最後に私たちの行く末を案じ、一幅の日本画楠木正成の掛軸を母に手渡し、

「これは価値のある軸と思います。何かの場合、これを売って生活の足しにしてください。そして必ず元気にまた長春へ帰ってきてください、待っています」

母は心より感謝しご厚意は決して忘れないと礼を述べています。このような時の情けは一生涯忘れ去ることはありません。奇しくもこの掛軸はこれから出遭う数々の苦難の道程でも決して手放すことなく日本に持ち帰り、父母は李さんの厚意を決して忘れませんでした。あの敗戦前、どこへ行くともわからぬ生命をかけての逃避行と全く同じ状態が迫ってきます。家財をきれいに売り払い部屋はガランとしています。ハルビン行きの柳行李五個、リュック三個の簡単な旅立ちです。今度こそこの家ともお別れ、八路側の生命保障一点のみを信じての出発。一家にとっては大きな賭け、いや分岐点に立たされていますが、あとのことは神仏にしかわかりません。不安の中、最後の夜はとても眠れずにじっと天井を睨みつけ、やがて夜が白々と明けてきます。私はたまらず一人そっと起

きだし庭に出てもう長春のこの空気ともお別れだと、澄んだ空気を一杯吸い込む。そして何気なく軍部のある交通部の方に目をやると何だか変です。深閑とした交通部、八路兵は一人も見当たらず、周囲を威圧するかのように並べ置かれていた砲車など、何一つ見当たりません。私は一目散に家に駆け戻り靴を脱ぐのももどかしく大声で、

「大変大変、様子が変なのよ。兵士が一人もいないし砲車もないの。早くお父さんお外へ来て見てごらん」

父は半信半疑、また素子が朝から一人騒いでいるわい、といった感じで、そのように思われても全く仕方のない、私は賑やかな性分です。ご近所の人たちもそろそろと戸を開け出てこられ、皆狐につままれたようで一体どうなってしまったのか見当がつかない。あとでわかったのは夜明けとともに潮の引くがごとく、音も立てずに長春を退去していたのです。この見事さは皆の度肝を抜きました。

再び国府軍

ところで今日ハルビンへ出発予定の我が家は一体どうすればいいのでしょうか。父がすぐに高崎様に連絡をとったところ、不在であとで連絡するからとのことで、家族は神妙にその時を待っています。やがて、

「家でいつ出発してもいいように待機していてください。迎えの自動車が行きます」

一日中外出もせずに言葉少なに待ちますが、二日目に入っても迎えの車が来ません。まさに一歩の差でハルビン行きは中止。私たちはまたもや助かりました。もう大丈夫とわかった途端、子供たちは部屋中駆け回り、でんぐり返しをしたり、何もない押入れからジャンプしたり、私が先頭を切ってやりだしたので両親は手がつけられませんが、顔には心から安堵の表情です。

そしてすぐに蒋介石の国民党が国府軍として入城、長春はその支配下となります。それから一カ月ぐらい経ったある日、父が市街を歩いていると、向こうより夢遊病者のごとくうらぶれボロボロの姿の知人を見かけます。その方は私たちより一歩先に八路の命令でハルビンに出発した一団の中に入っておられた人です。あまりの変わり果てた姿に父はすっかり驚き、訳を聞くと、何と途中で全員殺され彼の家族も亡くなったということです。かろうじて自分一人が何とか助かりやっとの思いで歩いて長春に辿り着いたと言われます。あまりのことで父も絶句、慰めの言葉もありません。それと同時にこの我が家の幸運はお観音様のご加護と全員揃って深く深くお礼を申し上げました。今でもあの時に一時間でも早く出発していたらと思うとぞっとします。この八路軍滞在もやはり一カ月ほどで、なぜこれほどあっさりと国府軍に城を明け渡したか皆不思議がっていました。

国民党の統治になったばかりの時、息つく間もない変化の中でついに私は病に倒れます。十六歳になったばかりの時で、腸内より大出血。痛さで呻き声も出ないほどでどんどん危険な状態になりました。小学四年生の時の赤痢と同じ有様ですが手の施しようもなく、父は医者を探すのに危険を冒し奔走します。幸運にも身を隠すようにしておられた伊藤軍医に巡り合え、早速往診に来てくださいました。両親は固唾を呑んで先生を見守っています。やはり病名は今流行しているアメーバー赤痢のようだと言われ、明らかに愕然としています。現況ではまず助かる率は少なく多くの人が次々と命を落としています。先生も毎日往診で両親は昼夜を問わず交替で看病が続き最後はもう助からないと言われるほど腸内出血は止まりません。その都度深い溜息をつき、どんどんと痩せ細る私の手をじっと握りしめています。意識は薄れ排泄の感覚すらなくなり、軍医も、

「覚悟してください。自分も全力を尽くします」

と言っておられる声が隣室より聞こえます。私は、なぜ私が死ぬの、私は死なないわ。大丈夫よ、お父さんお母さん心配しないでと心の中で叫びます。私の生に向けての凄い闘いが続きます。自分でもわかっています、私は絶対に死なないことを。負けるもんかと頑張っています。必死の看病のお蔭で一カ月過ぎた頃より奇跡的に腸内出血も止まり徐々に回復に向かい、家の中がやっと明るく皆の笑顔が戻ってきました。よくぞ助かった、この子は運の強い子だと皆手放しで大喜びです。私は当時を思い出すたびに心より伊藤軍医、両親、弟妹たちに感謝しています。すべての人の愛により私は助けていただいたのです。幼少の時より大病ばかり、元気であった時が少ない私でしたが、敗戦前後にかけては自分でも驚くほど健康体でした。病気が治り自分でトイレに行こうと思ったのですがすっかり歩けなくなっていて、当分赤ちゃんのように這っていましたが、元気になるとともにまた賑やかな陽気な娘に戻っていました。私は自分を陽気な気質に生んでくださったことに深く感謝しています。この気質によりこれから起きる事態も乗り切ることができたのです。

引き揚げ開始

蒋介石国民党統治に落ち着きを取り戻し、鉄道も修復され七月末より帰国が具体化。日本人にやっと一条の光が射し込み皆さんはその準備に慌しい日が続いています。先に奥地より来られた人が優先的で、裏に住んでいた方々も笑顔が戻り、「お先に帰ります」と挨拶にいらっしゃいます。私たちもすぐあとに続いて帰国します、お互いに元気で頑張りましょうとお見送り。

南長春駅を目指し富錦路を長蛇のごとく列をなし、ただ黙々と肩を落とし少しの荷物を背負い、かつての日本人の姿はなく、哀れな民族の大移動としか見えません。道端で中国人が感慨深げに見ています。唾を吐きかけ「日本鬼子《リーベングイズ》(日本の畜生どもという、日本人の蔑称)」と罵声を浴びせる者もいたり、笑顔で気をつけて帰国してくださいと「祝一路平安《ズーイールーピンアン》(道中の無事を祈ります)」と言う者もいたり、様々な人間が見送っています。真紅の太陽が地平線に姿を隠す時、一本の道に長く黒いシルエットを描きながら点々と消え去っていく光景は私の胸深く刻まれ、私たちもまたあの一団の中に加わりこの大地を去るのだと一人じっと見つめています。

我が家の帰国も間近に迫ったある日、門を叩く音で出てみますと、満洲時代に父と交流のあった、前にも記したハルビンの趙さんが粗末な衣服をまとい立っておられ驚きます。父に知らせるやと、どうして趙さんが今頃我が家に、といぶかしく思い急ぎ門のところへ。二人は顔を合わせるやお互いに「オー」と感極まった声を発し肩を抱き合いしばし言葉もありません。私は二人のこの姿、戦勝国民と敗戦国民がすべてを超え、ただ真の友情で固く結ばれているのを眩しく驚きの目で見つめています。母も何事かと思い、出てきます。趙さんは我が家が全員一人も欠けることなく無事でいるのを確かめ心より喜んでくださる。父は急に現実に戻り、

「ところで趙さん、なぜ今時この長春に。何か用でも」

「いいえ、瀬戸さん。実は自分は今、部下三名のみを連れハルビンより歩いて台湾まで逃れる途中です。今は主要都市は国民党が支配していますが、これは一時的なもので、いずれ共産党が握ると思います。そうなれば我々は一番にやられます。それで危険の中歩いて南下していますが、最後にどうしても瀬戸さんにだけは生きている間にお会いしたくお訪ねしました。本当にお会いできてよかった。命があれば再び会える日もあります。それまで頑張りましょう。今自分はここでゆっくりする時間もありません」

　門のところでは眼光鋭い若者三人が待っています。見るところ荷物一つない姿です。これから先この途方もない大平原の中、どうやって台湾まで行かれるのかと私は驚いています。父がご家族はどうしたと聞きますと、家族同行はとても無理でまた危険も押し迫っていますので、心ならずもハルビンに置いてきましたと言われる。私は心の中で表面には現れていないが地方では政情が危険に晒されていることを知り、残されたご家族の将来に大きな不安を抱きます。家族全員庭に並びお互いの無事と再会を約束し、お別れのご挨拶をして一行の姿が見えなくなるまで見送ります。今確かなことはお互いに明日の命さえわからぬところに立たされているということです。そんな中、美し

い信頼の姿を見せられましたが父は再び生きてお会いする日はありませんでした。「人と人とのつながりとは」。十六歳になったばかりの私は私なりに深く考えさせられました。これほどの信頼を相手より得るためにはどうすればいいのか、これは私の一つの課題ともなりました。

今まで記してはいませんでしたが、父の二歳下の忠武叔父は、敗戦約一年前にやはり仕事のために内地より家族を連れて、同じ新京市清和街に住んでいました。叔父は京大出のラグビー選手、父と同様スポーツマンで乗馬を好んだ人です。仕事場は前郭旗という新京より北にあり、叔父の話では未開拓地に国家的大規模な工事を始める準備のために来たということです。広大な地を馬で駆け回るのは実に気持ちがいいとよく言っていましたが、運よく叔父は敗戦時新京の自宅にいたので助かりました。敗戦後、家も近いのでお互いに助け合い、本当に身内はいいものだと痛感しました。

その叔父がひょっこりやってきて、

「兄さん、こんなところとは早く縁を切り帰国だ。俺は先に帰り日本で待っているよ」

男の子三人と、叔母とでさっさと帰国しました。叔父は帰国後土木方面で非常に活躍し、話によると佐久間ダム建設や治水工事に貢献したとのことです。我が家もすべて準備完了、順番のくる日を指折り数えて楽しみに待っています。

残留命令

私たちの帰国も一週間後と決定、嬉しくて嬉しくて毎日鼻歌交じり。周囲の風景が今まですべて灰色に見えていたのに、急にオレンジ色に生き生きと見えだしました。こんな満洲なんて何の未練もありません。家の中は笑い声が絶えません。床の間に並べてある荷物を見てはこれは佐和ちゃん、これは熙ちゃんと私はいちいち口うるさいほど教え、予行練習と言っては持たせて家の中を歩き回らせています。朝鮮避難と違い今度は父がいますので私は大安心ですが、やはり長女ですから責任重大です。私の張り切り方を両親は笑いながら見ていますが、私たちの喜びはここまででした。

帰国の日程が決定した二日後、国民党本部より出頭せよとの通達があり、父は何事かと思い本部に行くと、何と留用命令が下されました。つまり、満洲国残務整理の資源委員会製紙関係者として帰国が不許可となりました。本部にはまたもや高崎達之助様がおられ、

「瀬戸さん、すまないが残留し自分と仕事をしてくれないか」

国民党は「家族の帰国は許可するが本人の帰国は絶対に許さぬ」。どのように考えても現状では父不在では無事に日本に辿り着くことはできそうもありません。答えはわかりきっています。父も内心、このまま日本人が逃げるようにして満洲を去るのは恥と思う心がありましたし、最後はきちんと整理して渡すべきと考え、家族全員残留となりました。

父は帰宅するや家族を集め内容を話し、

「もう少しの辛抱だ。我慢してお父さんのそばにいてくれ。わかったかな。お父さんのいる限り絶対にお前たちを恐い目には遭わさないから」

何で反対できるでしょう。何で父一人残して帰国できるでしょうか。私たち父なしでは考えられない家族です。でも私の心の片隅には何で高崎様は父を指名し残したのかと、恨めしく思いました。

これより七年間残留となり、異郷にて過ごすことになります。人は「真にお気の毒、大変でしたね、大変なご苦労でしたね」とおっしゃいますが、苦難の中でも楽しい日もあり、決して人生の中で不必要な月日とも思わず、むしろ私にとっては大変に有意義な七年間だと思っています。でもこれは、私が命を永らえたからこそいえるのですが。

我が家は喜び一杯の帰国者の行列を横目に馬車に荷物を載せて引越しです。東隆礼路の一角に残留日本人の一部が集まって生活することになります。引っ越してみるとそこは大陸科学院、大学関係、資源委員会関係者の人たちばかりで、ひとしきり引き揚げのざわめきが収まると残るのはただ一種の寂寥感のみです。大同大街を横切ると宝清路一帯にはやはり残留した人たちがおられます。残留したからには潔く元気を出し自分たちの道を切り開くために、まず日本人子弟の教育のために力を合わせ、小さいながら内容の充実した立派な学校を設立し、教育に当たります。先生たちは大学教授、各分野の専門家の方々、女性の先駆者の一人で、有名な望月百合子先生（この方は弟駿介の担任にもなってくださいました）、教育水準は遥かに高いものでした。

私は敗戦当時女学校四年生だったので、編入はやめ家事の手伝いですが、両親は大学進学を望んでいました。中国人に頼み日本人の残していった書籍を馬車二台分購入、応接間に山のように積まれた本を一日三冊は必ず読むことを決められ、私は仕方なく読み始めます。中身は種々様々、旧約聖書もあれば専門書、日本文学全集、詩集、それこそありとあらゆる分野で、私にとっては何が何だかさっぱりわからず、ただ目を通す程度でしたが、もともと読書が好きだったので、途中よりすっかり読む楽しみを覚え、内容も自分なりに理解できるようになりました。でも、何だかこれでは学校に通った方がずっと楽だと思ったりもしますが、一番感動したのは『風と共に去りぬ』です。スカーレット・オハラのように奔放な性格にはついていけませんが、最後の〝しっかりと大地に立ち生きる〟。私は自分のこれからの生き方を重ね合わせます。数学、物理方面は父の受け持ちで、随分と油を絞られましたが、私はこの期間いかに多くのことを学んだか、本当に両親に深く感謝し、私がたとえ大学に入っていてもこれほどの成果は得られなかったと思っています。

一九四七年、父は非常に忙しく旧全満洲の製紙工場調査のために危険を覚悟の上、家族のため、ひいては日本人の心意気を示すためにも頑張っておられますが、電話も通じず、一体どこにおられるか連絡もつかず不安で心許ない日が続きます。

やがて一年が経ち一九四八年春になると、一部の日本人の帰国がまた始まり、私たちは希望を持ちますがやはり父だけは絶対に許可が出ません。そこで、両親は私に祖父母の住む姫路へ一人帰国して大学に入るように勧めます。私と同年の友達もほとんどが父親を一人残し、「お先に失礼致します」とお別れの挨拶にいらっしゃる。私は今家族と離れ一人大学に入ることなど夢にも思い至りませんし、また父がお前は大学で何を学びたいのかと聞かれた時、第一志望は医者、第二志望は画家と答えると明治生まれの父は、とんでもない、そんなところで勉強をすれば一生お前はお嫁に行けない、もっとほかの道を選びなさいと言われ、私は即座に日本には帰らずに残りますと言いきります。両親は少し困った顔をしていましたが、それもよかろうとやっと進学するのを先に延ばしてくれますが、その後本当に一人で帰国しなくてよかったということになります。

残留日本人も少なくなって淋しくなってきます。やがて国府軍と八路軍との内戦が激化、国府軍の敗退の知らせが次々と長春に届くようになりますが、父は生憎丹東（旧安東）方面の調査で出張中、連絡をとることも不可能な有様で私たちはお観音様におすがりするより道はありません。やがて丹東は全滅、そして四平も大激戦の末全滅と心細い限り。地方都市はほぼ八路軍の手中に落ち、残るのは沈阳（旧奉天）と長春だけとなります。

この期間の父の手記は次のとおりです。

「自己の特技製紙技術を発揮する機会到来」

蒋介石が米国よりの軍事資金、軍事物資の援助により次第に増強され国内より大部隊を派遣して満洲地区の制圧に乗り出し、八路軍を北満奥深くに追い詰め、自己が覇権を握り人民の福利の確保に全力を投入する方針を樹立。食糧不足の解決を第一目標とし米国より多量輸入し、一般に配布。一方工業生産力の回復増強方針を打ち出す。

日本国の建設した工業施設はソ連兵にほとんど全部持ち去られまた八路軍の撤退の際にも破

壊爆破され見るべき設備は皆無といっていい程であったが、幸いにして鴨緑江附近にあった製紙関係工場は比較的破壊は軽微で若干の損害は有ったが何とか部品を製作すれば小型機械数台は運転可能との事で実態調査の為に同僚と私は中国人通訳を伴って丹東（旧安東）地区に向う。勇を鼓して出発。沈阳（旧奉天）までは何とか列車が通じていたので乗り込み沈阳の紙業公司に出頭。理事長に面接し今後の方針と計画の打合せを行い調査費用として若干の金を受取る。そこで編上げ靴と防寒帽を購入し出発するが少し南下すれば既に鉄路は八路軍に爆破され徒歩でと来た。手足は既に凍え切ってリュックは肩に喰い込み中々進まない。おまけにあまり広くもない橋桁の上を歩く。若し昼間で谷底が見えれば足がすくんでいたことだろう、やっと渡りきる。私の仕事始めの最初の第一難関にぶつかった。長春で私の安否を気遣う家族の事を思えば如何なる難関にぶつかっても、ぶつかってもやり通さなければならないという信念に燃え、ようやく対岸に辿り着く。本当に心が凍り付くとはこの事を言うのだろう。少し行って田舎宿に辿《たど》り着く。足がもはやいう事を聞かず一歩も進まないのでそこで一夜の宿を取る。満洲国時代には見た事も入った事もないみすぼらしい宿である。自分達は通訳のお蔭で中国人の仲間に入る事が出来た。ここは余程田舎だった事も有って余り敵意を示す事もなく比較的親切にしてくれ、包米饅頭《パオミーマントウ》（玉蜀黍の粉で作った一種のパン）を喰い、中国茶を飲んで暫く人心地ついた。翌朝白みかけた時、一日も早く丹東に到着する事を念じつつ出発。昼過ぎに或る駅に辿り着き、運良く南下列車に飛び乗るが、数回の停車を繰り返し車中で一夜を過し翌日三時頃鳳凰城に入る。もうこれ以上先は行かないとの事で、ここで一泊し馬車にて進む。いや苦しい旅だ。満洲国時代では夢想もしなかった事だ。暫くにして丹東に辿り着く、本当にほっとした。

先発の、この事業の関係者（中国人）に迎えられ、早速旧安東造紙所に行き、倶楽部に落着いた。旧安東造紙所時代の労働者が喜んで迎えてくれほっとする。心づくしの日本食らしき食事を腹一杯食べ、今後の計画を打ち合わせ方針の概略を話して床につく。安心したせいか翌朝まで一度も目覚める事なく熟睡した、気分極めて爽快。いよいよ翌日より作業開始。調査順序を次の通り決定。

一、旧安東造紙所の調査三日間

一、旧鴨緑江製紙の調査三日間

一、旧六合製紙の調査一日間

以上の一週間で三工場の破損個所及び修繕方法、必要資金、所要人員の概略を樹て紙業公司に提出。

旧安東造紙

安東造紙は満洲国時代は王子系でライスペーパーを生産し、全満の需要と北支方面に輸出し品質良好にして工場利益も立派に上げていた。

旧鴨緑江製紙

準王子系にして主としてヤンキー系統の紙を生産しパルプ設備とパルプマシン・グラインダーも設備されかなりの成績を出していた。

旧六合製紙

準王子系で変型フォードルニヤ一台で洋紙生産をしていた。今後更に増設の計画中であった。

丹東地区は敗戦後も日本の技術者全員が留用され八路軍の支配下にあって生産を続けていたが国府軍の突然の進駐とソ連軍はこの方面の略奪に手を伸ばす事が無かった為に八路軍が丹東放棄の際、多少の爆破を行って退却した為に比較的損害は少なかった。

総合報告をまとめ、沈阳の公司に出頭。打合せを行い長春に帰る事なく再び丹東に行き種々準備工作を行う。この度の往復路は蒋介石が極力鉄路の復旧に力を注いだ結果無事丹東に帰任。煙草は中国人の必需品なので煙草巻紙の生産開始を第一目標とする。

丹東脱出

あれやこれやの仕事に追われようやく破損部品も揃っていよいよ組立作業に着手しようと我等一同は軍事状態等には一向に気を使う事なく作業に専念していたが何だか事務関係の中国人がそわそわし始めてうろうろとしているのに気付き調べてみると大変な事が起りつつあった。八路軍部隊が軍を整えて海より丹東を襲ってくるという事で通訳も何時の間にか逃げ出し事務所は既にもぬけの殻である。労働者の話を総合してみると今朝暗い内に丹東を脱出してしまっているとの事。我々一同緊急会議を開くも対策は全然立たず、ああこれで長春で私の安否を気遣っている家族とも永久に会うことが出来なくなったと悲しみに沈みきってしまった。誰一人口を利くものが居なくなった。

阿倍仲麻呂が「三笠の山に出でし月かも」と歌った望郷の歌が真実にひしひしと身に沁みて来た。翼があればなあと出来もしない事などが頭の中を去来する程混乱してしまっている。しかし私には必ず神助けがありお観音様は決して私を見捨てる事は有り得ないと確信があり、ひたすら救助の手を待っていた。

翌々日、姓名を名乗る事なく我々に六時間後に丹東駅に集合するようにと連絡が有るがなかなか信用する事もできず、応ずるべきでないという意見が多かったが自分は例え八路軍であっても駅に行くべきだ。家族の事は相談すれば必ず何とかなると思い意を決し駅に向かう事に腹を決め即刻出発する事にする。いざ出発する段になると不賛成者もしぶしぶついて来る。

漸く駅に辿り着くとそこに高橋君が国府軍兵二名と共に待ってくれて本当に九死に一生を得たとはこの事を指すものと思う。話に依ると高橋君が奥さんを日本内地に送還するので沈阳に行き、たまたま公司に出頭していた時に丹東の中国幹部がどかどかと部屋に入ってきたので驚き理由を聞く。高橋君は非常に驚いて理事長に我々日本人が丹東に派遣される際に万が一の事が有れば第一に日本人を救済するという堅い契約が有るのを楯にして談じ込む。理事長も驚き早速兵二名をつけて急遽丹東に来援してくれたとの事である。中国人の無責任極まる行為に悲憤慷慨してもどうにもならなかった。

この脱出行は本当に危機一髪と云うべきものであった。丹東駅で便乗した列車の最後尾には武装兵士が多数乗っていたがまさかこの列車が脱出の最終列車だとは夢にも思わなかった。沈阳に無事到着、公司に出頭し理事長より丹東地区放棄によりこの計画は自然解消となる。

沈阳市で高崎達之助氏と同一宿舎で約三カ月生活す。高崎氏は既に長春を引き揚げて、沈阳を根拠として米軍や蒋介石軍幹部と日本人の内地引き揚げに東奔西走されており八路のスパイに常に狙われて危険な為、武道の猛者数名が常にその身辺を警戒しており私も一役買わされた。また宿舎には満洲各地に散在していた邦人が続々と沈阳に集結して来て高崎氏に面接し今後の処置に就いて指示を仰いでいた。その中には何と電気出身の原田源三郎君や鉱山出身の相川恭助君の声が聞こえて来て非常に懐かしかった事を憶えている。一方、高崎氏を援助していた連中の帰国は米国との交渉の結果、邦人の大部分の帰国完了後、飛行機で帰れる事がほぼ順位も決定。長春の残留家族を取りまとめて沈阳に連れてくる事としその手段は国府軍の軍用自動車を使用する事になっていたが、八路軍の追撃が極めて烈しくなりこの計画も立ち消えになってしまう。

我々長春組も引き揚げ実行する段階になって来た。長春の家族取りまとめの出発直前になり四平で激戦があり、それが下火になるのを待ち国府軍のガソリン輸送の自動車に便乗して出発。ガソリンのドラム缶の上に腰をかけガタガタ揺れるのを覚悟の上で昼夜ぶっ通しで四平に向って進む。ガソリンが洩れて臭く気分が悪くなるし、お尻の皮は剥けるし惨憺たる有様でやっと二日掛りで四平に到着。一夜ドラム缶の上で寝袋の中に入り睡眠を取ったが眠れるものではない。大変な難行軍だ。四平から長春までは列車が運行されていたので比較的に楽な行程であった。南長春駅で下車し家に辿り着く。よく無事で帰れたものだ。家族一同夢ではないかと大喜びで歓迎してくれた。永い永い苦難の仕事も済み、いよいよ帰国準備に取り掛かり、希望を持って帰国決定の日割りを待ちわびていたが、再度に亘って四平で両軍の衝突があり帰国不可能となるが、突然長春大学工学部の助教授としての留用命令書が伝達されてきた。

帰国には公安局の帰国許可書が必要であるので長春大学より留用命令書が出されれば公安局にいくら帰国許可書の下付を願い出しても決して交付される事はない。帰国を諦めなければならない。いやはや大変な事になった。じたばたしてもどうにもならない。早速長春大学に移転通知を受取り、否応無しに官舎に連れて行かれ帰国計画も一巻の終わりとなった。

このように父は九死に一生を得て、奇跡的にも私たちのところに帰ってこられました。留守中の私たちはといえば、国府軍の敗退のニュースが次々と届く中、父は一体無事なのか何もかも不明なまま肩を寄せ合いただお観音様におすがりの祈りの日々で、頼れるのは何もありません。父にもしものことがあれば、それは家族の死にもつながりかねません。母は、

「お父さんは大丈夫ですよ。今にひょっこりとお元気なお姿でお帰りになるので心配はいりませんよ。その日を待ちましょうね」

電灯はすでになく、真っ暗い部屋。ただ一点灯心の灯りの下母と一緒になり、一心に父の無事を祈り続けます。するとある朝、父が疲れきった姿でひょっこりと玄関先に立っています。私は夢かとばかりに驚き、父に駆け寄る前に母に知らせるために大声で、

「お父さんのお帰りです」

家中総出で「お帰りなさい」と出迎え、家中急に活気づきます。落ち着いて父を見ると服はよれよれ、あちこち破れ、それよりも何だかシラミがいるようです。すぐにお風呂場へ直行、全部着替えます。子供たちは嬉しさで声を上げながらお手伝い。幼い謙介を父は抱き上げ頬擦り、駿介、規子、熙子、佐和子、私と順々に元気でいたことを確かめるように抱きしめます。本当に嬉しかった。涙が出るほど感極まる喜びが家中を包みました。私たちは父を囲み矢継ぎ早の質問です。

「お父さん、どこにいたの。危なかったでしょう、どうやって帰ってきたの」

父は一つ一つ答えてくれます。やがてひと落ち着きし、質素な夕食ですが、何と美味しく感じたことでしょう。父は特に何日ぶりかのゆっくりとした食事でした。その夜は大きな安堵感に包まれ全員ぐっすりと眠りました。

でも、父の丹東での話の中でまた一つ大きな悲しい知らせがありました。それは優しい井上のおじ様の消息でした。父は丹東に仕事で行くという大任のほかにどうしても井上様の消息をつかむと

いう大きな目的を持っていました。仕事の合間を見つけては日本人の間を駆け巡り聞いて歩きます。やっとつかめたのは悲しい知らせでした。戦後井上様は丹東の残留日本人の安全のために特に国府軍との交渉に奔走。我が身を忘れての日々が続いていました。蒋介石との繋がりは戦時中からあり、そのためにあらゆる手段を使い日本人帰国に努力しておられましたが、丹東に最初に進駐してきた国府軍が誤認で井上様を戦犯として投獄します。少し落ち着き、本隊が入城し蒋介石の命令で井上様を探していたら何と投獄されていることが判明し急遽出獄。申し訳ないと謝られたが、投獄中チフスに罹りすぐに入院され、とうとう亡くなられたとのことです。お葬式は国府軍蒋介石主催で行われましたが、子供のない井上のおば様はすっかり気落ちし、あとを追うようにして病死なさったそうです。

私はこの話を聞き、悲しくて言葉もありません。あの優しいおじ様にはこの世では二度とお会いすることはできなくなりました。あの朝鮮逃避中、丹東駅まで危険を覚悟で両手に一杯お菓子や食料品を持ち、私たちに「必ず生き抜きなさい、必ず探し出し助ける」と力強く励まし、夏の暑い日差しのプラットホームで汽車が見えなくなるまでカンカン帽を振ってくださった姿はどうしても忘れ去ることはできません。もし平和な世であれば私たち女の子四人の中の誰かが井上のおじ様の子供となるはずでしたのに。私たちはこのように次々と大切な人をこの世からお見送りしています。もう悲しさなど通り越しただ虚しさだけが残っています。

翌日父は、私たちを前にして、

「皆喜びなさい。すぐに日本へ帰る準備をしなくてはいけない。第一に帰国のための証明書に添付する証明写真を撮らなくてはいけないので、お父さんと一緒に出かけよう」

私は驚きましたが、やがて大きな喜びが押し寄せてきました。やっと帰れる、日本にやっと帰れる。写真用に子供たちも帰国用の洋服に着替え写真を撮りに行きます。何もかも準備完了。床の間にまたリュックなどを並べてそれに名札をつけたり、何しろ一人一個と限定されたので入念な品揃えで神経を使いますが楽しいものです。出国証明書も出来上がり写真も貼られている。話によると高崎様たちは沈阳より飛行機ですでに帰国されている由、八路軍の攻撃が激化しているので私たちは沈阳まではとても汽車では行けないので急遽軍の小型飛行機で羽田空港へと決定され、その日のくるのを指折り数えて待っています。東隆礼路の自宅の門より遥か向こうに動物園のある小高い平地が見え、そこに一機待機しています。父は、

「明日はあの飛行機でいよいよ日本に帰るぞ。もうここともお別れだ」

私は謙介と規子と手をつなぎ夕空を仰ぎ見ながら、「夕焼け小焼けで日が暮れて……」そして
「お手てつないで、野道を行けば……」と三人でステップを踏みながら、

「嬉しいね、あれに乗って羽田空港に行くのよ」

「日本ってどんなところなの」

日本を知らぬ弟妹が私に聞くので、ありったけの日本での楽しかった思い出を話してあげます。何やら大砲の音が遠くで聞こえます。また戦争だ、でも明日はここにはいないのでどうぞ思う存分

戦争をしてくださいとあまり気にもしていませんでしたが、急に頭上を黒い固まりが唸りを立てて飛んでいき、あっという間に見事に私たちの乗る飛行機に命中し、たちまちのうちに紅い炎に包まれ燃え上がる。急に爆風が襲ってきます。私は弟妹の上に覆い被さるようにして地上に伏せながら呆然とただ見入っている。今までのあの喜びは泡と消え去り残されたのは黒焦げの飛行機の残骸だけ。

私は家の中に飛び込み父に報告。全員言葉もなく座り込み、部屋にきちんと並べてある荷物をじっと見つめていました。またもや私たちは帰国不可能となります。父の資源委員会は自然解体。父は無職となり、この次の帰国の機会は絶対に大丈夫だからその日を待とうということになりました。

飛行機命中をきっかけのようにして八路軍の攻撃は昼夜を問わず続き、大砲は屋根の上を唸りを立て飛んでくる。父は爆風で窓が壊れ、怪我をする危険があるといって全開。別に逃避もせずに高射砲が空中至る所で炸裂するのを窓から身を乗り出すようにして見ていると、まるでお昼の花火のように見えます。すぐ百メートルほど横の大同大街には爆弾が落ち道路に大穴が空き、中国人は家財を大八車に載せ逃げるために大騒ぎです。いやに落ち着いていたのは日本人だけで、どうせよその国の戦だと平気な顔で逃げ惑う中国人を眺めています。もう全く戦争に慣れきってしまっていますが、よく考えるとこれは本当に恐ろしいことです。戦争を戦争とも思わず人が死んでも〝あら、あの人は運が悪かったのね〟と生死にも無頓着になり、戦時下での生活が当たり前となってしまっています。

よく考えると、この中国民族は歴史始まって以来内乱内戦続きで平穏な時代があまりないので、このような時に自分の身を守ることは実に上手です。誠に羨ましい。いつでも逃げられるように常に心がけ、そして非常に金銭に敏感です。この不穏な世の中で紙幣よりも金塊を持っている中国人のいきざまが身に沁みてよくわかります。

八路軍の攻撃が急になくなり、国府軍が勢いを取り戻し交戦もなく小康状態に入ったらしく、市民は一様にほっとします。国府軍にとっては長春は最後まで死守する覚悟のようです。

第4章　飢餓との闘い

長春大学留用

この攻撃に大騒ぎしている間に父は長春大学工学部機械科助教授に強引に任命され毎朝大学に出勤です。これでまた帰国できません。公安局では帰国したければ家族だけ許可を出すといつもと同じ返答です。最初は郊外近くに大学があるので戦が心配でしたが、それもやがて静かになり本当に平穏な日々、生活も安定し過ごしています。大学の給料は驚くほどよく、給料日には風呂敷持参で出勤し、お給料をそれに包み帰宅です。物騒な世の中でお金の隠し場所を床下に決め、お菓子の缶に詰め込み畳を上げて隠す。

父は自分が先生になるとは夢想だにしていなかったので任命された時は非常に戸惑ったらしいが、結局家系が学者系統の血を引いているのでこれも何かの因縁と思い、引き受けることになりました。父は熱力学、内燃機関、材料力学、理論物理、設計工学、製図等を教えることとなりその教材作りに取り組みます。まだ手元には戦前より外国より取り寄せた絶好の参考書を売らずに持っていましたので、大いに役に立っている様子で、ほとんど睡眠もとらずに学期初めまでに作成し、一週間に十時間の持ち時間ですが、登校しない時間を教材作成に力を注ぎます。

あれほど乗り気でなかった先生業もすっかり板につきかえって生き生きと学生相手に愉快そうに教え、学生がとうとう家にまで教えてくださいと数人やってきたり、昔のように賑やかな雰囲気に包まれます。何年ぶりでしょうか。敗戦後初めて味わう平穏な日々です。

父の授業のない日は朝から「先生こんにちは」と二、三人の学生が訪れます。私と母は食事の支度やお菓子作りに大忙しです。どうせ残留となるからにはこのような日々が長く続けばと願っていますし、学生は全員非常に日本語が堪能で私たちのよき話し相手にもなってくれます。奥さんや恋人同伴の人もいて笑い声が絶えません。また、服装もソ連占領時代と変わり、母は市場で上等の布を買い求め次々と縫っては私たちに着せ、父はその姿を眺めては目を細め喜んでいます。学生の試験採点を徹夜でやっている父のそばで私はお手伝いというよりも製図の方法、計算力学などを教えられますが、このことはあとで相当に私にとって役に立ちました。

やっと平穏を取り戻した長春で、久し振りに宝清路の青空市場へ、母の言いつけで買い物に出かけます。空はあくまでも澄みきり、のどかな空気の漂う中、のんびりと帰路についている時、ふと気配を感じる。私のあとをずっと一定の間隔を保ちながらついてくる異様な足音に気づき、用心しながら振り返ると、本当に驚く。目に飛び込んできたのは一頭のラクダの顔、私の肩のところにある。一瞬目を疑う。どうしてこの街中にラクダがいるのかわからないと同時に、見上げるほどの大きなラクダが、呑気な顔つきで私を見ている。私は恐ろしくなり歩を速める。そして小走りとなり逃げ道を探す。やっと路地を見つけ逃げ込むが、ラクダは私から決して離れずについてきます。そのうちに周囲の中国人が集まり始め、遠巻きに騒ぎだし、口々に、

「姑娘《クーニャン》（娘さん）危ない、早く逃げろ」

私は必死ですがラクダは離れない。生きた心地もなく走りだすと、ポクポクと足音も軽く、ついてくる。やっと我が家に辿り着き、門の中に駆け込み、厳重に門扉を閉めて玄関に靴のまま飛び込む。奥の部屋にいた母が何事かと出てきますが、ふと門を押し開けて庭に入り込もうとしているラクダに目が止まり、母も驚く。すでに道路には数十人の中国人が遠巻きにしてラクダを棒で追い払おうとしていますが、一向に動こうとしません。どうなることかと窓越しに恐る恐る見ていると、やっと警官が二人やってきて、何とか連れていきます。ラクダの後ろ姿を私はしばらく呆然と見送る。中国人が私のところにやってきて、

「大変な災難だったね。あれは動物園から逃げだしたんだよ」

母は呆れています。

「素子よ、あなたはいつも変なお供をよく連れてきますね。この前は豚さんがついてきましたよね」

私も、自分がいやになります。犬や豚までは何とかなりますが、よりによってどうしてラクダが

私についてくるのかと。当分外出するのを控えます。

このように平安な日々を送れるようになってきた長春ですが、一九四九年に入ると八路軍の包囲網は徐々に狭まり、とうとう長春を着弾距離内に入れてしまいました。用いた戦略は兵糧攻めです。虫一匹も通さないほどの遠慮容赦のないひどい戦略で、まるで真綿で首をじわじわと絞め上げるように、何の罪もない一般市民を完全に巻き込んでの戦となりました。長春は陸の孤島のようになり飢えと闘う日々が続くこととなります。なぜ、同胞であるのに主義主張のために殺し合うのか、まるで戦国時代に逆戻りです。現代では考えられないことが繰り広げられます。

やがて大学も閉鎖、給料もなくなり、最初に直面したのは食糧不足。どんどん物価は跳ね上がり米一斤（中国の一斤は五百グラム）が一億五千万円となってしまい、お金があっても入手不可能です。生垣の楡の葉も野草も、手当たり次第に食べられそうなものは何でも食べます。水だけで過ごす日々が続き、残留組の大学教授の中でも死者が続出。裏に住んでいる家族は全員餓死。道路にも餓死者がごろごろ横たわっていますが、誰も埋葬する気力すらありません。見渡す限り草も食べ尽くされています。

夕方、激しく玄関を叩く者がいる。一瞬緊張が走る。父は〝何者だ〟と言いながら私たちに押入れの中に隠れるように命じ、ドアを開ける。そこには国府軍兵士三名が銃を突きつけて立っている。土足のまま部屋に上がり込み、物色が始まる。〝食べるものはないのか〟と言いながら何もかも手当たり次第にひっくり返しながら探す。しかし我が家の食料はすでに底をつきどこを探してもない。その時私が可愛がっていた犬のコロを見つけた途端、一発の銃声がしてコロは撃ち殺され、兵士は死体をぶら下げて出ていく。これは一瞬の出来事で、私は呆然と立ちすくむばかり。すでに市街の犬は見つけ次第兵士が殺し、食べ尽くしていた。私はコロを床下に隠したりしていたが運悪く吠えたので見つかったのです。もう何もかも目茶苦茶、地獄のような日々が始まっています。国府軍隊の軍規は乱れ、銃を持った恐ろしい強盗と化しています。

食糧難と並行して日中は国府軍の空中からの武器、食糧投下で、落下傘が開かずに唸りを上げながら地上に落ち、その下敷きとなる犠牲者も出てきます。私も危ないところ一命を助けられます。何やら上空で飛行機の爆音を聞いていたのですがあまり気にもかけずに歩いていると、誰か女の人の声で、

「素子さん」

と呼ぶので歩を止めて振り返った瞬間、すぐ前に物資が落ちてきたのです。目前には驚くほどの大穴が空いて私はただ呆然と立ちすくむばかり、周囲の中国人が蒼い顔をして私を見ています。やがて取り囲み助かってよかったと喜んでくれますが、これ以後私は幾多の危険な中で、必ず女の人の「素子さん」と呼ぶ声に助けていただくことになります。

一粒の大豆さえ手に入らずに水ばかり飲む日々。電灯も点かず灯心の油もなく夜は暗闇での生活。絶望の中、絶対に日本に帰るまでは死んでたまるか、この一念だけで生きています。私は座して死を待つより動こうと決心し、帰国のためにと一応買い整えておいた私の着物数枚をリュックに

入れござを片手にある朝大声で、「いってきます」。私の格好を見て母は驚き、

「あなたは今から何をしに行くの」

努めて明るい声で、

「今から着物を宝清路の青空市場で売り、必ず食糧と交換してくるので楽しみにしてね。心配ご無用、私に任せてね」

胸をポンと叩き、おどけた仕草で門を出ますが、何しろこの三日間水ばかり飲みぎりぎりまでに身は痩せ細り力が入りません。強い太陽を受けると目はくらみ足元はおぼつかなく、五歩進むのがやっとで気力だけです。たった百メートルほどの道程を何回も立ち止まり歩を進めやっと大同大街の街路樹の下でひと休憩、腰を下ろすと今度は立ち上がる力がありません。へなへなと座り込む。大空を仰ぐと眩しいばかりに太陽は光り輝き真っ白い雲が静かにたなびき下界の私に降り注いでいます。私は空元気で家を出たものの一粒の大豆を求めるためにこれから地べたにござを敷き、こんな痩せ細った姿でと、情けなくなるやら悲しいやら急に涙が溢れ出る。何で涙が出てきたのか……この大同大街を真っ直ぐ行くと南湖が見えます。一思いに身投げをして死ねばどんなに楽になるか、私は死の誘惑に引きずり込まれようとしています。道端でどのくらい頭を抱えてうずくまっていたでしょうか。急に誰かにドンと背中を叩きつけられはっと我に返りました。

私は何と馬鹿なことを考えていたんだろう。私一人の命ではないのです。皆が私の帰りを待っています。たとえどんなことをしても一粒の大豆でもよい、手に入れるために努力しなくては、今日

一日の食事にありつけばまた明日があるんだ。私は自分自身に言い聞かせます。

「素子よ。いつもの明るい素子になりなさい。今まで頑張ってきたでしょう、あとひと頑張り、これくらいで負けては先が見えていますよ」

やっと立ち上がり市場へと向かいます。そこには顔見知りの大学教授のご夫妻や大人ばかりが路上にあらゆる品を並べそれを中国人がガヤガヤ言いながら買っています。見渡したところ私くらいの年齢の者は見当たりませんが、元気を出し空いた場所を見つけゆっくりござを広げリュックを背中より下ろしながら周囲の様子を見ます。品物は路上に溢れていますがこのご時世でなかなか買い手はありません。私は下手な中国語で、

「私の着物を買ってください」

なんだかソ連占領時代のあのブラトーチキ（ハンカチ）売りの時の元気はありません。自分でもわかっています。十五歳の時は無邪気でした、今の私は十九歳の恥ずかしさがありました。顔見知りのおば様が横に来られて、

「素子ちゃんは偉いわね、頑張ってるわ。でも一日ここに座っていても何も売れないのよ。こんなご時世ですもの、仕方ないわ」

やがて向こうより一人の中年の中国人男性が近づいてきます。内心やっと買い手が現れたと思ったらそばまで来ると、しゃがみ込み聞くのです。

「父親はどうしたの。死んだのか？　餓死したのか？　女の子一人で皆を養っているのか？　偉い

もんだ、大したもんだ」

何だか一人合点し一人で感心しています。まさか父親は大学教授で商売は苦手でできないのだとは言えませんし、いちいち説明するのも面倒なので、

「父親死了《フーチンスーラ》（父親は死んでしまった）没法子《メイファーズ》（仕方ない）」

話をしているうちに私の心の中もだんだんとゆとりが出てきて〝郷に入っては郷に従え〟とばかりに勇気が湧き出し笑顔で思い切り知っている中国語を使い呼びかけます。よくしたもので当人が笑顔になると周囲も明るくなり、今まで寄りつかなかった人たちがどんどん集まり、人の輪が狭まり着物を手にとって見てくれる。もうしめたものです。中国服にはこの柄がいいとかこんな上等な品は二度と手に入らない、本当は手放したくないけれど生憎食べ物がなく弟妹五人が死にそうなので安くするから……自分でも思いがけない言葉が口からポンポン飛び出します。我ながらこの調子のよさには呆れています。いつの間にか先ほどの中国人が自分の商売をやめ私の横で、

「この姑娘《クーニャン》（娘さん）は父親が死に一人で家族を守るために頑張っている。ここに今残っている日本人は皆偉いんだ。この娘の父親もそうだったんだ。この娘の着物を買え」

そして売上金を盗まれないようにしろと注意したり、最後に私に代わって売ってくれ、あっという間に全部売り払う。周囲の中国人が、

「また明日も頑張れよ」

と元気づけてくれ、私も気楽に、

「また明日もね、再見《ツァイチェン》（さようなら）」

親切な中国人男性は私に、

「よく売れて本当によかったけど、一体このお金をどうするつもりか」

私は、

「一粒の大豆でもいいから手に入れ、弟妹に食べさせたいが、どこで買えばよいかわからない」

すると自分も店じまいし、ついてこい、食料を手に入れてやると言いだす。私は一瞬疑惑の念で相手の顔を見る。そして、もうここまできたらこの人を信じてすべてを任せようと心に決め、細い路地へと入る。いざという時の逃げ道に心を配りながらあとからついていく。ある家の前に辿り着くと、振り返り外で待つように言われる。私の今とっている行動は常識でいえば無謀だと一口で片づけられるほどに危険なものですが、今の私にはただ一粒の大豆が欲しいの一念です。どれほど待ったでしょうか。長い時間のように思えましたが十五分ほどしてその人はリュックに大豆や米を金額以上の分量を一杯に詰め戻ってきて、

「どこだ、家は」

と聞く。東隆礼路に住んでいると言うと、

「ああわかった。残留日本人幹部の住んでいるところだな」

リュックを指し娘がこのリュックを背負っていると必ず暴民にやられ危険だから、ついでに家の近くまで持っていこうと自分で荷を担ぎ歩きだします。私はああこの人はいい人だった、ありがと

うございますと心より厚くお礼を言う。すっかり親しみを覚えともに歩きだすが家の近くまで来ると何しろ父親は死んだことになっているので、どうか父が出てこないようにとビクビクしていると母が私を案じ門のところで待っている姿が目に入り内心大いにほっと胸を撫で下ろします。見知らぬ男性に荷物を持たせ笑顔で帰った私に驚かれるが、訳を話すと母は丁重にお礼を申し上げています。私は、

「また明日もね」

と旧知のごとく手を振る。全く幸運でした。今のご時世にこのような人に巡り合うのは稀有に等しいのです。商売にもすっかり自信がつき明日に向かって生きる力が漲ってきます。久し振りに弟妹との食事で我を忘れ、朝出発した時の自殺まで考えた自分と全く違った自分になっていました。私はいつの間にか市場の人気者となり、買い手がちゃんと待って買い取ってくれます。父を亡くして家族のために働いている健気な姑娘《クーニャン》（娘さん）となっていました。

父はとにかく、路上での商売は大の苦手。そこで考えついたのは空輸物資が数多く南湖に落ちる。それを引き上げ何割かをもらう仕事です。落下物の大部分は食料品です。大学教授でも父のように無理矢理命令で教鞭をとらされた人たちは根っからの学者とまた違い、生きるために積極的に行動し、とうとう組織結成。総員十三名、船二隻を調達し、名称を拿労組《ナーラオヅー》（水中よりものをすくい上げる組の意味）という。船は南湖に二隻放棄してあったのでそれを使用に耐える程度に修理し、錨は予備を含め四個ほど自作（落下した袋を引っかけ引き上げる）、中国側に交渉して回収作業の

許可を得て早速行動開始です。父の初仕事で、子供たちは門で、

「お父さん気をつけてね。危ないところへ行かないでね」

「わかったぞ。安心しなさい。戦利品をたくさん持ってくるからな、楽しみに待ちなさい」

でも南湖の対岸には八路軍の陣営があり、絶えず銃撃戦があります。命のやり取りのような仕事でたびたび銃撃戦に遭います。一度は一斉射撃を受け、父はすぐさま湖に飛び込み、水中に潜って岸まで三十メートルほど泳ぎようやく辿り着き難を逃れますが、友人は親指を撃ち抜かれてしまわれたそうです。この仕事は一カ月ほどで中止、やっともらえたお米はずぶずぶに湖底にて腐りきり、臭気が物凄く茶色に変色しており、平時ではとても食べられませんが、食べ物はこれしかない。鼻をつまみながらやっとの思いでお粥にして胃の中に落とします。思い出してもまだ鼻の先に臭みが残っているように思えるほどひどいものでした。

ある日、相変わらず宝清路で商売をしていると、急に国府軍が数人市場に乗り込み、一人の中国人を強引に連行する姿を目撃し、私は身の危険を感じ、すぐさま店をたたみ急いで帰宅すると、同時に四方より八路軍の物凄い攻撃を受け市場は目茶苦茶、大混乱となり死傷者が数人出ます。私は危ないところでしたが、私の感のよさに父は感心しています。

とうとう売るものが家にはなくなる。そこで今度は南湖で父は魚釣り。私は子供の時より何よりも魚すくいが好きでその実力が大いに役立ちます。網で小魚すくいですが、他人に比べても不思議と思えるほどの豊漁、それを生きているうちに家に持ち帰り、母が中国人と高粱、トウモロコシ等

と交換。当時鮒は一斤（五百グラム）三千万円、小魚一斤二千万円、つまり鮒などを売って二億円ほどです。このお金でお米を買ったらやっと一斤足らずになりました。

我が家の悪戦苦闘はなおも続きます。父は例の拿労組の仕事の最中、錨で足を傷つけたのが原因で大怪我を負いました。上皮は小さい傷で大したことはないと思っていましたが、気がつくと足骨に沿って肉がズブズブに化膿し、太腿のところまで肉がくずれ始め一刻の猶予もないほど深刻な状態となっています。しかし父は、

「何、これしきの傷でへこたれるものか、心配はいらぬ」

と足を引きずりながら家族を守るために南湖に通いますが、その道中には多数の餓死者がゴロゴロ転がっています。果ては今目の前を歩いていた人が急に倒れ死にます。皆一様に餓死の前は異様にむくみ、まるでぶくぶくの西洋人形のようになる。我が家族はまだガリガリに痩せ、むくむまでには至っておりませんが、すでに謙介、娘子、駿介、熙子にはその兆候が現れ始め予断を許さぬところまできています。動く力もなくなり、両親に無理も言わず泣きもせず、ただ黙ってじっと日向ぼっこ。もう泣く力も失せています。母を見上げて一言、

「おかあちゃま」

と三歳の謙介が言ったあの言葉は、何ともいえぬ愛おしさと悲しみで、私は思い出すと今でも涙が出ます。

ある夜、玄関を叩く音で出てみますと、学生の劉さんが両手に荷物を持ち立っています。父に知らせ、早速応接間に案内する。話の内容は、中国人の学生仲間で話し合い、国府軍に入れば食糧がもらえるのでそれを先生のところへ持ってきたということです。どうか元気を出してください。もしご家族に何かあれば我々の恥になります。また持ってきますと差し出され、両親は思いもかけない救いの手にただ感謝しています。その後、奥様が持ってこられたりしますが、数日後、

「先生、今から地下に潜ります。先生をお助けします」

と言い、その後二度と巡り合うことはありませんでした。

このように六月頃より学生が以前にも増してたびたび訪れるようになりました。何やら父と小声で話をしています。一体何の話かしらと思って別に気にも留めてはいませんでしたが、父の手記によりますと、

『〝長春脱出計画〟

学生達は来訪の度に高粱、トウモロコシ、大豆、塩などを持って来てくれて有り難かったが、八月頃になり実は自分は共産党より派遣されたスパイで、八路軍はやがて東北全域を占拠する事になっており全域の工業生産対策を立てなければならないが不幸にして設備は殆ど破壊され技術者もいないので長春に残留している日本人獲得の任務を与えられ幸いにも先生は製紙のベテランだそう

で、特に共産党幹部より先生を獲得する様にとの命を与えられています。どうか先生は共産党に協力して頂きたい。ついては共産軍はこの十月に入ると長春に一大攻撃を開始するのでそれまでに脱出して欲しい。脱出の際、大学の先生を一人でも多く連れ出して下さい。尚、共産党側の勢力範囲に来て頂き氏名とその理由を述べてもらえばすぐに受け入れられる様にします。その後、数度訪れ決心を促されていたが、何時の間にか来なくなった。多分長春を脱出したのだろう。

大学関係の有志の方々と脱出案を練り八月中旬頃その計画を作り上げる。総勢九家族、各家庭毎に最小限度の食糧（共産地区まで脱出するには少なくとも三日乃至四日は必要とする）。お互いに一致協力してこの難局を切り抜ける事を固く誓い合った。長春脱出には必ず公安局の許可証を必要とするも、国府軍として優秀な学者技術者を共産党に取られる事を極度に恐れ、幾度と無く公安局に出頭して許可証を要求しても決して頭を縦に振ってくれない。一方、脱出予定期日は逼迫してくるし途方に暮れる。不許可は自分だけである』

私は、なぜいつも我が家はこのようなことになるのかと恨めしくなってきます。長春のほかの残留日本人、中国人はもちろんのこと、どんどんと脱出していきます。また取り残されてしまいそうです。父はこの脱出計画に痛い足を引きずり奔走していますが、絶対に父だけは不許可。それほど出たければ家族にはいつでも許可を出しますよと冷たい返事ばかりで、もう父も万策尽き果て、心底から疲れきり絶望し、自分の力のなさ、そして家族に対する責任で眠れぬ夜を過ごします。そしてついに父としての結論が私たちを集めて言われました。

月明かりの射し込む座敷に父を囲むように座り、何事かとじっと父を見つめています。父は沈痛な顔で、

「お父さんの不徳の致す所で大切な家族をこのような目に遭わせて誠にすまない。詫びても詫びても足らないことだ。許してくれ」

私は驚き、

「お父さんの責任ではないわ。そんなに頭を下げないで」

父は胸のポケットより紙包みをとりだしどこで手に入れたのか、青酸カリです。

「お父さんは考えに考えた末に日本人らしくここで皆で死のうと思う。野垂れ死にするよりいい。これでやっと皆でゆっくりできる」

弟妹たちは深い意味もわからずキョトンとした顔で白い紙包みを見ています。私は生きようが死のうがどうでもいい、大差ないとすっかり疲れきっています。敗戦後からずっと折に触れては〝生きよ、生きて祖国日本に帰るのだ。一人でも生き抜き家の血筋を絶やしてはいかん〟と言い通してきた父の結論がついに現実には勝つことができず、一家自決の道を選んだのです。私はわかっています。絶対に父の責任ではありません。個人ではどうしても抗しきれない激流の渦に巻き込まれてしまっています。

急に母が父の言葉を遮り、とんでもないことをと半分怒った顔で、

「お父さん待ってください。私はいつ死のうと何の悔いもありません。いつでもお供を致します。

しかし子供六人はお観音様よりお預かりした尊い命、どうして自分たちの手で命を絶つことができるでしょうか。とにかく生きるだけ生き抜きましょう。まだ何かの方法が絶対にあります。落ち着いて考えましょうよ。お父さんで駄目なら私が明日公安局へ出頭し交渉してきます。お願いですから弱気にならず、まずこの青酸カリをどうか捨ててください」

父は頭を垂れて黙って母の言う言葉を聞いています。私たちは一体どうなるのかと固唾を呑んで父の口元を見つめています。しばらくして父は、さっきまでとは全く違ったいつもの顔つきで、

「よくわかった。よし、今度はお前に頼む。本当に悪かった、許してくれ。自分は大きな間違いを犯すところだった」

そして皆の目の前でトイレの中に青酸カリを捨てられる。私はそばで本当に父が全部捨てたかをしっかりと確かめます。ちょっとでも残っていたら大変です。全員一言も発せずじっと薬が溶けてなくなるまで見つめていました。

母は強し

翌朝、母の姿を見て一同驚きます。それはボロボロのモンペ姿で髪はボサボサ、このような母の姿を私は生まれて初めて見ます。一瞬母は気が変になったのかと疑いますが、母は一晩考えてこの姿になったのです。お玄関に全員並び、

「お母さん気をつけて行ってらっしゃいませ」

母の痩せ細ったみすぼらしい姿を見ると、私は心配になり同行を望みますが、あなたは皆を見ていなさい、心配はいりませんと断られます。

「では行って参りますよ。楽しみに待っていらっしゃいね。心配はしなくても大丈夫よ」

私は大同大街まで同行し、遠ざかる母の姿を祈る思いで見送り、一目散に家へ帰り、すぐ弟妹を呼び寄せお観音様にどうか許可が下りますようにと一心に祈り続けます。本当に長い長い一日です。じっとしておれません。道路に立っては母の姿を求め、帰っては膝を抱えじっと待つ。昼過ぎ母の足音を聞きつけ一斉に玄関に飛びだす。

「お母さんどうでしたか。許可が下りたの、それともやはり駄目だったの」

母は、

「ハイハイ、ちょっとお静かに、お水を一杯頂戴」

そうです、母も何日も水だけを飲んで過ごし、食べ物らしきものは口にしていません。この炎天下、よくぞこの体力で出かけられました。公安局は普通私が歩いても五十分はかかります。水を飲み、少し落ち着いて話し始められる。私は食い入るように身を乗りだして聞く。

「今日は生憎司令長官が不在だったので、また明日来るように言われました」

父は公安局に司令長官とは変な話と思い、一体どこに交渉しに行ったのかと問います。

母の話では、大同大街をずっと歩いて目に入ったのが守衛の立っている司令部だったそうで、どうせ今まで公安局は何度願い出ても許可が下りないのでここしかないと思い、守衛兵にここで一番偉い人に会いたいと申し込む。すると案外すんなりと聞き入れ一室に案内され用件を聞かれたので、今までの経緯を話し、父の現在の職業身分証明と六人の子供が飢えに苦しんでいるので、何とか脱出を許してほしいと話す。親身になって聞いてくれ、

「せっかく来てくれたが司令長官は明日は在勤なので明日また来てください。用件は必ず伝えます」

と約束してくれたので、母は明日また司令部へ行くとのことです。私たちは明日に望みを託します。

私は寝床に入り眠ることもできずに考えます。明日が駄目なら今度は私が行く。どんなことになろうとも話を決めると。しばらくおとなしかった私の気持ちが急に高ぶり、あのソ連の司令長官を相手にまくし立てた時の闘争心が出てきました。何だ、勝手にお父さんを残留させておまけにこんなひどい目に遭わせ、この期に及んで家族は許可しても父は駄目と理不尽極まりない。頭の中はどんどん冴えだし一睡もできません。

次の日も母はまたもや前日と同じ姿で家をあとにします。この時代、いかなることに遭遇しようとも決してマイナス思考になっては生きてはいけないとつくづくわかりました。もう駄目だ、どう考えてももう終わりだと思ったら、じっと自分の周囲をいや足元を見つめます。すると必ず針の穴ほどの一条の光明は射し込んでいるはずです。神仏は必ずかすかな光でも与え続けてくださっています。そのかすかな光明をいち早く見つけ、ただひたすらそれに向かい前進し、その一条の光の道

をより大きな光にする努力をすべきと思い至りますとともに、これから先この中国、いや大地で生きるにはこれしかないとさえ思いつめています。

やっと母は夕方帰宅。お観音様の前に皆が座り母の言葉を待つ。母は、何事もなかったかのように、

「許可が下りましたよ。でもね、それが三日後脱出、すぐ準備に取り掛からないといけませんねお父さん」

三日後出発の脱出許可証を差し出された時は思わず万歳と叫び、これでやっと助かったと本当に一条の光がサーッと射し込んだように思えました。

母の話では、守衛兵に一礼し、堂々と正面入口より中央にある階段を誰にも咎められることもなく上り、目の前のドアをノックすると「請進《チンジン》（お入りください）」との声で入ると中央に大きな机があり、その向こうに立派な軍人が座っておられる。つまりこの方は司令長官で母は何も知らぬまま偶然にこの部屋をノックしたのです。司令長官は前日母が訪ねてきた報告をすでに受けていたらしく、ご挨拶の後、母は勧められたソファーに座り、父の身分、家族の窮状をつぶさに話し子供だけは助けたいのでなにとぞ許可を出してほしいと臆することなく申し述べる。決して卑屈にならず自分の思っていることを司令長官相手に率直に話しました。

その母の話を黙って聞いていた司令長官が、

「ご主人の経歴について、こちらは充分承知し調べてあります。どうしても八路軍に渡すことはで

きない人物で、申しにくいが家族の脱出許可なら今すぐにでも書けます」

母は、

「そのようなお返事を頂くためにわざわざ今日お伺いしたのではありません。なにとぞ考え直してくださいませ。私はお返事を頂くまで帰るわけにはいかないのです」

双方沈黙の時が流れようとする時、静かに隣室よりドアをノックし美しいご婦人がお茶をどうぞと言いながら入ってこられ、あまりにもみすぼらしい母の姿を見て驚かれ、司令長官に対しどうしたことかと聞かれる。そして事情がわかると急ぎ母の横に座り、そして語りだされます。

「実は私は日本人です。敗戦後父親のたっての頼みで司令長官と結婚致しました。父親は私に手をつき涙を浮かべながら『将来の日本国のために身を投げだし結婚してくれ。そしてこの満洲に取り残された数多くの日本人のために役に立ってくれ』と言い、私も覚悟を決め結婚致しましたが、父の言った通り誠に立派な方で私は今は幸せです」

母は、その言葉を聞き同じ娘を持つ親としてご本人の決意はもちろんのこと、ご両親の心中が痛いほどわかり、最後は二人手を取り合って泣いたそうです。母は自分たちの現状と、戦前の父の仕事などをつぶさに話しているうちに何と、そのご婦人のお父上と私の父は大変に親交のあったことが判明したのです。何と現実にこのような偶然があるのです。もちろん父よりも年上の立派な社会的にも高い地位の方で、父はその方を尊敬し、仕事上でも業種は違っていても随分お世話になっていて、私もお名前を聞いた途端に戦前よく父がその方のお名前を口にしていたことを思い出しました。父も大変に驚いています。そこで、奥様の熱心な口添えもあり司令長官は腕組みをしたまま黙っておられるが、やがて決断されました。

「あなたたちの窮状はよくわかっています。今妻からも色々とあなたたちの関係を聞かされましたが、独断で許可証を書きましょう。ただし、三日後出発とします。急なことですが、これが外部に漏れると大変なことになります。ご家族がご無事に脱出されるのを心より願っています」

強く握手してくださり、母はお二人に深くお礼を申し上げ、許可証を握りしめ帰路についたのです。母の度胸のよさにはさすがの父も驚くが、子供たちは大喜びで部屋中を駆け回りたいのですが、何しろお腹はペコペコで動く元気がありません。

三日後の出発となって、困ったことに父の足の怪我が悪化、骨に沿って化膿し相当に危険な状態となり、これではとても長距離歩行は困難。すぐに大学医学部の日本人医師にお願いすると快く引き受けてくださり、薬を手配し、先生宅での手術となります。幸いにして奥様は元看護師で助手となり一杯に溜まっていた血膿を切開して出し、何針か縫って片足を包帯で巻き上げ、杖を頼りにやっと帰宅する。私が何針縫ったのと聞いても大したことはないとの返事で、とうとう教えてもらえませんでした。医師はとても脱出は困難だ、危ないと注意されたそうですが、医師の言葉を聞く父ではありませんし、脱出しなければ家族全滅となるのははっきりとしています。

すぐに準備に取り掛かります。母はどこからか今にも壊れそうなリヤカーを中国人より安く購入しましたが、これに積める荷物はたかが知れていますし運ぶ者は私と妹の佐和子の二人です。薄い布団二枚、少しの衣服、鍋、やかん類、そして志方様の荷物を載せます。隣に一人で住んでおられる大陸科学院の志方様を父はやっと説得し、すでに栄養失調になり衰弱が激しく危険な状態で、とてもお一人を長春に残し私たちだけが出発することはできません。志方様の荷物をさらに一個リヤカーに積むともう一杯です。家族八人分の荷物を持つだけでも大変ですが、もう一人分増えようが大差なし、ともに生き抜くことが大切です。気がつくと父は脱出の準備を母に任せっきりで杖をつき脱出計画を立て行をともにする家を一軒一軒回り、手ぬかりのないようにと奔走しています。父はやっと帰宅しひと落ち着きしほっとした表情を浮かべていたのも束の間、急に何やら一人でゴソゴソと深刻な顔で探し始めています。何をやっているのかと不思議に思いそばで見ていますと、だんだんと顔は引きつり、その辺の品物をひっくり返してものも言わずに動き回っています。ついに、

「お父さん、さっきから何を探していらっしゃるの」

何と一番大切な外僑証明書と脱出許可証が見当たらない。大騒ぎとなります。全員で手分けして家中探し、果ては畳まで上げ床下まで確かめる。もうほとんど私など半狂乱のごとく必死に探します。どこにも見当たらずに気が抜けたように座り込み頭を抱え、もう駄目だわ、もうこれで私たちの運命は決まったわ。餓死の道しか残されてないんだ、と思った時に父が急に、

「いいか、皆一緒に逃げだすのだ。お父さんはどんなことをしても脱出し、皆のあとを追うから。死にはせん、心配するな。いいか、皆が気持ちを一つにして脱出するんだぞ。そしてお父さんが来

るのを待ちなさい。素子、頼むぞ」

とんでもない、今ここで別れることは永久に会えないことに通じます。私は、

「お父さん、もう運を天に任せて長春にとどまりましょう。絶対にお父さんを置いて逃げない。絶対に反対よ」

もし脱出しても多くの人は失敗し銃殺されています。私は真っ暗な地底に引きずり込まれた感じを受ける。何気なく母を見ると何も言わずお観音様の前でお祈りです。大騒ぎの私たちとは別に母の一角だけが妙に静寂に包まれています。私は我に返り後座にて手を合わせ祈る。私の口から急に、

「お父さん、ジャンパーのポケットの中を見たの」

父は、

「おっ、そうだ」

着ているジャンパーのポケットに手を突っ込むと同時に、

「あったぞ、あったぞ」

何ということでしょう、紛失しないようにと肌身離さず大切にポケットにしまっていたのをすっかり忘れていたのです。手を取り合い雀躍し喜ぶ。私がどうしてポケットと言ったのか、自分でも一向にわかりません。不意に口をついて出てきたのでした。

さあ、何もかも準備完了。母が最後の時にと大切に置いていたお米を炊く。何といいお米の香

り、子供たちは皆横に座り、その匂いを嗅いで早く炊けないかと心待ちにしています。何日目のご飯かしら、テーブルを囲み夢中で食し、明日よりの脱出に力をつけ一粒一粒噛みしめています。一部を残しおにぎりにして各自一個体に巻きつける予定。大豆もやっと手に入れそれを煎り、鰹節も一本残っていますので持ちます。どんなに工面しても四日間分ほどの食料しかありません。四日間で脱出し救出されなければならないのです。何とかそれまでは八路軍の地区に入りたいものです。

弟妹たちはすっかり食べ物がお腹に入り満足そうに寝息を立てて眠っています。ふと見上げる夜空には仲秋の名月が……本来ならば中国人はこぞって仲秋節を祝い、月餅を一杯買って家路を急ぎ家族中で楽しんでいるはずなのに、今年は長春市内は真っ暗闇に閉ざされ、人の笑い声も聞こえず月餅一つ見当たらない。ただ一つ変わらないのは天空で照る月のみです。さすがに八路軍の攻勢も祝日でお休みらしく静かな夜を迎えています。ゆっくりと長春の最後の夜を畳の上で眠りに入ります。

卡子《チァーズ》（検問所）

長春脱出は一九四九年九月。仲秋節の静かな一日を過ごし、多くの思い出のある長春をあとに脱出するのです。国府軍の検問所と八路軍側の検問所が設置されたその二つの間を真空地帯と云います。とりあえず国府軍の卡子を無事通過しても、真空地帯を抜けて八路軍の卡子を通り脱出できるかが問題です。私たち一行は何事もなく真空地帯を通りすぐ八路軍側に辿り着けるとばかり思い、もう目の前には虹色に輝く世界が両手を広げ待ってくれている、それまでの辛抱だ、多く見積もっても三日費やせば無事に行けると全員で思い込み、いよいよ出発の朝を迎えました。

八路軍の高射砲攻撃もなく、静かな朝で、今のうちに移動した方がいい。本当に幸運です。早朝すでに家の前にはこれからともに脱出する八家族が荷物をリヤカーに載せたり背負ったり。顔見知りの人たちが集まり始めています。志方様宅に行き、おじ様の手を引きながら元気を出してくださいと私は気合をかけています。志方様も私に手を引かれながら、

「素子ちゃん頼むぞ」

これから続く道中、私は絶えずおじ様しっかりと半分叱りつけるようにして気合を入れます。とうとう母が、

「素子、そんなに気安くお呼びしてはいけません。お偉い方なんだから」

と注意されますが、見ていると今にも倒れてしまいそう。私に言われると実に素直に、

「わかったよ、わかったよ」

と返事をされます。最後まで私は志方様や果ては父にまで気合を入れ通しで脱出することとなります。脱出の際の荷物の中にただ一つ私のわがままを父母に聞き入れてもらった品がリヤカーの前にぶら下がっています。それは父が大学の先生をしてお給料もよく平穏に過ごした時に、父と市場に買い物に行った際購入した一足の靴。一目で気に入り父におねだりして手に入れたワイン色の編上げロングブーツ、当時としては高価で珍しい品です。私は手に入れた時心に描いたのはこの靴を

はき、日本の街を颯爽と歩いている姿でした。この靴だけは絶対に手放さず持っていました。それからあの朝鮮避難の際にしっかりと持っていた戦前の品、祖父より頂いた絹織物をまた私はしっかりと胸のポケットにたたみ込み、ポケットの口を縫い閉じます。

ほぼ全員が集合した時、私は大変な忘れ物に気づき、急ぎ家に帰り土足のまま応接間に入りました。

本箱の戸を開くとそこには何冊もの写真が紛失することなく大切にしまってあります。それを引っ張り出しアルバムより片っ端から剥ぎ取る。あまり気がはやるので手先はブルブルと震え、思うように剥ぎ取れません。ここにあるのは大切な我が家の歴史そのもの。父母の若き姿、家族の楽しかった時の写真がびっしりと貼ってあります。何が何でも持ちだそうと大きな書類袋にぎゅうぎゅう詰め、二袋分を胸に抱きしめ部屋を出ようとした瞬間、身体に異変が生じ入口で倒れました。気の遠くなるような激痛が腹部を突き抜け体がびくとも動かず手足もだんだんと白くなり、心の片隅で私はもしかしたら死ぬのではと思う。外では父の声がします。

「素子はどこだ。何をしているのか、皆さんが待っておられるぞ」

返事をしようにも声も出ずにうずくまる私。父は何やら私を探している様子。数分後不思議なことに突然腹痛が治まると同時に、あれほど大切に抱きかかえていた写真袋を全く無意識に手から離し家を飛びだしていました。

「何か忘れ物をしたのか」

「何もないわよ」

たった今まで必死に写真を集め持ちだそうとしていたことは全く脳裏になく、嘘のように先頭に立って元気にリヤカーを押し始めます。後日、あの時の体の異変は何だったのかと考えますがわかりませんし、写真を長春に置いてきてしまった自分が家族に本当に申し訳なく、長い間心の重荷となっていました。やがて共産党統治下で生活し革命の嵐の中、階級闘争に巻き込まれ次々と知識階級、資本家は密告により大衆の面前で殺されているその凄まじい目を覆いたくなる日々の中で、私は我が家の戦前の生活を物語るものが何一つ現存しないことに気づき、写真が一枚でも他人に見られたら資産階級とされ、大変な目に遭っていたことに思い至ります。その時に初めて私は心の重荷が下りました。今でもあの時の突然の体の異変は、目に見えない大きな力で阻止されたのだと思っています。

元気な掛け声とともに家をあとに大同大街を横切り、私が商売で活躍した宝清路の青空市場を通る時は万感胸に迫る思いがありました。親切にしてくれた多くの中国の人たちやひと粒の大豆を求め必死に着物を売り、手に入れた食料を抱きしめながら感謝し、明日に希望をつなぐ喜びを味わった場所を感慨深く眺めながら通り過ぎますが、そろそろ皆さん疲れが出てひと休憩、道路に腰を下ろします。手術後の父はさすがに身にこたえるらしく、最後尾で杖を頼りにやっとついてきています。志方様も同じです。このような時は男性は全く持久力に乏しく、かえって女性の方が元気があります。腰を下ろし痛そうにしている父のそばに行き足を見ると、包帯には血がにじみ出ていま

す。父は強がりに、

「何だこれしきの傷、心配するな」

内心私はせっかく縫合した傷口が開いたのではと気になりますが、今はどうしようもありません。志方様に大丈夫ですかと聞くと返事だけは元気そうで、何とか卡子まで頑張ってほしい。母は出発の時から三歳の謙介を背負い、黙々と歩き、規子、駿介たちも言葉少なに隊列に遅れまいとただひたすら歩きます。国府軍の卡子まで普通は五十分ほどで着くところですが、この調子で進むと二時間はかかりそうです。私は慣れないリヤカー押しに無駄なエネルギーを費やし、相当疲れていますが弱音を吐く場合ではありません。相変わらず陽気に家族に気合を入れながら隊伍の一番後ろの方からついていきます。

水を飲みやっと腰を上げ出発です。私のウエストは両手を腰に当てるとすっぽりと渡した両手の中に入るほど痩せ細っていますが、非常に持久力のある体質でとても頑張りがきくのです。佐和子は普段は私より遥かに元気でバレーボールで活躍、背丈も私より大きいのですが見ると何やら〝あの元気はどこへやら〟。ふらふら歩いています。このぼろリヤカーのために舗装道路を選び、市内電車に沿って進み、法院の前を過ぎるとやがて敗戦前に住んでいた懐かしい我が家が見えてきます。リヤカーを止め、弟妹たちにあそこが前の家よと指差し教えますが、よく見ると家はすでに壊され広い資材置き場となり楡の生垣だけが残されています。思い出の一杯詰まった庭の防空壕の中には再び迎えに来るからと泣きながら埋めた、祖父より頂いたお雛様、節句人形が残っており、その横には可愛がった犬のクマの墓も寄り添うようにしてあります。どうやら私たちとは二度と会える運命は訪れそうにもありません。自然と涙が頬を伝い心の中で永遠の別れを告げます。母は横で、

「もういいでしょう、素子、元気を出して早く皆さんに追いつかなくては」

父を見ると父も感慨深げに眺めています。

旧洪熙街が見えます。何やら大勢の人たちが長い行列を作り大声で騒ぎ、兵士が銃でその人たちを小突き、怒鳴りつけ不穏な空気で、私も緊張しながら歩を進め近づく。やっとわかりました。ここが国府軍の卡子、つまり検問所です。兵士は脱出者の荷を一つ一つ厳重に検査、そしてめぼしい品、特に食料品を見ると即刻没収で、とられまいと市民が必死に抵抗しています。兵士も食べ物がなく、こちらは銃で威嚇、市民は泣き叫びお互いに物凄い早口で相手を罵り合っていますが、私には何を言いっているのかさっぱりわかりません。この検問所を通過しない限り長春脱出は不可能です。一行は観念し行列に加わり、順番がくるのを一時間ほど費やし静かに待ちます。朝鮮での出来事を思い出しました。あの時は奇跡的にも無傷で何も没収されず、むしろ朝鮮の青年団長に助けてもらった。今度もまたあのような人が現れて救ってもらえないかしらと虫のいい期待で先頭になって待っています。

父は検問所内に入り何やら交渉しています。そして九家族の名簿と脱出許可証を提示、やがて私の番になり兵士が荷に手をかけようとした時、一人の兵士が足早にやってきて耳打ちをします。何

事かしら、これは日本人だからうんと厳重にと命令したのではと覚悟していますと、兵士は周囲の手前、形ばかりの検査をして食料を見つけても手も触れずすぐにパス。何だか狐につままれたようです。あとに続く人たちも何の被害もなく、一様にほっとした面持ちで路上でまた一休み。口々に何も取り上げられなくてよかったと喜び合っていますが、あとで判明したのは長春大学生が国府軍に入り、私たち一団が無事にこの卡子を通られるよう手助けしてくれたのでした。ここでも幸運に恵まれました。

態勢を立て直し出発。すぐに八路軍に救出され、一路日本に帰れるの一縷の望みに向かって前進です。旧黄熙街から終点の旧撫松路まで電車路沿いに真っ直ぐに広い舗装道路が伸び、左手には満映の大きな建物が、そして住宅街がずっと続いているのを見ながら心の中で〝長春よさようなら〟。終点撫松路まで来ると見渡す限り荒涼とした大地が広がりこの先は舗装のない凸凹道、小高いところから見ると脱出者の通った跡に自然にできたリヤカー一台がやっと通れるほどの道がくねくねと続き、人が蟻の行列のごとく絶えることなく一筋の帯のように歩いているのが目に飛び込んでくる。その中の一員として進むうちに、仰天するような死の世界が目の前に広がる。

一歩も前に進むことができない。見渡す限り、狭い道の両端に、いや今から歩く道の真ん中にも餓死の腐乱死体があたり一面に転がっている。母親らしき胸に抱かれた子供がそのままの姿で、また杖をしっかりと握ったまま倒れた人、幼い時に見た天国地獄絵巻物語の地獄そのものが今、目前に広がっています。先頭でリヤカーを押していた私もさすがに足が釘づけの状態で動けない。空気は死臭に満ち、胸が締めつけられ吐き気さえ催し、とうとう道端でゲーゲー吐くが、胃の中は空なので何も出ず胃液だけが出る。弟妹たちを見ると蒼い顔をし立ちすくんでいます。私は気を取り直し自分自身にも気合を入れるがごとく大声で、

「頑張るのよ、死人なんて平気よ、気にかけては駄目。恐ければ目を瞑りお姉さんの洋服をつかんで歩きなさいね。大丈夫よ」

ここで怯むわけにはいきません。まだ卡子を通過したばかりで、これではこの先何が待ち受けているか考えると恐ろしいので考えません。当たって砕けろ、前進、前進。困ったのは道の真ん中の死人です。リヤカーが通る幅がない。それこそ自分も呼吸が止まるほどの覚悟で心の中で死人にごめんなさいと謝りながら、その上を轢き通り抜ける。生き抜くのも地獄、半狂乱、夜叉のごとく歩く。ほどなくして急に銃声とともに交戦となり弾丸が飛び交う。私たちは死人を盾にして地面に伏せ、静かになるのを待って歩きだす。母もずっと弟を背負い、父は杖にすがり歩いています。

どこからともなく国府軍兵士が銃を構え目の前に現れる。人相が悪く、絶対に逆らってはいけない。じっとしているとさすがに私や妹たちに身体検査はしないが、父や志方様は両手を上げさせられ身体検査をされている。志方様の持っていた鰹節を見つけて取り上げられるが、そのついでに私の大事な例のロングブーツをいち早く見つけ盗られてしまう。悔しく思ったが靴で命が助かれば何よりだ。あとでもっと上等な靴を買うのであげちゃえ、と別に未練はない。でも今まで私が必死に押している目の前でリヤカーにぶら下がりながら「もっと頑張れ、この靴をはける時まで頑張れ」

と歩調に合わせるかのごとく揺れていた靴がなくなりがっかりします。志方様に、

「おじ様、大切な鰹節をとられてがっかりね。でもほかに少し食料はあるので大丈夫よ」

「そうだね、鰹節で命が助かったと思えばお安いご用だ」

私は依然として我が家の先頭でリヤカーを押し、佐和子に引っぱってもらい進んでいます。また銃声もやみ、今のうちに少しでも進まなくてはと先を急ぎます。

「素子さん」

女の人の呼ぶ声で後ろの母が呼んだと思い私は返事をしながら振り返る。その時何やら右首あたりが熱く感じますがさして気にもかけず、

「お母さん何かご用？」

両親が蒼い顔で立ちすくんでいます。父が、

「素子、大丈夫か。どうもないのか」

「平気よ。どうしたの、そんな蒼い顔して」

しばらくすると父は黙って電柱を指しています。私のすぐ横の電柱に小銃弾が一発突き刺さっています。私は急に右首をさすり気分が悪くなる。すんでのところでまた「素子さん」と呼ぶ女の人の声で私は首を捻り、そのお蔭で九死に一生を得たのです。私はリヤカーを押しながらも女の人の声は誰なのかしらとの思いで一杯です。

今までの野原と違い急に広い道路に出合って、リヤカーもやっとスムーズに進み始め、やれやれ

と思う間もなく暴民に取り囲まれ、逃げだすこともできず棒立ちで、凄い形相をした人間を驚きでただ見つめている私たち。一体何が起きたのか判断できない。泥にまみれ痩せ細り棒を片手にギラギラとした目だけが生きているような人間。本当に今度こそは地獄に落ちたと思う暇もなく周囲で略奪が始まる。先に行っていた人は何もかも剥ぎ取られ命をその場で落とす者も出る。その一人が私の方を見、今にも襲おうとした時、一部の暴民が急に暴行をやめ、一定の方向へ我先にと走り去る。私を襲おうとした人間もまた一緒になり走り去る。何が何だかわからずに呆然と立ちすくんでいると父の声がする。

「素子、今のうちだ、早く来い」

我に返りリヤカーを渾身の力で押し進む。私たちはもう真空地帯と称する地区に一歩踏み込んでいたのです。

真空地帯

真空地帯には数百、数千人の長春脱出者が常時たむろし、長い人で一カ月以上もここで八路軍側に脱出することもできず生き延びている。草一本も生えてなく、水もなく、生きるためには新手の脱出者を襲い食料を奪うしかない。そしてまたこの真空地帯でとうとう命を落とす、その死人の山ともいえる地帯です。やっと九家族が落ち着ける空き地を見つけ、身を守るために一カ所に集まりとりあえず腰を下ろす。よどんだ空気、すべてが黄土色に見えそこには地獄より這い出たように痩せ細り地面より手だけを天空に向け救いを求めている人々がいる。目は虚ろ、何のために生きているのかさえ見失った姿をじっと見ていると、身震いがしてまた嘔吐を催す。この有様を見た瞬間、恐怖の念が全身を包みますが、父の声で私は自分を取り戻します。

「日本人とわかればまたどのような目に遭うかわからないので、静かにしていてください」

全員言葉もなく身を固くし、周囲の有様を見つめていますと、やがてまた一団の暴民が手に手に棒などを持ち、私たちが襲われそうになった方面に駆けていく。何事が起きたのかとその方向を見ると、次々と長春より脱出してくる人を襲い、狂気のごとく殴り、食料やあらゆるものを取り上げる。地面には散乱した品々の上に人間が倒れ、中には絶命しているのも見えます。恐ろしいことが生々しく目の前で繰り広げられる。

しばらくしてわかったのは、この真空地帯に入り込みここの住人となってしまえば別に暴民は襲おうとしない。そしてなぜ私たちは襲われずに済んだかというのは、ちょうどその時八路軍の卡子が一時的に開かれ数人が脱出できた時で、中国人が、

「おーい、今八路の卡子が開いたぞ」

と皆に合図し、それを聞きつけた人たちが我先に入口に押し寄せたからです。私たちはそのお蔭で助かりました。あの時、そのまま暴民にやられていたら命さえ危なかったと皆ぞっとした顔で見合います。この日はあまりにも衝撃的なことが続いて心身共に疲れきっています。持参した〝おにぎり〟二個を六等分し子供たちは仲良くリヤカーの陰に隠れ周囲に気を配りながら頂き、水筒から

少しずつ水を回し飲み。弟妹たちは疲れがひどいのか薄い布団の中で寄り添い、すやすやと寝息を立て始めています。

やがて、夜空には仲秋の満月が皓々と地上の私たちを隈なくいやが上にもはっきりと照らし、浮き上がらせています。この人間の醜い抗争を何一つ手を差し伸べるでもなく、苦しんでいるのを冷たいまでに静かに見つめています。見渡す限り灯り一つないまるで死の砂漠に置き捨てられた人間の塊り、この静寂な月光の中で一人、また一人と命を落とし続けています。お月様助けてくださいと、どれほどの人が乞い願いながらこの荒野の中で消え去ったのでしょうか。月を見つめているとこの大地の上では人間なんて実に芥子粒ほどのものとしか思えず、何もかも儚い。私たち、勝手な主義を押し通す一部の人間どもの犠牲者です。

私は月を見ながら随分と考えさせられます。ただただ救いの手を待つ者にとっては、せめて人間とは何かくらいは考えてみるよい機会だと思い始めています。この時から私の価値基準は、〝宇宙より見れば人間の一生は瞬きのごとく、一瞬にして過ぎ去る存在。私は与えていただいたこの貴重な一瞬を精一杯有意義に自分のため、人のために生きよう。命に差し障りない事柄なら気にかけない。小さい出来事にいちいちくよくよしない〟となります。母は、常日頃から私のことを「あなたは実に頭の切り換えの早い人で、幸せな人だ」と言っていました。言われた当時は何のことやらはっきりとわかりませんでしたが、この動乱の世を生き抜くには本当に大切なことだとつくづく思います。ぐずぐず考えているうちに命を落とす羽目になりかねない時代。考える前に私はまず行動し、それから物事を考えていくタイプらしいのです。父も母も本当に疲れきった顔でリヤカーにもたれ眠っています。私もいつしかうずくまったまま寝込みました。この時だけがすべての苦しみから解き放たれた時間です。

翌日は少しの煎り大豆を一粒一粒噛みしめ、小さなおにぎり三個をまた家族で仲良く分け、持参した水を飲み何とか過ごします。食料もこの日中の暑さではとても長持ちしません。あとは大豆だけです。とうとう私は意を決し妹とともに水のある場所を探すことにする。佐和ちゃんに、

「今から水を探しに行こう」

と手を取り合い、きのうは動こうともしなかったこの場所から初めて出かけます。父が、

「充分に気をつけて行くように」

と注意される。

この真空地帯を、行けども行けども井戸などあるはずもなく、死人ばかりがゴロゴロと転がっているだけです。最初は死人を避けながら口に手を当てなるたけ息を殺し半分目を閉じて歩いていた二人が、いつの間にかこの状態を見ても平気に全く無神経になり、道端に麻袋だけの姿で横たわっている人を覗き込み、「まだこの人息をしているわよ、でももう駄目ね、可哀想に」。プクプクに膨張した死の直前の人を見ては、「あーこの人も死ぬわ」。何とたった一日で私は生の世界にいるのか死の世界に入っているのかわからなくなっています。中国人、日本人、朝鮮人の区別もなくなり、日本人だから危険といったことは感じません。ここにいる者は皆同じ苦しみを背負った人間だった

のです。やっと水のある場所を見つけました。しかし井戸ではなく死人の折り重なった真ん中に手で掘った細い水穴で、覗き込むと底の方に泥水が溜まり、しかも上の方には脂が浮いています。死人より出た脂です。私は持ってきたやかんに紐をつけ下に下ろし、水を汲む算段をします。いざ実行となると大変です。どう考えてもこの水穴の周辺には水を求めて息絶えた人々が散乱、やっとその隙間より私は腹這いになって片手を妹にしっかりと握ってもらい、何回もやかんを上げたり下げたりしてやっと半分ほどの泥水を汲み上げます。この貴重な水を一滴もこぼさないようにとやかんを胸に抱くようにし、帰路につきますが、また妹と「あら、さっきは息をしていたのにもう死んでいるわ」と一人一人確かめながら歩を進める私。このような会話を平気でするようになっているのが自分ながら恐ろしいと感じてはいます。

家族のもとに帰りつくと早速水を沸かすために適当な石ころを付近より見つけて、上手に〝かまど〟らしきものを築き上げ枯れ草集めに走ります。草など、緑色は一切なく、恐らく先人がすべて摘み取り食べてしまったらしく、なかなか集まりませんが、恐いのですがやっとのことで勇気を出して、少し離れた場所まで行き一抱えの枯れ草を調達。燃やそうとしても乾いてない草なので思うように燃え上がらず、一時間ほどかまどの前で紙筒で息を吹き込みやっと沸騰しました。一緒にいる人たちも私のやっているのを感心して見ておられます。私のように二日目からうろちょろしている人は一人もいないのです。そしてこの貴重なお湯を少しずつですが皆さんに配り喜ばれますが、どこから汲んで来たのかは内緒にしています。沸騰すれば菌は殺され大丈夫と私は思い込んでいます。

この日は生憎夕方より肌寒い冷たい雨が容赦なく降り始め、父と私はせっかくの荷物が濡れないようにとござで覆ったり、大忙しです。

「おい素子、紐をこっちに渡せ」

「お父さん、ちょっと待って、傘を取り出すから」

あちらこちらで少しの荷物が濡れないようにと苦心しています。幸いにして我が家は傘を五本持っていましたので荷の上に傘を重ね雨よけにし、身を寄せ合って雨のやむのをひたすら待ちます。父が、

「素子、お鍋などありったけ並べて雨水をとりなさい」

「お父さん凄いわ、よく気がつくのね」

「何を、お父さんをおだてるのか、その手には乗らぬぞ」

明日もわからぬ状況下でも親子の会話は実に楽しいものです。でも父は、

「素子はうるさい。いちいち皆に指示はよせ」

「だってお父さん、私が黙って何も言わなかったら大変なことになるのよ。少し私に任せて頂戴よ」

「おい、何もお前一人が頑張らなくてもいいんだぞ。親はちゃんと二人揃っているんだからな」

「わかってるわよ、大好きなお父さんお母さんがいらっしゃるのは。でもお聞きしますが、子供た

ち全員の生年月日、全部は覚えていらっしゃらないくせに」

私たちは敗戦後外僑となり、特に残留後は外僑証明書が必要で、何かあると家族構成を書かされ、そのたびに父は机に向かい、

「おい素子、ちょっと来い。皆の生年月日を教えてくれ」

私は戦後日本人の子供は金になると多くの子供が親の横にいても強引にさらわれ、とうとう行方不明となったケースをたくさん聞かされて知っているので、もしも弟妹がそのような目に遭っては大変と普段から外出の時は必ず私の腰と幼い弟妹の腰とを紐で結び、さらに手をつないで歩くようにしていました。神経過敏と言われても仕方ないほど用心しているので、自然と口やかましくなっています。

一晩中雨は降りしきり、衣服が濡れて寒い、歯の根も合わないほどに寒い。一睡もできずとうとう朝を迎えます。やっと雨もやみほっとするのも束の間、何気なく足元を見ると雨に洗われ土が流れ死人の顔が覗いている。小高い土を枕代わりにしていたところからも死人。私たちは何も知らず死人の上で過ごしていました。全員声もなく、あまりのことにただ呆然と見ているだけです。一番驚いたのは、すぐ横に私たちより一足早く脱出された日本人の可愛い女の子が土の中から覗いている。私は、

「あら、あの女の子とうとうここで亡くなったのね。これじゃあ先の脱出組は相当亡くなり埋められているかもしれないわ」

妹も相槌を打ちじっと女の子を見ています。しばらくして二人で可哀想にと手で土をすくいかぶせますが、ここで絶命し荒野に埋められた深い悲しみを察する気力もすでになく、淡々としたもので、私は仲良く横に座り周囲を眺める。だんだんと様子が飲み込め恐怖心がなくなり、すっかりこの生活に適応し始めて、一日中同じところにじっと座り、何することもなく実に退屈です。

危険のないのがわかり、妹に今からこの卡子内の探検に出かけないかと誘います。恐がり屋の佐和子は仕方なく後ろからしぶしぶついてきます。私は心の余裕も出て、座り込んでいる中国人に中国語を交えて話す。相手も話しかける。大体ここにいる人は短くて一週間、長くて運の悪い人は一カ月。中にはわざとここに止まり新手の脱出者より貴重品を次々と取り上げ私服を肥やす悪人もいること等を知る。母は、

「うろうろするのはおやめなさい。危ないから」

夕食らしきものもなく、すき腹を抱えながら一人「他郷の月」を小声で口ずさむ。月は相変わらず皓々と照らす。ふとどこかで「峠の我が家」を歌う女性の声。確かに近くに日本人がいる。私は気づくと同時に腰を上げその方向へ行く。もう眠り込んでいる人たちを踏まないように気をつけながら近づくと一つのグループを見つけます。若い二人の女性と一人の男性。三人は土の上に寝そべり夜空を仰ぎ、「黄昏に我が家の灯……」と「峠の我が家」を歌っておられる。

「こんばんは」

私が声をかけると三人は驚き起き上がり、

「日本人なの、今どこにいるの、いつここに来たの」

矢継ぎ早な質問に遭う。一つ一つそれに答える。二人の女性は二十代前半くらいの色白の美しい方で、着ている服も上等な品。夜は冷えるので薄いブルー系のフワフワとしたセーターを着ている。男性は絶対に軍人上がりと私は見る。話しによるとこの男性はやはり元日本軍人でこの二人の女性の護衛役。女性のご主人は国府軍の将校、戦況が不利なので沈阳まで先に逃げ、そこで待つようにと言われ脱出したが、一週間ほど足止めで困っているとのことです。

私も優しいお姉さんたちに会えたと、とても嬉しくいつしか肩を並べて次々と歌う。「荒城の月」「峠の我が家」「浜千鳥」「埴生の宿」等を口ずさんでいるうちに私はボロボロと涙がこぼれ落ちる。月を仰ぎ見ながら、翼があったら、飛んで日本へ生きて帰りたい。この現状の中から一刻も早く飛び立てたら……。大空を自由に飛んでいる鳥が本当に羨ましい。やがて父母に心配をかけてもと思いしばらくして辞し、父に日本人のグループ三人のことを話すと、よい友達ができて何よりだと喜んでくださる。ここに来て五日目になろうとしている。全員の食料はもうほとんどなくなる。もしかしたらここで餓死かな、さすがの私にも不安が募ります。

ともに脱出した地質学者の中野様のご容態が急に悪くなり、家族も手の施しようもなくただ見守っておられる。私は雨水を沸かして届けてはおじ様のご容態を見守ります。そのうちに急に父を呼ばれる。父は急ぎおじ様のそばに行き、口元に自分の耳を近づけ何やら長い間話をしている。帰ってきてもじっと腕組みをして難しい顔で、言葉をかけることもできない。何だか様子が変です。翌朝、父の姿が見当たらない。さすがの母も心配しています。こんなに早く一体どこに行かれたのかと胸騒ぎで私が探しに行くと言うと、

「危険だからあなたはここでじっとしていらっしゃい。お父さんは今に帰ってこられるから」

そのうちに中野のおば様の様子が何だかおかしい。娘の恭子ちゃんも泣き顔をしているのがこちらからわかります。急ぎそばに行くとおじ様のご容態が非常に悪いのです。母に、

「お父さんはどこに行かれたのかしら。中野様が呼んでおられるのに本当に困ったわ。探すにもどうしたらいいのかしら」

「素子はすぐにおじ様に差し上げるためにお湯を沸かしなさい。お母さんはおそばに行きます。お父さんがお帰りになったらすぐ来てくださるように伝えなさい」

母の顔色も変わっています。

私はすぐにやかんに最後の雨水を入れ、枯れ草に火をつけて必死でフーフー息を吹き込み燃やします。なかなか思うように早く沸きません。娘の恭子ちゃんもいつしか必死に息を吹き込んでいます。半分泣き顔になっている姿を見ると私まで悲しくて悲しくて、二人で泣きながらやっと沸かし、すぐ飲めるように冷まします。やっとぬるくなったお湯を恭子ちゃんが「お父さん、お父さん」と叫びながら持っていく。もうおば様はそばで泣いておられます。

「中野さん、中野さん」

父の声がします。杖をつき片足を引きずり急いでこちらにやってきます。

「早く早く、おじ様が大変」

私は心の中でお父さんは一体今までどこで何をしていらしたのと、半分腹を立てています。父が命をかけて交渉していたとは誰一人知りませんでした。一歩の差で中野様は昇天され、父の脱出の報告を聞くことはできませんでした。父も枕元で泣いています。父としても本当に残念だったと察します。「瀬戸君に宜しく」。最期の言葉をおば様より聞いた父の姿は忘れられません。やがて気を取り直し、

「皆さんご報告します。中野様が今お亡くなりになりました。謹んでご冥福をお祈り致したく、黙祷をお願いします」

一同立ち上がり、心よりご冥福のお祈りを捧げます。続いて父は、

「今から我々は卡子を出ます。皆さんは準備を急いでください。兵士が迎えに来ます」

思いもかけない進展に全員の顔に生気が戻ってきました。そしてその訳を簡単に父が報告すると、皆さん泣いて喜びお礼を言われますが、父は淡々とした表情で私に、

「おい、素子のあの知り合いの若者三名も何とか連れだすから急ぎ準備しすぐここに来るように伝えなさい」

さあ大変です。急に元気が出てきて大急ぎで荷物の整理です。絶望から希望に変わる瞬間です。三人にすぐ来るようにと伝えると驚喜して感謝されるが、同じ真空地帯にいた日本人グループが何人も来られ是非自分たちも何とか一緒にと懇願され、これほどの日本人がここにおられるとは今ま

で知りませんでした。父の一存ではどうすることもできず、辛い立場になりました。

やがて六人の兵士が銃を肩に丁寧な態度で迎えに来て父と話し合っています。あまりにも丁寧な扱いに皆戸惑いを感じながらも厳重な護衛の中、父を先頭に一団は無口にただ黙々と歩を進めます。日本人脱出の噂はあっという間に真空地帯に広まり、大勢の中国人が集まりすごい人垣となり恐怖さえ感じる。父は察知し絶対に皆より離れず固まって歩くようにと注意します。うっかり列より離れると殺されかねないほどの殺気と羨望の念が渦巻いている。ついに中国人が喚きだし、それに同調しさらに大声となる。よく聞くと、

「なぜ日本人を助けるのか。お前たちも同じ中国人なのに、中国人を見殺しにするのか。自分たちもここから出せ」

私が伏目がちにリヤカーを押していると急に強い視線を感じ、そちらの方を見ると八歳くらいの男の子がじっと私を見つめています。痩せ細り、ボロボロの服装です。心がズキンと痛みます。悲しい、何も言わず、絶望しきった眼です。「ごめんなさい」。心の中で謝る。本当にごめんなさい。先ほどの中国人の声も正論です。その気持ちも充分わかりますが、それより自分が生きるのが先でした。でもどうして一行を丁寧に迎えてくれるのかが不思議でしたが、父は多くを語ろうとはしない。

やがて八路軍の卡子に近づくと一人の将校が屋内より飛びだしてきて、丁寧な日本語で父と話し合っています。そして父の差し出した名簿を手に次々と照らし合わせ無事に通過。でも最後にあの

若者三人の名簿漏れを不思議がられて質問が始まる。まずいことになりそうだと父の横で事の成り行きを見守る。父は動ぜずに娘の知り合いで真空地帯内で偶然に出会った。とにかく一緒にここから出してほしい、自分が責任を持つからと弁明し、やっと納得させ特別許可となる。すでに亡くなった中野様はまだご存命で重病だということにして頭からすっぽりと布団をかぶせ、父が付き添い何とか通過する。死人は通過できないのです。冷や汗ものです。私たちは今までどうしても越えることのできなかった卡子という大きな壁をあっという間に通過しました。

卡子を出た第一印象は、何と緑の美しいことよ。空気が澄んでいる、空気が美味しい、全く別の世界が広がっている。死人の臭気もなく、道路もきれいに掃除してある。名も知らぬ野の花が私たちを歓迎しています。やっと生きる一条の光が確実に照らし始めました。この光には大きな希望の道が待ち受けていると思うと勇気百倍、いかなるいばらの道でも克服できます。もうしめたものです。皆生き生きとし笑顔が美しい。

共産党の指令により東部を目指す

やっと生き地獄とも別れ卡子脱出。すぐに民家に案内される。長く続いた政情不安下の生活で極度の緊張を強いられ、不信感一杯の我々は用心深く屋内に入る。プーンと鼻をつく何日ぶりかの匂い、かまどには大釜の中に粟のお粥が満杯に炊き上がっており、兵士がお椀にこぼれるほどによそって笑顔で手渡してくれます。全員我を忘れたように食べる。美味しい、粟粥がこれほどまでに美味しいとは、大人たちは一椀では満足せずもう一杯と催促すると、兵士は本当にすまなさそうに、「急に食べ物をお腹に入れると死ぬから、今は一杯で我慢してください。少しずつ量を増やしてください。もう共産党下では飢えることはありません。心配しないでください」

なかなか上手な日本語を使っているのは朝鮮兵です。

日の暮れないうちにと出発する。軍人が父に連絡してあるので心配はいりませんと話しています。全員やっと人心地ついた顔になり第一接待所を出発。兵士たちに手を振り別れを告げます。この途方もない荒野、見渡す限り人家もなく、延々と続く一本の道、脱出者の踏み固めた跡を何日かかろうと歩き抜いて沈阳まで行けば絶対に日本に帰れるという一心でリヤカーを押す。これから私は〝火事場の馬鹿力〟そのもの、自分でも信じられない力で乗り切ろうとしている。

父はずっと中野様に付き添っています。本当にお気の毒でした。整備された幹線道路を歩くと見晴らしのいい小高いところが見つかる。そこを永遠の墓地と決め埋葬する。遺族一同涙を流しつつ私たちと行をともにされる。恭子ちゃんが可哀想でたまらない。私たち家族八人は不思議に病気一つせず、痩せてはいますが大丈夫です。飢餓状態の中、瀬戸家が真っ先に犠牲者を出すと言われていましたが、謙介は母の背に、523子は熙子に手を引かれ、駿介は自分は男の子だと少し威張った格好で先頭を歩いています。父は相変わらず杖を頼りに足を引きずり歩き、志方様は極度の疲労のためすっかり無口です。私は一人で皆に、「元気を出して、しっかりして」と号令をかけ、佐和ちゃんは私とともに必死で凸凹道を高粱畑の鋭い切り株に注意しながら声をかけ合いリヤカーを押しています。

ほどなくして片方の車輪がつぶれ、びくとも動かない。これは大変だと必死で持ち上げようとするが、とても私たちの力では手の施しようもない。あとから続いてきた人たちが〝お先に失礼します〟とどんどん追い越し先を急ぎます。とにかく明るいうちに次の接待所に辿り着かなくてはいけない。しかし太陽はすでに半分地平線より姿を隠し、あたりは美しい夕景色に変わり、大地を照らしている。

父は腹を決め、一本の樹木の下で野宿の準備を始めますが、実に心細いことになりました。ちょうど中国人二人がずっと行を共にしていましたが、私たちがここで野宿をするのを知ると自分たちも一緒にここに泊まると言う。嬉しい、一人でも多い方が心強い。七歳ぐらいの男の子と祖父らしき人、きっとこの子供の両親は長春で餓死し祖父と何一つ荷物もなく手ぶらで脱出したのでしょう。太陽が沈みかけるとあっという間に暗くなってきます。食するものはなく、草の上に座り私は私なりに考える。いっその事この荷物を全部捨てて歩いた方がいいかな。

地平線をぼんやりと頬杖をし眺めているとかすかな馬蹄の響きが聞こえ、だんだんと近づいてくる。もし匪賊なら皆殺しになると身を固くし、その響きの方をじっと見据えます。父はすぐさま、

「子供たちは樹の下に固まっていなさい。心配はいらぬ」

父の表情も急に険しく引き締まり、杖を持ち立ち上がっています。ここで命を落としてはつまりません。あの大変な卡子を奇跡的に脱出したばかり、私もいざとなったら父とともに戦うと急ぎ立

ち上がり、とりあえず傘を手に持ち父の横に立つ。やがて彼方地平線上に馬に乗った軍人らしき姿が現れる。しかも私たちを見つけると急に馬に鞭を当てながらどんどん近づいてくる。万事休す。逃げ場はありません。軍人はやがて馬から降りて父の方に向かってくると父は匪賊が略奪に来たと思い身構えています。

よく見ると八路軍です。私たちのあまりにも緊張した姿を見るや、自分は悪者ではない、安心してほしいという態度で父に握手を求め手を差し出す。父も驚いてそれに応え、危険はないとわかりほっとします。運よく日本語のよく話せる朝鮮人将校で、父は車が壊れて動けなくて困っている等現状を話し、何とか車でも貸してほしいと頼みますと、

「上官より今日本人がこの方面を通り、出先本部に向かっているので異状がないか調べてくるようにとの指示でやってきました。自分たちは日本人を痛めつけたり略奪行為をするような国府軍ではないので安心してここで一晩してください。何か欲しいものはありませんか」

父は、卡子脱出の時、残留日本人に残りの食料を置いてきたので、子供たちがお腹をすかしているので何か食べ物があれば欲しいと申し出ると、

「よくわかりましたが、今、生憎手持ちの食料がないので、今から近くの部隊まで行き何か持ってきますすよ。元気を出してください」

私たちに向かっても何回も安心しなさい、八路軍地区内では絶対に略奪などはないからと言われ、やっと安心します。

馬に一鞭、すぐに走り去る姿を見送る。本当に食べ物を持ってきてくれるのかしら。調子のいいことを言ってる、と私は半信半疑、別に当てにはしていないのですがお腹がすいてすいて、動けそうもないので全員無口のまま座り込んでいると、一時間足らずで再び蹄の音とともに先ほどの軍人がやってきました。父に向かい本当にすまなさそうな顔で両手に持ったものを差し出し、

「軍の食事は終わりましたがこの粟のおこげが少しあります。今夜はこれで何とか過ごしてください。明朝早く食料を後方へとりに行く馬車二台がここを通りますのでそれまで待っていてください。決して心配しないように。安心して休んでください」

カリカリに焦げた粟ご飯、私は長女らしく公平に分配、何も持っていない中国人にも同じく分けると、満面の笑みを浮かべて感謝され、肩を並べて脱出後の第一夜を過ごすこととなります。

夜は急に冷え込みます。満腹になったので元気が出てすぐさま佐和ちゃんと枯れ草集めを始めると中国人もともに作業、その枯れ草に全員潜り込むようにし、満天の星空を仰ぎ見ながら一種の不思議な安堵感を味わい、いつしか全員深い眠りに入ります。これから何日続くかわからぬ行軍ともいえます。まるで子鴨が親鴨のあとを追うようにして歩く。総勢八名一家族の姿を見る人たちは、一様に驚きの目をして眺めている。そして、よくぞ一人も欠けることなく無事にここまで辿り着けたことに驚嘆し、好意の眼差しを送ってくださる。自分たちは全員元気でいることは当たり前だと思っているが現状では奇跡としかいいようがなく、周囲を見回してもこれほどの大家族は見当たりません。

二日目の朝、本当に二台の馬車と昨日の軍人が姿を現し、

「昨夜はどうでしたか」

と、食料を差し出される。一家は感謝し、やっぱり八路軍はいい軍隊だと心の中で感心しながら中国人の二人にも分けて仲良く食べます。そして一台には荷物を載せ、二台目には家族全員と志方様と乗り出発です。残る中国人に何だか悪い気がするので、

「ごめんね、自分たちだけが馬車に乗って」

と言うと、笑顔で、

「いいよ、乗れてよかった」

と言われ、自分たちはあとからゆっくりと歩く、心配はいらないと、実に鷹揚ないかにも大陸的な態度で手を振り別れる。何しろ悪路続き、馬車に乗っていても振り落とされそうで、横の木枠を持っていないと危ない。やっと後方部隊食糧倉庫に到着、何だかお尻が痛い。今度は共産党本部のあるところまで送るからとまた馬車に乗り進むと、私たちを追い抜いていった人たちに出会う。馬車に乗っているのを見ると羨ましがったり驚いたり。皆一様に笑顔が戻っており、こちらも明るく朗らかに応答してお先に失礼しますと手を振る。

本部に着くと父はすぐにお礼をと面会を求める。何とここの部隊長が長春大学の教え子で、非常に驚き、厚くお礼を述べると学生も先生一家が無事に長春脱出をされて本当によかったと二人手を取り合ったそうです。このようにして私たちを助け、また新しき中国建国のために青年たちが地下

に潜り、目には見えない礎を築き上げていました。建国途上の時代、日本人だといって差別するでもなく、唱えている主義を実に忠実に若き青年たちは実行しています。

特別な配慮で一軒の土造りの民家の中でも一番広い家をあてがわれます。何日ぶりでしょうか、やっと屋根の下での夜が過ごせます。早速何日も洗っていない汚れた顔、手足を洗い、中国人に借りた鏡を見ると、そこに映る自分の顔、頬はげっそりとこけ、目だけますます大きい。私は藁くずのついた髪に櫛を通し長い髪を編み上げ、久し振りにさっぱりとした気分になりました。先ほどからこの様子をじっと横で見ていた太太《タイタイ》（奥さん）が私に、

「美人だ、本当に美人だ」

と褒めるので何だかすっかり照れてしまいます。弟妹たちもきれいになり可愛いい、くりくりした目で元気そうですが、久し振りに全員衣服を着替え、ふと見ると縫い目には何時の間にか〝シラミ〟が住みついていて大騒ぎ。一時間ほど歩きやっと汲んできた水で簡単な洗濯をし、一段落して土間に腰かけ外を見ると干し物全部が盗まれています。ああ、やられました。中国では盗まれる方が悪いのです。村人が私たちをぐるりと囲み、興味深げに親しげにしていたのもこのようなチャンスを狙っていたのです。不覚にも私は油断していました。こちらもほんの少ししか衣服は持っていませんが、今詮索し、探しだそうとしても無駄です。あきらめるよりほかありません。大被害に遭いました。でも幸いなことに祖父より送られた絹織物だけは着替えた服のポケットにしまっていて助かりました。これから先も気がつくと一つも汚れることもなく損ずることもなく、ちゃんと私の

そばにあり、常に離れず私を見守ってくれました。

ともに脱出した三人組の若者はすぐに沈阳まで歩きますとお別れの挨拶に来られ、短い間の付き合いでしたが、あの極限状態で同じところで過ごし、ともに歩いたこの数日は忘れ去ることのできないもので、お互いの今後の無事を祈り、見送ります。私たちもすぐにあとを追うものとばかり思い込んでいましたのに、なぜか二泊もすることになり、きっと体力を少しでも回復して出発すると前向きに判断していましたが、明日東長春駅に向かい出発だと父が言います。驚きました。今やっと南長春方面より脱出したばかりなのに。ほかの人たちは沈阳目指して歩いているのに、私たちは東長春駅とは……。その先は列車に乗り吉林に向かうと言う。一体吉林に何をしに行くの。吉林から日本へ帰国できるのかしら……。種々考えを巡らし、何だか自分たちは普通の脱出組とは違う、おかしいと気づきます。でもこのことを父に問い質す気力もない。

この二泊の間に、初めて父にあの卡子での早朝どこに何をしに行かれ、なぜ急に特別に脱出ができたのかと聞くと、やっと話してくださった。長春大学の教え子がたびたび父を訪ねてきていたのは、是非共産党に協力し新しい中国建国を一緒にしてほしい。そして少しでも多くの日本技術者を同行し脱出してください。自分たちは地下に潜り脱出されるための準備をします等々の相談だったのです。すでに私たちの脱出は計画され、協力の下長春側と脱出先の共産党側に大学生が配置され待っていましたが、何しろ父は手術後歩行もままならぬ状態で、真空地帯に入ったらすぐに脱出者名簿を持ち共産党軍上層部に会ってください、必ず脱出可能となりますからという話だったのですが、父が依頼した方は真空地帯のあまりの惨状にすっかり怖じ気づき、名簿を提出していなかったのです。父はすっかりその方を信用して提出済みと思い皆とともに共産党軍からの連絡を待っていましたが、一向に音沙汰がなく、手持ちの食料も底をつき、中野様は危篤状態になり、どんどんと情勢は悪くなり思い余ってその方に尋ねてみて初めて未提出なのが判明したのです。父は驚愕してこのままでは一団はここで全滅すると判断し、まだ夜も明けきらぬ午前四時半頃、東の空の白む頃を見計らい一人杖をつき卡子へと歩を進めます。やがて八路軍卡子の垣根近くに辿り着く。ここは毎日多数の乗り越え脱出を試みた人間が情け容赦なく銃撃され死んでいる場所です。父はここで杖を捨て両手を上げゆっくりと垣を越え八路地区へと入る。約五十メートルほど行った時に、物陰より、「誰呀《シュエイアー》（誰だ）」という声と同時に銃を構えた兵士数人に囲まれる。父はすでに死を決していたので驚きもせず平然として日本語で、

「撃つな。自分は日本人だ。長春大学の瀬戸が今ここにやってきた。名簿を持参した」

と叫ぶ。父の声を聞いた一人の兵士が飛びだしてきて父の前でかばうように立ちふさがり、兵士たちに「撃つな、撃つな」と制する。よく見ると長春大学での教え子でした。

「先生がいらっしゃるかと、毎日卡子内を調べ回りましたが何しろこのような状態で探しだすことができず心配していました。大変ご苦労をかけ申し訳ありませんでした。もう大丈夫です。卡子の門をすぐ開けますから先生はどうか皆さんに準備するようにお伝えください。すぐに迎えに行きます」

当日の父の行動を知り、凄い父親だと心より敬服するとともにとんでもない無茶な行動をとったものだと思います。たとえ父が犠牲となり残りの我々家族が生き延びても我が家にとっては何の意味もないことで、私は椅子に座っている父の膝にしがみつくようにして、今後絶対に独断でこのような行動はやめてほしいと懇願します。父は、

「わかったわかった。素子の気持ちはよくわかった。おい、それよりその手を離してくれ。傷口が痛くてかなわん」

私は夢中で傷口のところを抱きしめていたので、驚いて手を離しました。

それにしてもよく銃撃されませんでした。よかったのは堂々と日本語で言ったことでした。もちろん父は一言も中国語はできませんし覚えようともしませんでした。これから数年間帰国するまでの間、頑ななまでに中国語を使うのを拒否、すべて通訳を通す。私が一言でもいいから使ってみてと頼んでも、

「相手が自分に協力してくださいと頼んできているのだから、頼んだ相手が日本語を使うのが礼儀だ」

と言っています。母も同様、お父さんのおっしゃる通りですと、残留後もあくまでも日本語で押し通していました。

四日目の朝方、出発。一行五、六台の馬車に各自の荷物を分乗し、学生らしき若者の多い一団とともに東長春駅を目指します。隊長の配慮で、青年たちに私たちのことを充分に頼み、ともに出発

することを命令してくださいます。亡くなられた中野様一家はそのまま沈阳に向かって出発されました。一行は栄養失調者の一団でなかなか早く歩けません。ここまで来ればあとは先を急ぐことはなく、焦らずに進みます。落伍者が出れば全員で声をかけ助け合います。道中農民が道端に立ち、同情の眼差しで「あと十里だ、いや八里、頑張れ」と声をかけ励ましてくれます。私はフラフラしながらも一生懸命愛嬌よく手を振り応えていますが、しばらくすると手を振る気力も声を出す元気もなく、ただ足元を見て歩を進めるだけとなり、妹の佐和子と手をとり合い何とか歩く。

私たちの馬車は他と比べると上等な車と従順で力のある馬を将校が特別に手配してくれ、その上護衛の兵士までつけてくれましたが、あとで大変なことに遭遇し危ないところを命拾いします。馬車の上には荷物と志方様と母、弟妹そして怪我をしている父が乗っています。兵士は女性と子供は馬車に乗せるように上官から命令されており、命令違反が知れたら叱られるから絶対に父を歩かせ、私と妹を馬車に乗せると言い張るのです。私は父は手術後で歩けないのでその代わりに妹と歩いて何が悪いの、と半分喧嘩腰のやり取りを道中ずっと続けながら歩きます。道路にはもう死人もなく、わりと整備されてはいますが、揺れの激しい馬車に乗っていても疲れる様子で、弟妹に「落ちないようにしっかり荷物につかまっていなさい」と気を使います。

やがて長春方面よりいよいよ総攻撃開始と思われる爆弾の音がします。物凄い黒煙が長春市を包んでいます。全員歩を止め感慨深く眺め、今市内はどうなっているのかしら、脱出してよかったと一同胸を撫で下ろしますが、さすがに足も痛くなり疲れが出てきます。この日は道を間違えたらしく全員が逆戻りで、目的地には着けず野宿となり、すでに霜柱の立つ大地の上で震えながら夜を過ごし、身を寄せ合い空腹に耐え眠りにつきますが、護衛の兵士は責任を果たすために銃を肩に見張りに徹しています。何だか気の毒になり、

「兵隊さんも休んだら」

と言うと、

「いや、自分は上官の命令を守るために眠るわけにはいかない」

五日目の早朝、太陽とともに全員起き上がり、とにかく早く目的地に辿り着き朝食にありつこうと出発です。歩きだして三十分ほどで接待所に到着。食事も用意してあり、粟のお粥や高粱のご飯を食べながら皆でこんなに近いところにいるのがわかっていたなら、あと一頑張り歩けばよかったと残念がります。やがて青年たちが世話役的な存在となり、私たちに声をかけてくれたり励ましてくれたりとキビキビと動き回り、国境も民族の別もなくこの苦難を乗り切るためにそして生きる目的へと、力を合わせ始めています。何しろ私たちの荷馬車は最後尾で、そのあとを私と妹が落伍組の中に入りやっと歩いています。女の子で歩いているのは私たち二人だけでなので、皆さんがとても気を遣い優しく接してくださるので一つも辛い思いはしませんでした。

五日目頃ともなると、私たちよりも早く脱出した数人の日本人や中国人を見かけるようになり、その人たちは荷馬車もなく荷物を背に必死な姿で歩いておられる。お互いに日本人だとわかると親しみを感じ初対面の人にも気軽にお互いが声をかけ合い励まし合い進みます。やがて次の村落が彼

方に見えたので一同小高い見晴らしのよいところで休憩。野の花を摘み手に持ち、大地に寝そべり大空を仰ぎ見る。この数日間ただ歩くことに専念し、周りの景色を眺める心のゆとりはありません。また護衛の兵士がやってきます。

「佐和ちゃん、またあの兵士がやってくるわ。お父さんを降ろして私たちに乗れと言うに決まっているけど絶対に乗ったら駄目よ、わかってるわね」

「わかってるわよ。でもお姉さん、ずっと歩いてる女の子は私たち二人だけね」

「もうちょっとよ、頑張ろうよ。あなたはまだ歩けるでしょう、疲れたけど二人で歩こうよ」

私はともかく三歳年下の妹は本当に疲れきっています。でも何も文句も言わず仲良く二人で一番後ろより歩いています。あとひと頑張り、父は馬車の上から再々、

「お父さんが降りるからお前たちが乗りなさい」

「いいのよ、私たち二人は大丈夫。お父さんは黙って乗っていて頂戴。また足が悪くなると大変よ」

母は末弟の三歳の謙介をずっと背負い通しで顔色も冴えず心配です。残る弟妹三人はまだ元気そうにしているので安心です。何しろ大地は延々と荒野が続き所々にドロヤナギが数本見えるだけです。村落と村落の間は途方もなく離れており、その間は人家一軒も見当たらず、頼りは今行をともにしている人たちだけです。あと一日歩けば駅に着くとの通知が前方よりあり、全員少し心のゆとりが出てきました。

やっと小村落に着き、ここで夜を過ごすことに決まり、寝床を作るためにとたくさんの藁が用意されていたので各々に三角屋根を作りその中で一夜を過ごすこととなります。同行の志方様の分も作り、大いに喜ばれますが、やはり体調が悪いように見受けられます。家族の中で一番持ちこたえているのは私のようで、口だけは相変わらずうるさく気が強い。もし私が倒れたら一家全滅と思い込んでいるので号令ばかりかけていますが、文句を言う人は一人もなく、よく家族がまとまり、皆さんが驚いています。次女の佐和子はいつもは泣き虫で気の弱いところがありますが、実に我慢強く、しっかりと私とともに歩き通し、三女熙子は馬車の上であまりの急激な変化に恐怖の眼差しでじっと見つめたきり言葉を発するのを忘れている有様です。あの朝鮮逃避中、一番わがままを言って母と私を困らせた時とは一変しています。長男駿介はやはり「俺は男子だ」といった顔で泣き言も言わず弱音を吐かないぞと頑張っています。initial子はただじっと母の手を握り片時も離れまいと必死な顔つきで、お腹がすいても泣きもせず、どんな時でも可愛い笑顔だけは残っています。謙介も母の背中でぐったりと泣く力もなく、時々呼吸をしているかと私は確かめます。父は手術などで体力をすっかりなくし自分が歩くだけでやっとといった様子です。周囲を見回すと男性より女性の方が遥かに持久力があり元気があります。そしていかなる事態に遭遇しても女性の方が時には無鉄砲なやり方で思い切ったことをやり、困難な道を切り開いているように思えてきます。

接待所で簡単な夕食にありつけほっとしましたが、私は明日の準備に忙しい。弟妹たちに衣服を着替えさせたりしてふと周囲を見ると、物見高い中国人が大勢集まり眺めている。私はまた品物を盗まれては大変と気を配るが、よく聞いてみると「このグループは日本人だ」「この日本人グループはきっと幹部として残留していた人たちだ」などと話している。一人の中国人が親しげに私に話しかけるので、私も笑顔で、「子供六人と両親で元気に今から吉林に行くために東長春駅に行くのよ」と答えると一様に驚きの目を向け、そしてこの奇跡を心より喜びまた不思議がられます。でもこれから先はまだ大変なところがあるので気をつけるようにと言ってくれます。気の早い人は明日はいよいよお別れ、互いに日本で会いましょうと挨拶に来られる人もある。

六日目の朝です。さあ、あとひと頑張り。東長春駅に近づくと兵士もすっかり私たちと仲良くなり、もうさすがに父を降ろせと文句も言わない。その代わりに本当に父親思いの親孝行娘と褒めている。到着日は予定よりずっと遅くなってしまいましたが、兵士がきちんと行く先々の本部隊に連絡しているようで命だけは保障されています。ふと道端に目をやると日本人夫婦が派手に言い争っている。ご主人が奥さんに、

「お前なんか、もう死んでしまえ」

と目茶苦茶な罵声を浴びせかける。奥さんも負けてはいません。私は心配になり、

「大丈夫かしら」

と言うと、一緒に歩いていたおじ様が、

「なあに、あれは夫婦喧嘩だ、ほっとけ。よくまだ元気が残っているな」

私も少しは気になりますが先を急ぐ身で遅れては大変です。しばらく歩いていると後方より、

「皆さん待ってください。お願いします、待ってください」

日本語で必死に呼びかける声がします。

「あら、私たちが最後ではなかったのね」

妹と顔を見合わせて振り向くと、さっき夫婦喧嘩をしていたご主人が奥さんを引きずるようにして私たちを呼んでいます。おかしくなります。夫婦喧嘩は犬でも食わぬの諺通り、この荒野に取り残されたらどうなるか、現実に戻ると今にも取っ組み合いが始まりかねなかったのを中止し、奥さんの手を引っ張っています。おじ様がくすくす笑い、一同しばし立ち止まり待ちます。

急に先頭の方がうるさくなり人の動きが激しくなる。不安になり見に行くと、馬車の車輪が泥濘に嵌まり込み動きがとれなくなっています。話によると二日前にこの地方は雨が降り、方々に水が溜まり大変な悪路となっています。青年たち総出で何とか引き出そうと泥だらけになりながら奮闘するがびくともしない。とうとう荷物を全部下ろしやっと脱出。万歳の喜びも束の間、後続の馬車がそこに嵌まる。何しろ道幅が狭く避けて通ることができないのです。馬も鞭でビシビシと打たれ息づかい荒く、今にも倒れそうで、見ているのも可哀想でたまらない。いよいよ私たちの馬車の番です。何とか無事に乗り切るようにと路肩で手を合わせ祈りながら見ている。やりました、あっという間に馭者の一鞭で一気に通過、万歳。馭者は、「こんなことは朝めし前だ」といった顔つき。随分と、ここで時間を費やしましたので隊列を立て直し出発です。最後の難関、急ごしらえの橋を渡りきればこの旅も終わりとわかり、一旦小休止です。ほっとして一同腰を下ろし、喉を潤します。長い長い旅でした。全員服も顔も土埃で汚れ、日焼けで顔はひりひり、全くひどい姿ですが、まずは全員無事で落伍者もないのが大きな幸せです。何気なく前方に目をやると、私たちより前に脱出された日本人のおば様が赤ちゃんを背負い、

「もう一歩も歩けない。私はここで死んでもいい」

と泣き、横でご主人が、

「何を言っているか、さっさと立って歩け。もう日が暮れるぞ。しっかりせい」

と励ましたり叱りつけたり、端から見ていても気の毒でたまりません。両親に告げると偶然にも長春大学の助手として残留され、父も知っている小泉様でした。父はどうして小泉様がここにおられるかと驚くばかりでしたが、母が急ぎ自分の席を譲り、後部に移り、

「乗ってください。遠慮はいりません。早く乗ってください」

ご主人とおば様は地獄で仏のごとく涙を流して感謝され、馬車に乗られます。その時志方様が、

「自分はお尻が痛くなったので少し歩きたい」

私たちと仲良く歩き始め、やがて問題の急ごしらえの橋を渡ることとなりました。

歩くこと六日間、私の体力も限界に近づいています。物事を深く考えることもできず時々意識が薄らぎ気がつくと妹と二人でフラフラと夢遊病者のごとく足を交互に前に出している。兵士がさすがに見かねてそばにやってきては、

「日本姑娘《リーベンクーニャン》（日本の娘さん）、もう馬車に乗れ、ほら、後ろの方にまだ乗れるよ」

私は妹に乗りなさいと言うが、妹も疲れた顔をしているが首を横に振り、

「お姉さんと一緒に歩くわ」

二人はとうとう馬車の端の木枠に取りすがるようにして進む。橋といっても柳の木を幾重にも渡しその上に土をかぶせ、馬車が一台やっと通れるほどの幅しかなく、約十メートルほどの長さ、橋の下には二日前の雨で水量が増し泥水が渦を巻き流れている。青年たちが総出で手綱をとり、馭者と力を合わせて次々と通り抜け、そのたびに歓声が上がり拍手が起こる中、いよいよ最後の私たちの馬車となりました。全員一応降りて渡ろうと言ったのですが馭者が、

「大丈夫だよ、これくらいの橋を渡るのに心配はいらない。降りなくても大丈夫」

と言うので家族は降りません。やがて橋にさしかかり、中ほどまで進んだ時に下を向き馬車にすがりつくようにして歩いていた私の体がぐらりと揺らぐと同時に、前方が急に明るく感じ、驚き頭をもたげると何と右車輪が傾いて宙に浮き、両親弟妹がいない。驚きと同時に今の状況を飲み込む暇もなく黄色に濁った川を見ると、目に飛び込んできたのは家族全員が川に放り込まれ弟妹が流され溺れかかっている光景です。私は咄嗟に橋の上から飛び下りる。幸いにして胸までの深さ、岸辺では全員があまりの出来事に呆然と立ちすくんでいます。あと十メートルほどで本流と交わる場所で、もしそこにでも流されれば大変です。すでに謙介と規子は流されています。やっと二人の襟首に手が届き、つかんで引き寄せ、凄い力で岸辺に向かい一気に放り上げる。すぐに振り向くと駿介も沈みかけている。夢中でまた救い上げ岸辺に向け放り上げる。駿介は長男だからと、我が家で一

番に大切なお観音様の掛軸をずっと持たせていましたが、弟は川の中でも手放さずにしっかりと持っていました。熙子はわりと浅いところに流れ着き自力で這い上がる。父も母もずぶ濡れですが何とか無事です。寒さで唇は紫色になりガタガタと震えています。すぐに佐和子に、「早く着替えを」と頼みますが、馬車から荷物が取り出せない。斜めに傾いた馬車の上に青年がよじ登りやっと横から荷物を抜き出し、急ぎ持ってきてくれる。とにかく我が家は全員無事ですが、安心する間もなく悲鳴が聞こえます。何と母がさっき席を譲った小泉のおば様が、馬車と橋の間に挟まれ身動きできない大変な事態となっています。青年たちが必死で馬車を立て直そうと力を合わせています。私は私で弟妹の着替えは佐和子に任せますが、父の足の傷が心配です。この泥水でもし破傷風にでもなれば取り返しがつきません。

「お父さん、早くこの石に腰かけて。今から傷の手当てをするから」

父は自分は大丈夫、チビたちが寒がっているからあちらを早く着替えさせなさいと言いますが、私は強引に石の上に押しつけるようにして腰かけてもらい、ドロドロになっている包帯をほどく。傷口は思った通り赤く腫れ上がり、まだ癒えていない。

「ほら、お父さん見てごらんよ、危ないところよ。黙って私の言うことを聞いてください。私はそもそも医者になりたかったのにお父さんは反対したでしょうに。私は怪我の手当てはお手の物よ」

何だか目茶苦茶な口から言いたい放題のことを遠慮もなく父にぶっつけ、とりだしてもらった荷物の中から白布を見つけ、引き裂き、薬で手当てをし、白布で巻き上げます。動員先で体得した救急処置法が役に立ちました。やっと終わりほっとして立ち上がると、洋服の端々が少し凍っている。驚いて私も着替えようとしても何の遮蔽物もない河原の真ん中。一計を案じ佐和子に薄い布団があったのでそれで囲ってもらい手早く着替える。やっと我が家は一段落しました。例の兵士は私が父の包帯替えの最中ずっと横に立って見ていましたが、

「私が嘘をついていないのがよくわかったでしょう。わかったらこれから先は絶対に父親に歩けと言わないでね、約束よ」

「姑娘《クーニャン》（娘さん）、本当に悪かった。父親がこんなひどい傷を負っているとは思わなかった。よくも歩け歩けと言ったものだ。悪かった、ごめんなさい。しかし日本姑娘は凄い、偉いもんだ」

一方、小泉のおば様の救出は思うように進んでおらず、おば様の声はどんどん細くなり、私は今度は横で、「もう少しです、頑張ってください」と声をかけます。かすかに頷かれる。よく見ると背負っていた赤ちゃんの片目に枝が突き刺さって、赤ちゃんはぐったりしています。全員で馬車の荷物を下ろし、馬車を引き上げると同時におば様を救出します。あの時、母が席を譲らなかったら、きっと母が傷ついていたでしょう。ほんの五分前の出来事で人の幸不幸がわかれる不思議さを考えさせられます。母は席を譲った時にさすがに疲れたらしく、背負っていた謙介を背より下ろし膝の上に抱きかかえていました。もし、背負ったまま川の中に放り込まれたらどうなっていたかと考えると、背筋の寒くなる思いがします。また、自分の剛力ともいえる馬鹿力がどこから出たのか、まさに危機一髪のところで全員命拾いします。

余談となりますが、例の祖父より頂いた絹織物は、偶然にも前日着替える際に今まで肌身離さずつけていたのに、何を思ったのか行李の底に入れていたので濡れずに済み、これも幸運の一つとなります。

何はともあれおば様の病状が気にかかります。この事件で東長春駅行きがまた延びましたが、青年たちは先に出発せずに最後まで私たちのために何くれと協力し、一緒に出発してくれ本当にありがたく、心強く感じます。私たちの間には今は国境など完全になく、ただ人間同士の深い思いやり、優しさだけが存在しています。日本人、中国人の区別なく、今の私たちには力強い仲間です。日が落ちるまでに駅に辿り着きたいもので歩を速め、青年たちが心配しながら声をかけ私たちを励ましてくれます。どのくらい経ったでしょうか。

「おーい、見えたぞ。駅だ、東長春駅だ。やっと辿り着いたぞ。最後の力で頑張ろう」

見えます。確かに駅です。そして汽車も見えます。誰ともなしに喜びの声とともに万歳、万歳。よれよれになりながらも奇跡的に全員揃ってくじけずに仲良く助け合い、父母の下一つとなりこの難関を乗り越えました。よくぞ生き抜きました。喜びとともに顔には感激の涙のあとが、夕日にキラキラと映えています。妹とそれを拭こうともせずにただ手をとり合い泣き笑い。両親はもっと大きな安堵感を味わっていたことでしょう。

すでに大地は夕映えの黄金色に輝き照らされ、暖かい光で我々一行を包んでいます。何と美しい輝いた色よ。私はこの数日間同じ夕日の中を過ごしていたのに、その色は実に悲しく淋しい。果たして明日を迎えることができるのだろうかと、じっと沈む太陽を見つめていました。この二カ月ほど昼夜を問わず、心の中は闇の世界をさまよい続けていました。生きている、明日は絶対にあるとはっきりとわかった時の喜び、生きているとは何と素晴らしいことでしょう。これもひとえに常に温かい手を差し伸べてくれた多くの人々、そして何よりも幾度となく命を、一家をお救いくださいましたお観音様に深く感謝致します。

しかし、長春市を眺めると黒煙が全市を包み、迫撃砲の炸裂音、機関銃の音、戦況の物凄さが察せられます。いよいよ最後の猛攻撃です。思いはあの真空地帯にいる人たちはどうなったか。そしてこの内戦で長春市民の犠牲者は十万人以上とも巷では囁かれてはいますが、この動乱の中では確認はできません。はっきりしているのは、凄まじい兵糧攻めで、ほとんどの市民が餓死しているという事実のみ残されました。

共産党は「我々は平和的に長春の人民を解放した」と宣伝しているが、何と自分勝手な言いぐさか！　私は心より怒りを覚える。同じ同胞でこのような戦が行われたということは、他国との戦いよりもっともっと深く憤りと悲しみが多くの人たちに残されました。

しかしこの悲しみは、この大きな権力を握った共産党に対し、黙って受け止めるより生き延びる道が残されていないのが現実でした。虚しさだけが残っています。それと脱出の手助けをしてくださった司令長官の奥様の安否が気にかかります。

夕闇が周囲を包み始めている中、東長春駅に着くと、構内は驚くことにすでに脱出者で溢れ、入る余地さえ見当たらない。ここにいる人たちは東長春卡子より脱出し、いつ乗れるかわからない汽車を笑みもなく荷物もなくただうずくまり待っているのです。私たち新手が現れても何の感情も表さず見つめているだけ。一体私たちはこの先どうなるのでしょうか。またここで野宿かもと覚悟していると、例の兵士が銃を担ぎ足早にやってきます。何事かと思うと、「あそこに停車している貨車はあなたたちのためにあるので急いで乗るように。本当によく二人の姑娘《クーニャン》は頑張った、大したものだ。仲良くなれたが自分の役目はここまで。ここで別れなくてはいけない。吉林に行っても元気に過ごしてほしい」。

　私も、

「ありがとう、本当にありがとう」

ただただ感謝のお礼の言葉しか見当たらず、お互いに握手を交わします。よく父のことで言い争い、兵士も私も一歩も譲らず意見を押し通しましたが、真面目な兵士でした。早く貨車に乗るようにと青年たちが言いに来ます。

　八人家族の荷物と志方様の荷物を私と佐和子で死に物狂いで担ぎ、積み込みます。志方様もすっかり力がなく自分一人歩くのがやっとの状態で、私が頑張るよりほかありません。またもや朝鮮逃避の任務が心をよぎります。ガリガリに痩せ細った私のどこにこんな力があったのか。横にいる両親も驚いています。大急ぎで荷物を運んでいる私たちを、羨望の眼差しでじっと見つめている人々。ここにいる人たちは当てのない機会を悲愴な思いで待っている。その中を私は伏目がちに無口で通り抜け、貨車に荷物を担ぎ入れる。

発車の汽笛とともに動きだす。見ると銃を片手に兵士が手を振って「再見《ツァイチェン》（さようなら）」と叫んでいる。それに応えるように私も「再見」と叫んで別れを告げます。無蓋車なのでとても寒い。荷物をほどき布団、衣類を引っ張り出し体を寄せ合い寒さを防ぎますが、何しろ寒いしお腹はすくしで眠れませんが、弟妹たちはぐったりと眠っています。もうすっかり日は落ちて、やがて月光が射し込みますが、冴えきった月明かりは余計に寒く感じられます。しかし朝鮮避難と違い父がいるのでとても心強いものです。

暗くて時間もわかりませんが、夜中に小泉様が、

「しっかりしてくれ」

と悲痛な叫び声を上げられ、呻き声がだんだん大きくなり、聞いている方も胸が苦しくなりそうです。父に何だかおば様の容態が悪い様子と言うと、

「素子、お前が行って様子を見てこい」

暗い中、寝ている人を踏まないように気をつけながらやっとおそばへ行く。おば様のあまりにも苦しそうな息遣いに驚き、手を握りながら「もうすぐ吉林に着きます。頑張ってください」と一秒でも早く駅に着くようにと心から祈ります。横に寝ている女の赤ちゃんはすでに泣き声もない。もしやと思うが暗くてわかりません。やっと薄明かりが射し込みあたりが見えるようになると、驚くことにおば様の体が風船のように脹らんでいます。呼吸するたびに空気が体内に入り込んでいるよ

うです。これは一大事、一刻の猶予もない。何とか手を打たないとと、私は父のところへ行き、

「おば様が大変、何とかしないと死んでしまわれる」

父は驚き、小泉様と何やら相談しています。やがて苦しい息の下からご主人に遺言めいたことを途切れ途切れに言い始められます。吉林駅に着くまで本当に手当ての方法もなく、汽車の速度の遅さに苛々します。

第5章　中国革命の中で

吉林へ新中国とともに

午前九時頃、ようやく吉林駅に到着するや、父はすぐに自分の足の痛さも忘れたように吉林師範大学に電話し、迎えの車を頼み、そして急病人が出たので入院できるようにと頼みます。小泉のおば様の病状がますます悪化しています。入院の目途がついたらしく、一台の馬車に病人を乗せ吉林医大へと父と志方様が付き添って出発します。運よく志方様の知人の医師がいらしたのでお願いし、父はすぐさま駅に引き返してきましたが、何しろ馬車代金などに手持ちのお金をほとんど使ってしまい、子供たちに何か食べ物を買いたくても買えず「すまん、すまん」の連発です。我が家は戦後何かしら無一文になりますが、両親はさして苦にもせず、また知らぬ間に何とかなっているので私たちも仕方ないことだと思っています。

随分と駅で待たされ、やっと一台のトラックが到着。やれやれ安心しました。当時吉林市内にはトラックは数台しかなくて、手配に相当苦労したようですが、早速荷物を積み込み吉林師範大学へと向かいます。トラックの荷台から眺める市内は長春と違い落ち着いており、人々の往来も多く露店も出て美味しそうな饅頭、煎餅などを賑やかな掛け声とともに売っています。それを見るとお腹はグーグーと鳴りだし、父は私たちに、

「もう少しの我慢だ、大学に着くと美味しいものが食べられるぞ、もうすぐ着くぞ、皆よく頑張ったな、もう何も心配しなくてもいいぞ、頑張った、頑張った」

と言い続けています。大学に着くと、必ず食べ物にありつけるとわかると少し元気が出てきます。母は疲れきっているのか何一つ言わず、うずくまるように座っています。私は心の中でもう少しの辛抱だと言い聞かせていますが、昨日よりほとんど食事らしい食事はしていませんので、口数も少なくおとなしくただトラックの荷台から美味しそうな食べ物を眺めています。父がきっと何か食べ物を買ってきてくださると信じていましたのに、全くの期待はずれでいささかがっかりしますが、人のお役に立ったのだからとあきらめています。とにかく私はお水ばかり飲んで過ごしていましたので目が回りそうです。おまけにトラックは、中国独特のあらゆる食べ物の入り交じった匂いの中を縫うように大学目指し走っている。

市民は軍のトラックに乗っている日本人の私たちを見ると、大体のことはわかっているらしく手を振って迎えてくれていますが、それに応えて手を振る気力もない。敗戦後四年以上も経った中、八人家族の日本人の姿を見るとすぐに長春の脱出残留人と想像できますし、大学に向かっているの

は中国側は日本人幹部に見えるでしょうが、私たちは飢えています。一口でもいいから食べるものがほしい。小泉のおば様は肋骨が肺に刺さり穴が空いていたそうですが、危機を脱し無事回復されたそうです。でも赤ちゃんはやはり亡くなられたとの知らせがありました。

やっと私たちは大学に辿り着き、副学長ほか数名の人たちに迎えられねぎらいの言葉を頂き私たちも神妙な顔でご挨拶する。早速校庭を横切り宿舎の並んでいる中の一軒家に案内され、久し振りに落ち着くことができました。煉瓦造りの狭い二部屋付きで、裸電球が一つポツンと下がっている。すぐに荷をほどき川に落ちたときの衣服を干します。

やがて職員に食堂に案内され、テーブルには久しく見なかった料理が並べられ、副学長の歓迎の挨拶、そして乾杯。お料理はやはりお粥ですが、白いお米のお粥です。美味しくて、美味しくて夢中で食します。父は注意されたのに二杯目は固いご飯を頂いています。今にお腹が痛くなるのではとはらはら見ていますが、脱出組は一様に夢中になりひたすら食し、横で大学生が親切にお料理をお皿によそってくれたり、甲斐甲斐しく立ち働いて私たちに話しかけてくれる。電灯の明かりが眩しい。考えてみると何カ月ぶり、いや一年ぶりに明かりの下での生活です。やっと我が家に平安な日々が訪れようとしています。でも内心私は釈然としないものが残り、中国人が好意的に何くれとしてくださるのは、きっとまた何かが起こりそうだ。父にはしっかりと今度こそは日本へ帰ることについて念を押そうと思っています。

食堂をあとに宿舎に帰る道すがらふと校庭の横を見ると、一面に白菜の畠が夕闇の中で浮き出たようにして広がっている。緑したたるとは本当にこの風景を表しているといえるほど久し振りに見る野菜畠は素晴らしく、見事に約五、六十センチ以上に生育しています。この地方の白菜は結球せず日本産とは少し違っています。私は凄いものを見つけたと、早速畠に入り込み、大きな株の白菜をやっと引き抜く。何しろ大株で今の体力では大仕事です。今この白菜を何とか手に入れ、明日からの食料にしなくては、また飢えが待っている。何とか八人分の当座の食料を確保する思いで見えも外聞もなく夢中で、宿舎の入口まで運ぶとまたとりに行く。やっと八株を積み上げるとさすがに疲れ、また明日にしようとやっとやめます。ふと横を見ると両親が何も言わずにじっと私の行動を見ています。母が、

「素子、もうこの辺でやめたらどう。疲れたでしょう。もう食料のことは心配しなくても大丈夫だから」

「お母さん何言ってらっしゃるの。今は食事にありつけたけど明日は何もないのよ。当分食料は何でもいいから確保しなくては駄目よ。私に任せて頂戴」

大学の管理人も、気がつくとおかしそうに私を見て、

「姑娘《クーニャン》（娘さん）、その白菜をどうするのか。もう食べ物の心配いらない。大丈夫、大丈夫」

そんな言葉を誰が信用するものか。私がしっかりしなくてはまた飢えると心の中で反発する。しかし翌日もきちんと三度の食事が出る。どうやら本当にもう食べるのに心配はなさそうです。三日目、入口に積み上げている白菜が気になりだし、自炊は不必要となればとてももったいない。とう

とう重い白菜を肩に担ぎ上げまた元の畠に返しに行くと管理人がそれを見て笑っている。私はやっと頭が正常に戻ったのか、自分で自分のやっている行動がおかしいやら恥ずかしいやら照れ臭くてたまらず愛想笑いでこの場をごまかしますが、でもせっせと持ち帰っている姿を見ても別に咎めもせず、やりたいようにさせてくれた管理人の心の広さには頭が下がります。

いつまでこの大学に足止めされているのでしょうか。どうもこのまま日本帰国なんてまた夢の彼方に消え去ろうとしています。どうせ父も仕事をするなら大学の先生として残留した方がきっと早く帰国できると思い、父に自分の思いを話すと父もそうだな、と頷いてくれます。

もういやです、こんな内戦に巻き込まれるなんて。私にしてみれば一体中国人は何をやっているのか、ついこの前自分たちは勝戦国民だと肩で風を切るようにして歩いていた民族が、同じ民族同士での血で血を洗うような果てしない内戦に入り、多くの同胞が死に、国家建設は何一つ進まない。むしろ満洲時代より悪化し陰では密かに前の方がずっとよかったとさえ言い始めています。衆人はただ一つ平和に暮らせることだけを望んでいます。どうぞ共産党下の生活が安らかに過ごせるようにと祈る思いで、共産主義が何であれ共産党の内情などどうでもよい。どうせ他国の出来事だからと思っていましたが、これから四年間他人事ではない、その凄い渦に巻き込まれようとしていたのです。今までは生きるために命をつなぐために日々を過ごしていましたが、今度は全く目に見えないイデオロギーという化け物にふりまわされ、思想統制のなかで人の心を常に探り、自己保身のために明け暮れる日々を過ごすこととなります。

食堂で夕食をとっていると一人の学生が近づいてくる。そして父に、

「先生無事に大学に着いてよかったですね。あの川に転落した時は本当に僕はどうなるかと心配しました」

何と、私たちと歩いた一団は長春大学生でした。中共軍の隊長が配慮してくれていたのです。両親は厚くお礼を言い握手します。

大学に着いて五日目の朝、ジープが校門の前に止まり、二人の中国人が父に面会を求めにやってきました。何の用事かと不審に思いそばで聞いていると眼鏡をかけた人物が英語で話しかける。このご時世に英語がしゃべれるとは珍しい、ふと気づくとやけにandが多い。一言単語を話すとまたandです。父も同じく久し振りに使う英語で何とか話し合いが続き、やがて父がもう少し考えさせてほしいと言うと、相手は哈達湾《ハタワン》にある製紙会社の復興に協力してほしい、父の身分前歴は何もかも調べてあり、この仕事をやってもらえる人は瀬戸さんよりほかにはいない。生命財産は党の下で絶対に保障します。住む家も今改造中で畳も用意し、水道もつけ、毎日家族に牛乳も出します等々。父がなかなか承服しないので二人は残念な顔つきで、また来ますのでその時は宜しくと肩を落とすようにして立ち去る。その姿を見送りながら私は早速父にこのチャンスを逃さずに日本に帰りましょうと頼む。そして、その中国人にandさんとニックネームをつけます。

数日経つとまた訪ねてきました。今度は通訳の李さんを同伴、子供たちにとお菓子や食料品を驚くほど持参、おまけにビタミン剤を飲んで一日も早く元気になってくださいと大変な気の使いよう

で、私たちは久し振りに見るお菓子にすっかり目を奪われ大喜びですが、父は随分と考えたらしく、どう考えても日本帰国は無理、この家族を守るためと大学教授よりも本職の技術が生かせるのは本望だ。それに哈達湾の製紙会社というのは戦前特殊製紙株式会社で、何回も訪れた会社でもあり、戦後無念なことにこの会社内で日本人従業員とその家族の大部分が集団自決をしたという悲しい知らせを受けていましたので、弔う意味と、そして見事に工廠を再建し〝日本人ここにあり〟と中国人に見せてやるとの心意気が大部分を占めていたと思います。母はもちろん反対はしません、むしろ頑張ってください、立派な仕事をしてください、家族も一緒に頑張りますと言っています。やっと承諾を得た中国人幹部は心よりほっとした顔で父と握手を交わし、すぐに今後の私たちの生活の話にと進みます。

第一に家族はまだ体が本調子でないので大学内でゆっくりと一週間ほど静養し、父は着の身着のままなので洋服店に同行し、早速洋服と帽子、靴を調達します。出来上がった洋服は紺色のつまり人民服で、幹部級のものだそうですが、初めて見る人民服に父は何だかおかしな服だなと着心地が悪そうですが、私たちは「お父さんよく似合うわよ」と囃し立てます。

哈達湾吉林造紙廠へ

いよいよ吉林師範大学より哈達湾へ向かい出発です。副学長は父の就職が第一に決まったので大喜びで、校門で志方様ほか数人に見送りを受け別れを告げます。弟妹は無邪気に迎えのジープに乗って大喜びですが、なかなか目的地に到着しません。吉林の郊外にさしかかり、だんだんと不安が増しこれはまた誘拐されるのではと心配になりだしたところ、やっと指差す彼方に一つの村落が見えます。何だか淋しい不便なところですが、行き着くところまで行けば、あとは何とかなります。父は工廠の場所は戦前より知っていましたので別に動ずる素振りもなく、むしろ胸中は新しい仕事のことで頭の中が一杯の様子で、通訳の李さんに現在の工廠の様子を色々と聞いています。

やっと吉林造紙工廠に到着。荒廃した工廠を見た途端、私はこれから先の父の苦労が思いやられます。門の右側には旧満洲時代の平屋の社宅が二十数軒並び、ほかに倶楽部のような細長い平屋が広場の横に建っています。どこに住むのかと周囲を眺め回しますが、戦前の我が家とは比べ物にならない質素な家ばかり。これは大変なところへ来た。あの小さな家でどのようにして暮らすのかしら。

やがて家に案内される。中を覗くと何とまだ改装中なのか畳もなく、少し高くなったところ一面に白い紙が貼られその上に薄いアンペラが敷いてある。私たちはこのような部屋は見たこともないのですっかり土間だと思い込む。実はこれはオンドル方式（床暖房の一つで、床下に溝を作り炊事の煙を通して溝の上の板石を熱くして部屋を暖める）の部屋だということがあとでわかる。炊事場といわれても、ほんの体裁だけの流し台があるだけ。父は一目見て怒りだした。

「おい、こんな家に住めるものか。約束が違うぞ。責任者を呼べ」

さあ、気の短い父が怒りだし、そばにいた李さんに凄い剣幕で、

「我が家の荷物をトラックに積んでくれ、大学に帰る」

李さんはオロオロし、andさんを呼びに駆けだし、やがてandさんがやってきた。今度はandさんに向かい遠慮会釈もなく怒る。

「約束が違うぞ。これでは子供たちが病気になる。とにかく大学に帰る」

andさんは父がどんなに大声で怒鳴ってもただただ頷き困惑した様子で、さすがの私もこの先どうなることやらと少し心配になってきました。李さんは一人の日本人を連れてきて、何とかこの場を収め、父の怒りを静めたい様子です。そこに現れたのは父の旧知の横川様でした。父は驚き、一体なぜこの吉林にいるのかと聞いています。

「瀬戸さん、そんなに怒るなよ。君を吉林造紙工廠に推薦したのは自分なんだよ。自分は今石峴工廠（吉林より少し離れたところにある）で建設のために働かされているが、吉林工廠建設を瀬戸さんに頼みたいが、と共産党より問い合わせがあり、自分は吉林造紙工廠再建を可能にするのは瀬戸さんよりほかにいないと言った。今日ここへ来るという連絡があったので迎えに来たんだよ。まあそんなに怒るなよ。我慢してくれ、家のことは何とかするから。しかし可愛い子供さんたちだ、本当に心が和む」

一生懸命父をなだめながら、「可愛いなあ、可愛いなあ」と弟妹たちの頭を撫でておられるが、父は横川様なら余計に遠慮は不要とばかりさんざん文句を言う。私は横で見ながら父もやっと怒る元気が出てきたと安心しています。その内にandさんがしばらく待ってほしい、大学に帰られたら自分は困ると言いだし、数人の部下らしき人を呼び寄せ何やら話し合いを始める。私たちはどうすればよいやら戸惑いを感じ外庭に立っていると、数人の中国人が集まり、盛んに、

「日本人来了《リーベンレンライラ》（日本人がやってきた）、六人も子供がいるよ、可愛いぞ。あの日本人は凄い技術者でこの工廠のためにやってきたらしい」

と口々に指差しながら話している。どうやらこの哈達湾には日本人は一人もいないらしい。急に私たち家族が舞い降りてきたという感じで見ています。

　随分と待たされている間に父と横川様は話し込んでいます。横川様は技術者の最高責任者として残留を命じられ、地位は工程師として石峴の製紙会社を再興しておられる。奥様とお二人で子供さんはないとのことです。でも横で見ていると父にとっては今、旧知の人が現れて本当によかったと母も私も思っています。

　やがて宿舎より迎えが来ます。どうしたことかと思うと、急遽私たちのために今まで住んでいた幹部を同じ宿舎の小さい部屋に移し、二部屋、両親の部屋と子供たちの部屋として与えられる。説明によると社宅の改装が終わるまで辛抱してください、食堂として二、三日うちに向かいの部屋を空け、食事は料理人をつけるということです。両親は今までの生活水準から見れば、大いに譲歩したつもりですが、あとでわかったのは当時としては最高の待遇だったのです。おまけに、and さんと呼んでいる人は何と工廠の最高責任者、共産党幹部で廠長だったのです。何も知らなかったとはいえ冷や汗もので、あとで李さんからあの胡廠長を怒鳴りつけたのは後にも先にも瀬戸工程師ただ

一人だといわれ、このことは工廠中に知れ渡りました。胡廠長も、今まで接した日本人と全くタイプの違う人間が現れ、心中大いに驚いていている様子がありありとわかります。

これにより不利な立場とは反対に中国の人々がとても親切で幹部たちは入れ替わり立ち替わり挨拶に来られる。〝気骨のある日本人だ。信頼できる日本人が来た〟と評判がたつほどとなる。以後父は技術者として仕事に関しては一歩も譲らず、そして一言も中国語を用いることなく通訳を通し吉林造紙工廠建設に心血を注ぎ、帰国までの四年間で中国有数の国営造紙廠に仕上げました。後日父に、

「なぜ一言も中国語をしゃべらないの、謝謝《シエシエ》(ありがとう)、再見《ツァイチェン》(さようなら)ぐらいは言ってもいいでしょうに」

と言うと、

「どうしてお父さんが中国語を使わなくてはいけないのか。中国側がお父さんに造紙廠建設をお願いしますと頼んできてるのだから、相手が日本語で接するのは当然ではないのか。それが礼儀というものだ」

と言われました。

また、中国共産党も最初の約束を守り、家族の保護に関しては二十四時間警備兵が立ち、そしてこれより繰り広げられる思想問題に関してもあまり強制もせず父を信頼し、むしろ深く理解してくれます。しかし私は思想問題の矢面に立ち、一部の日本人との間で悩み通しの日々となります。

この宿舎の部屋の広さは様々で、約十六室と大食堂、調理室、ボイラー室等割合と広く、この棟の真ん中に扉があり、廊下で区切られています。つまり廠長の二部屋と私たちの三部屋、応接室、医務室、医務事務室があります。あとの半分は独身寮となり、父は後日全中国より大卒（精華大学、北京大学、交通大学、長春大学等）の優秀な人材の技術指導に当たり、次世代の技術者を育てるために尽力します。急に賑やかとなり、中国の人たちと、そして各地に残留していた日本人技術者の家族とともに過ごすようになり、急激に変化する環境の中で実に逞しく中国社会の中に溶け込み成長していきます。

吉林造紙工廠到着当日は何が何だかわからぬうちに過ぎ、やがて歓迎会が大食堂で開かれました。中国共産党員ほぼ全員、日本人は横川工程師と私たちだけですが、幸いなことに弟妹たちも幼少の頃よりわりと人の出入りの多い家だったので、少しも緊張せずに工廠の人たちと親しくなり、とても和やかな一時を過ごしました。

翌朝父は早速出勤。人民服を着て家族に見送られ、久し振りに見る意欲漲る姿で、足取りも軽く工廠の門を通ります。子供たちは結局門のところまでついていきます。守衛室にいる中国人も日本人がやってくるというので、部屋より出て門のところに立っている。父はいつもの通り右手を軽く上げて〝おはよう〟の挨拶、守衛の人も驚きお辞儀をします。そのあとにいる私たち六人を見て、守衛室に入り遊んでいくようにと誘われるまま弟は無邪気に入り込み肩車をしてもらい、やがて工廠の敷地内で遊び始めます。私は母の手伝いがあるので帰宅しますが、まず哈達湾での第一歩は平穏で和やかな空気に包まれた門出となりました。

工廠での生活

父の話によると、早速幹部級の人々に紹介されるが、全員共産党幹部で紙のことは全くの素人。ただ一人宗さんという人が京都大学出で数年紙の試験室に勤務していただけで、実際上一人も役に立ちそうな人はいない。工廠敷地内を見て回ると清掃する労働者が数十人働いている。父が来ると全員すでに通達済みか丁寧な挨拶をする。まず驚いたのは戦前据え付けてあった抄紙機は全部取りはずされ影も形もなく、ただ七十二インチの丸網抄紙機の一部が残っているばかり。ただし庭に満洲時代日本より運んできた長網抄紙機二台分が荷造りのまま放置されていたので大助かりです。修理工作室、鉄工部には何一つ残っていない、徹底的にソ連軍が持ち去っています。機械を動かすには電力が不可欠、豊満ダムに七千キロワット発電機三台のうち二台は分解しソ連が持ち去っていましたが、残りの一台の発電機で何とか供給はできそうです。父に言わせますとソ連もさすがに全部略奪するのは気が引けるので一台だけは置いていったのだろう、ひどい奴らだと、私はこれほどに中国の財産をほとんど持ち去られたことについて、中国はなぜソ連に強く抗議しないのかしらと不思議に思っています。

あれやこれやで父の悪戦苦闘の始まりです。父は一人で再建計画を立て始めます。何しろ技術者をどのようにして集めたらいいか、開山屯というところに数人の技術者が残留しているのがわかり、出張して交渉、数人の応援を得る。後に丹東、牡丹江より数人、とにかく人集めに東奔西走。そのうちに長春大学生数名が父が哈達湾にて造紙に携わっているのを聞き、是非ともに再建のために働きたいと参加、父はとても喜び信頼できる若者を得て、これから始まる仕事上、思想上、大変に協力してくれます。それとともに私たちのよき話し相手、相談相手となりました。

共産党より次々と打ち出される建設要求に端から見ていても父は大変です。製紙技術は本職なので問題はありませんが、機械の製造はもちろんのこと、煙突設計、果ては事務室、技術学校、公堂、独身寮の建設まで要求されます。私は後に設計室で働くことになりますが、党は父が何でもできると思い込んでおり、要求に応えるために資料や材料の乏しい中で次々と見事に仕事を成し遂げていきますが、これも日本の技術者と中国の技術者の協力の成果だと思います。

母は母で、周囲の人たちに慕われ、食堂として与えられた一室は格好の溜まり場となり様々なことが起き、一喜一憂を味わうこととなります。この宿舎で過ごした約一年間の生活は貴重な体験の場となりました。

工廠内の組織は廠長を頭に副廠長、共産党政治部と技術部とがあり、何はさておき政治が最優先です。廠長は胡廠長、副は張副廠長で、ご両人とも北京中央部より派遣され、胡廠長は寡黙な人柄で私たちが廊下で擦れ違う時〝こんにちは〟と挨拶してもただ笑い頭を下げられるだけで、歳は三十歳を少し過ぎたくらいです。一年後、一人の五歳くらいの男の子と、北京での中央文化活動のリーダー格のような美しい女性が吉林にやってくる。皆で廠長は独身ではなくお子さんがいたのねと噂し合っていたら離婚し、男の子を廠長が引き取り育てることになる。男の子の名は〝力力《リーリー》〟で、それ以降弟たちと仲のよい友達となります。張副廠長は小柄な方ですが実に温和で少し日本語も話せ、常に私たちのことに気を配り、安心して相談のできる立派な人で奥様も若いが静かな物腰でおっとりとした人です。可愛い女の子一人に恵まれ、とてもよい家庭です。廠長、副廠長は〝日本帝国主義の行為は絶対に許せないが、あなたたちは自分たちと同じ同志である〟といった信念が実に明確でした。

年が明け一九五〇年になり、三カ月も共産党政治下で生活すると少しずつ大体のことがわかるようになる。何やら一九四九年十月一日、中華人民共和国が毛沢東の領導の下建国はしたが、この吉林郊外ではあまり感ずることもなく多くの技術者はただひたすら建設にと打ち込む。私も何も仕事もせずにぶらぶらと遊んでいるのが少し肩身が狭く感じるようになります。〝働かざる者は食うべからず〟。遊んでいる者は皆思想が悪く、つまり資産階級に属すると言い始める。父はいち早くそれを察知し私を自分のすぐ隣にある設計室へ、妹の佐和子を試験室にと就職を決め、さっさと連れていかれる。明治生まれの父は今まで何しろ女性は外で働くものではない、家庭の中をしっかりと守る役目があり、その躾が最優先でしたが現実はなかなか厳しいものです。

私と妹が工廠の門をくぐると守衛が笑顔で迎えてくれます。父の後ろより恐る恐る設計室に入る。仕事中の人たちが一斉に立ち上がり拍手で迎えてくれます。自分では何と言ったかわからぬほど慌てて小声で挨拶する。見渡すと四十名ほどの中に一人も女性はいない。内心どうしよう、これは大変なところに入ったと思う。設計室長玉田さんをはじめ三名の日本人技術者（松田さん・原さん・管野さん）の方はすでに顔見知りでひと安心、さらに中国人設計員の中に長春大学生の王さんがいたのでほっとします。緊張の長い一日の仕事が終わると私はヘトヘトに疲れきっています。設計室全員非常に温かい気持ちで接してくださり、常に私を周囲からあらゆる面でしっかりと守ってくださり、深く感謝します。

私もこの新中国で設計室の一員として出発、胸中密かに〝絶対に皆に負けるものか。私は日本女性の代表としてここで仕事をする〟と何やら興奮気味で決心しますが、前途多難、最初に出会うのは言葉の壁です。しかしそこは心臓強く押し通すことに。幸いにも設計室の人たちは全員日本語がほぼわかり、学歴も当時農民、労働者が最高の階級ともてはやされていた時代なのに全員専門学校卒、大卒の若き技術者集団です。同じ中国人なのになぜか南方、特に上海人に対して東北人はあまりいい感情を持ってはいませんし、言葉も全然通じない。設計室内での会議は南方系が英語で話し、それを日本人技術者が聞き東北人に日本語で伝えるといった具合で、当初なかなかうまくいきませんでした。

私は練習生でトレースの仕事です。朝六時に出社し、一時間政治学習をしたら工作（仕事）時間、まず墨を磨り、製図器具のカラス口に墨を入れ線を引く。やっとの思いで簡単な図面が出来上がり、ほっとする間もなくべったりと墨を落としてしまい、仕上がった図面が台無しとなる。このように幾度となく失敗し、服にも顔にも知らない間に墨がついています。でも私にはこの仕事が非常に適していたらしく、楽しくて楽しくてたまらなくなる。父は隣室の計画室より日に幾度となく顔を出し、私の様子を見に来ます。娘が心配でたまらないのでしょう。試験室の妹のところにも現場を見に行くたびに顔を出しています。試験室にはやはり長春大学出の孫さんがいます。

工廠の建物の修復もどんどん進み、破れた硝子窓も直し、工員も多くなり活気づいてきました。

設計室は工廠建設には目下最も大切な部門ですが、図面ができても部品を製造する鋳造部や鉄工部には一台も旋盤などの工作機械がない。父はあらゆるところに問い合わせやっと大連の鉄工所から調達します。いよいよ工廠が本格的に動きだしたといいたいところですが、抄機械で最も必要なワイヤー、毛布がないのです。あるのは方々破れた、すぐには使用不可能なものが一枚ずつやっと見つかります。父の指導の下皆で縫い合わせ継ぎ合わせようとするが、思った通りには出来上がらず、とうとう針すら今まで持ったことのない父が指先から血を出しながら縫い合わせ、何とか出来上がりました。横で見ている私は気の毒に思えてきますが、革命の下、紙が非常に不足しているので一刻も早く生産にこぎ着けなくてはいけません。毛布も継ぎだらけ、しかし工廠の全員が心を一つにしてどうにか据え付けまでやっと辿り着きました。

いよいよ試運転です。母はどうか無事に機械が動きますようにとお観音様に祈ります。私も設計室の仕事が手につきませんが全員が同じ思いです。父はこの三カ月以上、昼夜を問わず工廠で陣頭指揮を執っています。何しろ素人といってもいい製紙技術のない集団相手です。やっと完成したのは、小型丸網抄紙機ですが、ワイヤー部より乾燥部へとそして最後の巻取機まで達し、ついに一枚の紙の製品として手にとった時は全員肩を抱き合いあまりの感激で泣いている工員もいます。やっと自分たちの手でやり遂げました。しかし、後日屋根の一部が落下して機械に大きな損害が出ましたが、それにひるむことなく、全員心を一つとし、次々と克服し、そして、拡張していきます。

一九五〇年六月二十五日の朝鮮戦争勃発を私たちが知ったのは朝の政治学習の時に党員が非常に興奮した様子で報告したからです。「我が中国人民軍は、朝鮮人民を守るために、義勇軍として出兵し、アメリカ軍を撃退した」。電光石火の早業とはこのことをいうのではないかと思う。

朝鮮で何事が起きたのか？　とにかく大量の兵士がどんどん国境を越え、朝鮮に出兵している。そして、その戦果を政治学習時間に報告される。

出兵の大義名分「朝鮮人民のために、中国人民軍は出兵する」

ある時、サイレンが鳴り、一体何事かと全員仕事の手を止め屋外へ出ると、党員数名が叫んでいる。私は早口の中国語で聞き取れず知らん顔をしていると、急に、

「素子同志、早く来い。アメリカの飛行機がやってくるらしい、爆撃だぞ、早く早く」

手を引かれるままに近くの塹壕の中に引っ張り込まれる。この塹壕は北朝鮮出兵とともに工廠内の至る所に党の命令で掘らされたものです。設計室も五、六名ずつ分かれてうずくまる。やがて爆音とともに低空で一機現れる。私は呑気に仰ぎ見ていると急に李長隆同志たちが、

「素子同志、危ないぞ、もっとかがめ」

私は言われるままに身を縮めると、やがて誰ともなく紺の人民服を脱ぎ私の上にかぶせてくれ

る。私は息苦しいのでやめて頂戴と言っても、もし機銃掃射にでもなれば大変だ、我慢しなさい、半分叱られるが皆さんの優しさが本当に心に沁みます。この異国での何気ない優しさは終生忘れることはできないと感謝します。やがて敵機は何事もなく頭上を北へと通り過ぎる。きっと長春に向かっていると皆で言いながらほっとします。

人民裁判

一台の抄紙機が運転し始めると、新たに一台の製作に取り掛かり、また同じように苦労の連続ですが、日本技術者の人たちも実に頑張ってくださいます。私たちが吉林造紙廠建設に邁進している最中、中国全土、地方では物凄い早さで農地改革、思想改革、資産階級闘争が繰り広げられていました。我が家の食堂は皆さんの休憩所のようなもので、日本人、中国人といろんな人の出入りがありますが、特に中国人は父母をとても信用し、心を開き何事も話してくれます。密告の嵐の中でもここだけは絶対に安心なところと思われています。やがて農村地方の豪農、資産階級闘争の血腥い、私には想像もつかない方法で粛清が始まっていることを耳にするようになります。やがて機械もぼつぼつ動きだした頃、一人の中国人青年が父に話があると訪ねてきて、父の部屋で何やら長い間話が続いています。いつもなら私たちも一緒に話の中に入るのですが、どうもいつもと顔つきが違うので遠慮しますが、やがて部屋を出て私に、

「しばらく故郷に帰り様子を見てくる。なるべく早く工廠には帰ってくるから」

「故郷ってどこなの、長春ではなかったの。気をつけて行ってらっしゃい」

出口まで見送ります。この青年は父の大学の教え子でもあり、また早くから共産党のために地下に潜り、国民党相手に様々な危険を冒し活動し、私たちの長春脱出にも一役買ってくれました。母に言わせるとあの人の育った家はきっと立派な家柄に違いないと大変信用していましたが、やはり母が思った通り地方の大地主の豊かな家に育った青年でしたが、彼は新中国の建国のために闘ってきたのです。しかし彼は故郷からなかなか帰ってきません、父もそろそろ心配になり、

「一体どうしているのかな。もうこの吉林がいやになったのかな。いやあの青年はそんな人間ではない、必ず帰ってくる」

一カ月ほど経って彼が帰ってきた時には幼い男の子の手を引き、まるで人が変わってしまったように暗い、思いつめた表情で、両親はさては故郷で何か大変なことがあったと察します。幼い男の子を私に預け父と話をしています。男の子にいくら話しかけても、お菓子を差し出しても、大きく目を見開き怯えきった表情で部屋の片隅にうずくまり、動こうともしない。母はそれをじっと見ていて、

「可哀想に、きっと何かひどい恐ろしい目に遭ったに違いない。優しくしてあげなさい」

私も少し察することができます。ただただ目の前の幼子が可哀想で可哀想で抱きしめたい衝動に駆られますが、絶対に人を受け付けまいとする必死な心が伝わってきます。青年は何もかも胸に溜まっていたものを一気に吐き出すがごとく父に向かって話したそうです。今まで党員として必死に

危険も顧みず民衆のために活動し、やっと一段落し故郷に帰ってみるととんでもないことになっていました。聞くに堪えない凄惨な人民裁判により両親はもちろんのこと、一族すべてがこの五歳にも満たぬ子の目の前で次々と壇上に引きずられ、興奮した民衆により人民の敵とされ息絶え、妊婦はお腹を切り裂かれ、その様子を、

「お前はしっかり見ろ、人民の敵となるとこんなことになるぞ」

と脅かされ逃げることもできず半ば失神状態となり、やがてたった独りぼっち誰一人救いの手もなく、橋の下に藁をかぶって、食事もなく死の寸前まできていたそうです。下手に食事でも与えたのが他人に見つかると与えた人間も同罪で即刻人民裁判にかけられ、行き着く先はわかっているので誰も助けない。このような時に青年は故郷に帰ってきたのです。よもや身内がこのようなことになっていようとは露知らず、むしろ青年は党員の身分で揚々と帰郷したのですが、人伝に五歳の末の弟が一人生き残り行方不明だと言われ、必死で探し求めたそうですが、兄が現れても恐怖におののき、人間恐怖症となり一切近寄ることもできず一週間ほど根気強く話しかけ、やっと心を少し開き、吉林に連れてきたのです。

私はこの話を聞き非常に複雑な思いを抱くが、この一件は絶対に他言はせず、すっかり無口になり仕事にも熱意の失せてしまった青年を両親はずっと見守っていました。人民裁判、これほど恐ろしい裁判はありません。この裁判がやがて都市部にも及んできました。三反運動、五反運動とそれぞれ共産主義と相反した行動、出身成分等項目を掲げ、各自が自己批判する。検討会を各部門で開

き、もちろん党は徹底的に問題のありそうな人物を調べ上げ、やがて工廠全体の批判大会、市全体の闘争と広がっていく。

建設の方は今の事務所では狭いので、四階建ての事務所を建設せよとの話が出る。父は別に建築屋でもないのに引き受けざるを得ない。建築部門の中條さんと協力し設計に着手し図面がやっと出来上がり、トレースを私に命じられる。私もトレースをしながら父は何でも屋だ。よくできる父だと敬服する。土地は広々といくらでも周囲にあります。工廠の敷地はどんどんと広がり建物が出来上がるとともに工員も増え、気がつくと哈達湾に一つの賑やかな集落が出来上がっています。

教育問題

父母の目下の悩みの種は弟妹の教育問題です。母は家庭教師のように色々と教えていますが、これも考え物で、やがて吉林日本人会の学校に入学してほしいと関係者が訪ねてきました。父は、それでは一つ見学し、校長や先生と面談してから決めると言い、ある日馬車に乗り吉林市内にある日本人学校へ行く。私は当然弟妹は日本人学校に入ると思い込んでいましたが、父は帰宅するなり母に向かい、

「全く話にならん。大切な子供たちをあのような教育者には預けられん。やめたぞ」

私は驚き、

「お父さん、一体どうしたのよ。ここにいるほかの日本人の子供たちは通っているのに」

　よくよく話を聞いてみると、授業を見学していると校長がずかずかと教室に入り、何をするのかと見ていると、靴をはいたまま机の上であぐらをかき、生徒に向かって「てめーら」と呼び、生徒間でも同じで、お互いに上下関係を作らず全員平等の立場だという。これが共産主義の教育方針と聞き、父は即座に通学させる意思のないことを告げて帰宅し、中国人の小学校にさっさと入学させます。さあ大変です、日本人会より随分と嫌味を言われるし、後に反革命分子としてそのことが罪状の一つとして挙げられ、我々日本人間の団結の破壊行為としてつるし上げられます。両親は何と言われようと平気な顔をしていますが、毎晩午後六時より二、三時間にも及ぶ日本人政治学習の時間、私一人がオロオロハラハラの連続です。

　しかし妹の熙子、覌子と弟駿介は元気一杯、日本人が一人もいない中国人学校に登校、児童も初めて日本人がやってきたので驚いたり珍しそうに見ていましたが、これからが弟駿介の出番となります。熙子、覌子は女の子で優しくおとなしい性格なのでさしてトラブルもなく仲良く勉強したり遊んだりします。駿介は一日目から大勢の子供相手に大喧嘩です。洋服は泥だらけですが何やら意気揚々で帰宅、どうしたことかと母が聞いています。上級生の一番背の高いいかにも一癖ありそうな男の子が子分を引き連れて駿介の前に立ちはだかり、

「おい、小日本鬼子《シァオリーベングイズ》（日本人の蔑称）、東洋鬼子《トンヤングイズ》（同じく蔑称）」

　それを一言聞くや、十人以上もいる中に飛び込んで親分と見られる男の子に飛びつき、噛みつき大騒ぎとなる。ほかの子は思ってもみなかった日本人のチビの男の子の激しさに驚き逃げだす。親

分はあまりの痛さで泣きだし、校長、受け持ちの先生が校庭に飛びだし仲裁に入られるが、弟は納得しない。先生に原因を聞かれる。そして喧嘩の内容がわかると家に来られ、受け持ちの女の先生は申し訳ないと泣かれる。母は先生に泣かないでくださいと慰めていますが、一日目の出来事を聞き父も私も、

「やったぞ、頑張れ。何が小日本鬼子だ。子供の世界に思想を持ち込むなんてとんでもない。弟が一体何をしたのかしら……とにかく頑張れ」

翌日は日曜日で、学校もなく遊んでいると、例の親分が子分を引き連れて窓の外で大合唱。

「日本鬼子、東洋鬼子」

弟は聞くや否や、入口にあった鉄の棒を担ぎ外に裸足で走りだし、子供たち目掛けて鉄棒を振り回す。私も横で、

「頑張れ、頑張れ、負けるな、日本男子だ」

妹たちは驚き言葉もなく母にしがみついています。すると警備兵がそれを見つけ、

「小瀬戸《シァオライフー》（瀬戸の坊ちゃん）駿介《チュンジエ》、負けるな負けるな」

と弟と一緒になり相手の子供たちを銃床で小突いている。さすがの子供たちも小日本鬼子は悪者で、弱い者、いじめてやるのは当然と思い込んでいたのに、我が家だけには手も足も出ません。近所の中国人の親たちも出てきてこの有様を見て銘々に中国人の子供を叱りつけています。

気がつくと弟が今度はすっかり小学校で親分になっています。ある日中国人の友達数人で吉林に

遊びに行った弟は街中で一人の大人に言われる。

「やい、小日本鬼子、何しに来た、さっさと帰れ、小日本鬼子」

唾を吐きかけられるや、弟は大人の片腕にガブリと噛みつき離れない。大人はまさかと思って馬鹿にしていたのに思いもよらない大反撃にうろたえ、痛い、離せ、といくら言っても弟は噛みついたままです。とうとう街中に人の輪ができ、皆が弟に味方しだして、

「やっつけろ、遠慮するな、こんな子供相手に言うお前が悪い」

とうとう相手は許してくれと言ったので弟は離れる。哈達湾の瀬戸一家はこのようにしてある方面でも有名となりますが、両親は黙認です。いざ何事か起きれば父は身を張って守る態勢はいつも持っていますが、子供たちが逆境に自分の力で立ち向かい、切り開き、心からの友を作ることを念じていたのです。小さい謙介も知らぬ間に友達ができて、こちらは何のトラブルもなく遊んでいます。


弟妹たちは驚くほどの早さで中国語が上手になり、兄弟喧嘩も中国語の方が手っ取り早く端的に意思表示できるので、家の中での兄弟の話も中国語になり始めます。今度は母が慌てます。大切な日本語を忘れられたら一大事で、家では絶対に中国語禁止となり、部屋の目のつくところやトイレの壁にまで、「アイウエオ、カキクケコ……」と貼り紙がしてあります。そして一日のうち必ず日本語の勉強時間を作り私も一役買わされますが、中国人小学校では実に色々なことがありました。しかし伸び伸びと過ごしている姿を同じ日本人技術者も見て、日本人小学校に行くのをやめて同じ

小学校に通学するようになりますが、その頃にはこの哈達湾の小さな学校ではすっかり「小瀬戸(瀬戸さんの子供)」は溶け込んでおり勉強そこのけで威張っていました。

仕事場の仲間たち

私は相変わらずトレースの練習生として頑張っていますが、どんどん上達し自信もつきましたが二カ月に一度の技術試験には閉口します。第一に解答は中国語で書くことと言われ、そんな無理なことをと腹が立ち、楊科長に文句を言いに行きますと、科長は流暢な日本語でそっと小声で、

「素子同志、何でもいいから書きなさい。書けないところは日本語でもいいから」

好意的に優しいことを言ってくれます。計算方式は言葉は不要ですが応用問題は表現が難しい。私は恥ずかしい点だけはとりたくないと必死で勉強します。父の暇な時は父に教わり、また日本語の上手な王さんたちにも家に来てもらい夜遅くまで勉強です。つくづく数学の苦手な私に父は、

「おい素子よ、しっかり致せ。こんな簡単な問題がわからないのか。情けないな」

そして試験結果が門のところに貼りだされ工廠全員の目に留まる。全くいやになります。でも知っている工員は私を見かけると、

「小瀬戸、大したものだ、いい成績だ、頑張っているね」

と声をかけられる。政治学習と技術学習で私は息を抜く暇もない。この成績で給料も決まり、また私もいつまでも練習生でいるつもりもなく、来年は見習い技術員に昇格したく頑張ります。見習

い技術員ともなるとトレースは卒業し機械部品の製図をやるのです。

九月十八日は旧日本軍が東北地方侵略を開始した日で重要な記念日です。最高に反日感情を盛り上げるために政治学習、さらに吉林市内にある日本軍の残虐な行為を大型のパネルでいやというほど展示してある資料館に工廠全員で行き、それをもとに討論会を行うという。私は心の中でもうウンザリしている。その内容が嘘か本当か私は子供で何も知らないし、確かに日本軍の一部の兵隊、憲兵隊は非常に横暴で礼儀知らず。父もたびたび憲兵隊には閉口し、日本人もやられていたことを思い出すが、私の周囲は実に日本人と中国人が仲良く過ごしていたので、資料館に行くのだけは抵抗がある。設計室の人たちは私の心中を思いやり小声で〝素子同志、黙ってついてこい。館内に入ったら自分たちの後ろに隠れて目を瞑っていればいいよ。素子には全く関係のないことだから。これは日本帝国主義がやったことで素子は同志だよ〟と優しくいたわってくれる。その言葉に励まされ、私は何一つ写真も資料も半ば意地になってとうとう見ることもなく館を出る。

翌日は設計の仕事を止めて討論会が始まるが、何やら共産党員の高同志だけがやたらにしゃべっている。ほかの人たちは適当に相槌を打っています。内心国民党時代の時はこのようなことには一度も遭遇せず、残留日本人といっても思想的には何の束縛もなかったことを懐かしくさえ思い出しています。しかし何しろ今、全中国は何千年来の歴史を根底より覆し、民衆の意識や社会機構など何もかもを一党独裁で改革に着手しています。

父はちょうど営口、沈阳方面に出張中で、一日の労働も終わり現場の日本人の人たちがいつものように我が家の食堂に集まる。はじめは雑談で面白おかしく皆を笑わせていた正木さんの話を遮るようにして、突如若き旧日本軍少尉であった両人が激突、卓上を叩き大声で怒鳴り合いだした。全員何事が起きたのかと唖然とする中、一人が部屋を飛びだし自分の部屋からベッドの下に隠していた軍刀を引っさげてきた。それを見るや片方もやはり隠し持っていた短剣を抜き、狭い部屋で双方向き合い、「かかるなら来い」。その勢いの凄いこと、これは大変な事態になりました。第一軍刀や短剣を持っていることだけでも大問題なのです。大人たちは誰一人仲裁する気力もなく呆然と見ています。廊下に目をやると、すでに騒ぎを知り王さんたちが何事かと心配げに見ています。同席していた私は瞬時に父の不在であることが脳裏をよぎる。もしも血を流すことにでもなればこれはただ事では済まない。父も責任重大、この場を何とか抑えなくては。私は咄嗟に、

「そんなに喧嘩をしたいのなら、こんな狭い部屋では思うようにできないから外の広場でやりなさい」

どちらともなく、

「よし、外で決着をつけよう、来い」

外の広場に飛び出た両人は、もう本気で刀を構えて睨み合ったまま動かない。この騒ぎを聞きつけ周辺の中国人が集まってきた。これ以上事を大きくするわけにはいきません。私は頃を見計らい真ん中に飛び込み両手を上げ、

「もういい加減にしてよ！　そんなに死にたければ松花江の河原で二人だけでやりなさいよ。お父

さんが帰ってきたらきっと嘆くわよ。愚か者と絶対に言うよ」

両人は私の声で我に返る。私は両人から刀を取り上げます。両人はやっと冷静になり再び食堂に帰ります。集まった中国人に私は大声で演劇の練習をやっていたかのようにして、

「何でもないわよ、もう終わり。またあしたね」

と笑顔で言うと、〝ああつまらない〟といった顔つきで皆散っていく。

テーブルを挟み両人はまだ難しい顔で睨み合ったままです。私が二人にどうしてあんなことをしたのと問い質すと、一人が少し共産主義を礼讃した言動をとったのに腹が立ち、片方の人が馬鹿野郎と怒鳴ったのが発端でした。聞いた私は本当に馬鹿らしくてしげしげと両人の顔を見る。

「はい、仲直りよ」

とお互いのコップにジュースを注ぐ。二十歳の私にやられては両人とも少し恥ずかしくなったようです。あとで私が、

「本当に男の人は単細胞」

と言うと母に戒められますが、やがて父が帰宅しいつものように、

「留守中何事もなかったか」

と聞かれ、事の一部始終を報告し、母が保管している二本の刀を差し出すと、父も、

「全く困ったものだ。すぐここに呼びなさい」

両人は恐る恐るやってきて、直立不動の姿勢で父よりうんと叱られましたが、父は翌日覚悟を決

め党に出向き、風呂敷に包んだ刀を提出。何事もなく公にもならずに収めてきました。私は父にそっと聞きました。

「お父さん、何と言って軍刀を差し出したの」

「そうだな、考えたぞ、お父さんは。まず、二本の軍刀を胡廠長、張副廠長に差し出して、これはご存知のように旧日本軍人であった両名が昨日持ってきて、今まで幾度となく処分しようとして、捨てるのは簡単でしたがもしこれを拾った人物が悪用してはいけないと恐れて今まで持っていました。今回自分に頼み党に出してくだされば自分たちは安心できるのでお願いしますと言われたので、責任を持って提出する。疑問があれば何でも聞いてください。今後両人については自分が全責任を持つ」

お二人はこの騒動の件は、すでにすべて承知でしたが、ただじっと父の顔を見つめ、黙って受け取られたそうです。本当に緊張する出来事でした。私はこれほど驚き心配したことは、久し振りでした。

「よくぞ今までこの日本軍の武器ともいえる刀を隠し持っていた。よくばれずに今まで持って歩いていられたものだ。下手をするとそれこそ反革命分子となり逮捕されても文句は言えない」

まだ日本人会の政治指導員と称する人が出入りしていなかったのも大いに幸いしていました。この一年は実に目の回るような出来事ばかりですが、気がつくと私たちはこの哈達湾の工廠で着実に歩きだしています。

明けて一九五一年のお正月（中国のお正月は旧暦で、一週間のお休みとなります）は、独身の日本人、中国人が我が家に集まり賑やかな日を過ごします。餃子は私たちは昔、料理人馬さんの指導の下一生懸命に作らされましたので、お手の物で、東北独特の水餃子で頂きます。お正月は何事も忘れ、ゆったりと過ごします。工廠の前の広場ではほぼ工員全員が集まり、ドラや太鼓の耳をつんざくようなけたたましい独特のリズムの音楽で、人々は輪を作り銘々が好きな紅、黄色等の帯状の細長い布を腰に巻きつけ、その両端を持ち踊る。中国では北方農村で昔から広く踊られ、日本でいえば盆踊りのようなもので、節句や祝いの時にも踊る。それを〝秧歌《ヤンゴー》〟と呼び、特に共産党時代となるや一気に脚光を浴び、進攻する際も必ず賑やかに一団がこの秧歌を踊りながら市内を練り歩く。私はさすがに照れ臭くて踊ろうとはしませんが、煕子、規子、謙介の上手なこと、いつの間に覚えたのか中国人の中に入り友達と踊りだす。リズムもとれ、なかなか身のこなしも大したもので見物人は弟妹たちの姿を見つけると大喝采、すると余計に調子に乗って踊りだす。私はじっとその様子を見ながら自分の子供時代を思い出す。小五の時に、友達に誘われるままに盆踊りの輪に入り踊ったことを得意げに父に報告するや否や座敷に呼びつけられ、

「ああいうところで踊ってはならぬ。これは我が家の教育方針だ。素子は調子に乗りやすい子供だ、今後絶対に相成らぬ」

私は心の中で、皆が踊っているのになぜ私は駄目なのか……とずっと納得していなかったのですが、敗戦後父の躾も随分と緩くなりました。

今年は今住んでいるところのすぐ横にある幹部級の家屋の改造がそろそろ完成するので、引越しできそうです。何といっても今の家は何やら落ち着きません。ドア一つで廊下です。でもここに住んでいたからこそ心底中国人の人たちと交流し、よきにつけ悪しきにつけ多くの得がたい経験をします。

反革命分子運動

お正月気分も終わりいつものように仕事が始まる。ふと気づくと、毎日この宿舎に牛乳を配達していた劉さんの姿をここずっと見ない。牛乳を届けると必ず我が家の食堂にニコニコしながら入ってきて椅子に座り何やらほっと一息つき、そしてご機嫌のいい時には〝草津よいとこ一度はおいで……〟と最後まできれいな日本語で手拍子を交えながら歌い通す。驚きどこで覚えたのと聞くと何も言わず笑顔で応える。そして私たちだけの時には上手な日本語で話す。私から見てもこの劉さんは、旧満洲時代に日本の大学を卒業している人だと思う。ある時、母に聞くと、

「素子、よくわかったわね。そうなの、でもこのことは絶対に他言無用よ、わかったわね」

私は深く了解し、頷く。

半月ほど経った頃、劉さんの消息がわかる。何と劉さんは今中国全土で繰り広げられている反革命分子運動の中、密告によって摘発され銃殺。その遺体が吉林市に行く途中の野原に打ち捨てられているのを一人の中国人が偶然にも目撃し、それをそっと耳打ちして教えてくれる。聞いた途端に

涙がこみ上げてくる。なぜ殺したの、劉さんはひっそりと真面目に牛乳配達をし、少しの時間を作り、我が家で過ぎし昔を思い出し、心から安心していられる場所で、ほんの少し心を開きほっとできることだけしかない日々だったのに。私は感傷的になる。その遺体はほどなく、夜中密かに友達が運び去り手厚く葬ったと聞くが、その友人も命をかけて危険を冒して埋葬したのです。反革命分子として処刑された理由は、〝前の職業や身分を隠し人民を欺いた最も重大な罪〟とのことでした。あちらこちらに放置されている反革命分子として処刑された遺体に対し、大衆は何はばかることなく足蹴にし、果ては唾を吐きかけ口々に死者に対して罵声を浴びせている。死んだ後でもこれでもか、これでもかと激しい罰を与えている。反革命分子は未来永劫、絶対に許すことのできない人民の敵だとの教育の結果です。

私はこの光景を目撃し驚く。ついこの前まで、この新中国になる前は死に対して中国人は実に早くから用意をし、そしてその準備のよさを他人に自慢し、ありったけのお金を投じてお葬式を行っていた。旧満洲時代、中国人の家を訪れると、大金を投じた分不相応とも思える立派な棺が必ず人目につくところにでんと置かれ、それを自慢します。私から見ると、本人はまだ若く元気一杯の様子なのに、もう自分の棺を用意し、自慢している、その心境が理解しがたい。当時の棺の型は前方が船形になっていて板の厚みはその財力に応じたもので、外側には極彩色豊かに花、鳥などが描き施され、日本人から見ると驚くほどの大きさでした。そして手厚く葬られます。旧満洲時代に見たもう一つの光景は、新京郊外の野原に点在している美しい色彩に彩られた木の箱。不思議に思い聞くと、あれはお棺で葬儀の後このようにして置き、自然に朽ち果てるのを待っているそうです。木で作り上げた台の上にさらに立派な棺を安置してあるものもあるかと思えば、中には粗末な木棺をそのまま地面の上に置いてあるものもある。その中で一つ奇異に感じたのは、親より先に死んだ子供に対する扱いでした。お葬式は出さず、そしてあの荒涼とした平原に布に包んだだけで放置し、野犬に食べられてもよしといった具合です。その理由を聞くと、親よりも先に死ぬのは最も親不孝者だから当然だとの話です。これは日本人の死に対する観念と大きな差だと思いますが、今中国は社会主義国家となり、唯物思想の中、死に対する観念は大きく変化しているのを痛感せざるを得ません。

工廠敷地内に幸いにしてソ連軍が持ち去らず一部残されていた百四十四インチ長網抄紙機に着手することとなります。今までの丸網抄紙機と違い大型抄紙機なので、これに関係する人たちは大いに緊張し、落ち度のないようにと連日会議が続き、不足品はボルト一本から当工廠内で何から何まで設計、製造します。

設計室はいくつかのグループに分かれ、それぞれ責任を持ち設計製図に当たる。試運転が大変で、またしても父は徹夜続きです。ある夜、機械がやっと順調に動きだしたので父は久し振りに帰宅し休んでいると、顔色を変えて工員が玄関戸を叩く。

「瀬戸工程師、早く来てください。大変だ、大変だ」

激しく叩く音に家族全員目を覚ます。父は飛び起き戸を開けて何やら話を聞いていますが、振り

向き母に、

「倫子、今から工廠に行くから準備を頼む」

何やら大変なことが起きた様子で私もすっかり緊張し、父を見送った後、母と私は一睡もせずに帰宅を待ちます。やっと疲れきった姿で朝六時頃帰宅し、父はどっかりと椅子にもたれるように座り、

「やれやれ大変な事故だった。お父さんは何十年も現場の仕事をしているが、あれほど驚いたことはない」

「一体どんな事故だったの」

父が現場に駆け込み工員の指差すところを何気なく見ると、そこに人間の首がぶら下がっていた。一瞬胆がつぶれるほど驚く。よく見ると工員が乾燥機の足場より滑り落ち、乾燥機のロールを回す大型歯車と歯車に挟まり首を切断され即死です。工員たちは恐がるばかりで誰一人役に立ちそうもなく、とうとう父が先頭に立ち遺体を機械より引っ張り出したとのことで、話を聞いていた私も恐ろしくて震えがきました。翌日早速事故のあったところを見に行き、破損した部品を調べます。やっとひと落ち着きしたと思ったら、今度は運転中のワイヤーの上にボルト一本を不用意にも落とす。それにより見事に破れてしまいました。替わりのワイヤーが手元にありません。とても高価でまた、なかなか手に入らないのでどうしようもなく、一時機械を止めてしまい生産に大きな影響を与えてしまいます。後日ボルトを落とした工員は大公堂で全従業員の前に引きずり出され、

「彼は人民の大切な財産を破壊し、大きな損害を与えてしまった。こいつは反革命分子だ。破壊分子だ。皆そうだと思うだろう、違うか」

誰一人違うなんて異論は唱えられません。反論でもしようものなら即刻壇上に引きずり出され、反革命分子の汚名を着せられます。皆異口同音に、「そうだ、そうだ、反革命分子だ」と大声で怒鳴る。本人は蒼白な顔色で立っていることすら自覚する感覚すら失せ、呆然としうなだれている。私は内心驚く。彼は決して人民の財産に損害を与えようとしたのではなく、全くの過ちではなかったのかしら、本当に気の毒……今の私たちにはただの過ちということは絶対に存在しないと痛感する。私は彼を知っています。現場に製図のためにスケッチに行っても、実に真面目に黙々と仕事をしていたのに……。最後は後ろ手に紐で縛られ、全員の「反革命分子」のスローガンの中をふらふらと引きずられるようにして、やがて私たちの前から永遠に姿を消してしまいました。実に後味の悪い思いをしますが、これからこのようなことがずっと続くこととなります。形だけの人民裁判、最初から判決はわかっています。でも民衆の意見を聞いた上での執行だということです。

春の訪れとともにまたもや吉林市内在住日本人の帰国が始まり、帰国を心より望み、その知らせがくるのを毎日毎日待つ日が続きますが、やはり許可が下りず落胆します。そして昇格試験で、私はまたしても必死に勉強しなければなりません。私はもう中国語で解答を書くのはやめます。無理です。どう考えても私には細部にわたっての表現はできません。日本語の解答で駄目ならそれでいいと心に決める。ほどなく門の横に貼り紙で成績そして昇格の発表です。李同志、姚同志と一緒に見に行くと、私は見習技術員に昇格です。設計室中で喜んでくれ私は早速給料で飴を買い配りますが、仕事は製図が主となり責任が大きくなります。私はやっとトレースを卒業で墨で手を汚さずに済むと思っていましたが、どうしても抄紙機全体配置図トレースとなると私しかできる人がいないので時々やらされる。ある日隣室の計画室より楊科長が笑顔でやってきて、何と私のトレースの技術は全中国で一位になったと言われ驚きます。私の知らぬ間に北京総軽工局（紙工業は軽工局に属しています）に提出して査定されていました。やっと私も自分なりに一つのことをやり遂げたと思いました。私はとにかく中国で過ごした月日の中で必ず何かを成し遂げ、そして充実した日々としたかったのです。

完成した立派な四階建ての辦公室（事務所）は一際目立ち、堂々と周囲を見下ろし、全員ただただ見とれます。工廠は一段と活気づき設計室は二階の向かって右側に決まり、煙突を除けば見渡す限り一番高い建物で、開所式は工廠挙げてのお祝いです。これで一つの国営造紙廠として整いました。

実に何かと忙しく目まぐるしく変わる新中国の中である日、工廠より通知がある。〝明日、全員一日休暇を与える〟。設計室も全員何事かと思いますが、休日と聞き大喜び、明日はそれでは北山の娘娘廟までピクニックに行こうかと相談していると、追って通達があり、〝明日は午前八時から午後五時まで絶対に外出せぬように〟。何だかおかしいぞと思い、当日を迎えます。工廠の周囲は人っ子一人いませんが道のあちこちに銃を持った兵隊が立っています。しかし父だけは出社です。

どうして父は出社するのと聞くと父も一言、

「よくわからん」

家の窓より工廠を眺めていると、十一時頃何台もの自動車が工廠の門に横づけされ、数人の要人らしき人物が入っていくのを工廠の共産党員全員が出迎え、その中に日本人は父唯一人です。

「ハハーン、偉い人の視察か」

家の警備兵に窓から顔を出して話しかける。兵隊も誰が来るのか何もわからないと言っています。夕方やっと外出禁止が解除となりぞろぞろと各家から人々が道路に出てきてガヤガヤ話し合っている。〝どうやら偉い人が工廠を視察に来たらしいぞ〟と。

父が帰宅したので一体誰が来たのと聞くと、いささか興奮気味で教えてくださる。

「今日やってきた人は高崗副主席だった。実に体格も立派だったが人物も大したものだ。東北人に人気が高いのも当たり前だ」

父は握手を交わし工廠建設の労いの言葉をもらったそうです。私も高崗副主席に一日会いたかった。残念でした。とにかく高崗副主席の東北における人気度は日増しに高まり、毛沢東主席よりも上回っていた。高崗副主席はぐるりと東北の主要なところを視察し、各地で熱烈な歓迎を受けましたが、月日が経った頃パタリと消息が途絶え、政治の上でも何一つ出てこなくなります。どうしたことかと思っていますが、皆、口では何も言わず胸の奥深くで納得し、またいつものような日常を過ごしています。いよいよ毛沢東独裁体制の始まりです。

私はこの居心地のいい設計室の環境の中、ますます仕事に張り切りますが、急に淋しさが襲うように全身を包み込む。二階の窓より眺める地平線の彼方に黄金の輝きを放ちながら静かに姿を消していく太陽をじっと見つめていると、何ともいえない寂寥感に襲われ、ふと気がつくと涙が頬を伝って流れています。どんなに仕事に熱中しようと、どんなに設計室の中が温かろうと、私は日本に帰りたい。幼友達の顔、祖父母の顔が大空にポッカリと浮かんでくる。私だって大学に行きたい。好きな勉強もしたい……祖国の地を踏みたい……私は一日の仕事が終わり夕日の沈む時刻となると、一人ぽつんと窓辺に寄り添い眺めていることが多くなる。それをじっと心配げに見守っている人たちのいることを知りませんでしたが、やがて李長隆同志、鄭維芝同志たちが私の肩を叩きながら、

「素子同志、元気を出して。また日本のことを思っているんだろう。自分たちがそばにいるではないか。さあいつものように元気を出して」

私は気を取り直します。

父は出張するたびに日本人を伴って帰ってきますし、また父のことを伝え聞き、奥地に取り残されていた人たちが訪ねてきます。気がつくと日本人は家族を含め総勢八十名近くになりました。軍隊の看護師をさせられ、急に除隊となって困っていた女性四名を伴って帰宅した時は本当に嬉しかった。同い年の人が一名、ほかの方は三、四歳年長で、やっと話し相手ができました。そして半年後に父母が仲人となり三組の結婚式。この哈達湾に来てから初めての祝い事で全員がそわそわし、

皆で料理を作ります。母も一張羅の和服姿で、仲人として幸い多い人生をこれから二人ともに手を携えて進まれることを心より願います。

また父が少し奥地に出張した時、少数民族朝鮮族の中に日本人の男の子が一人ぽつんと生活していると聞き、早速探しだし一緒に帰ってきます。聞くと私と同年とのことですが、敗戦後両親と死別し、ずっと一人朝鮮族の中で心細い思いで過ごしていたそうで、この人は父の配慮で現場勤務となります。

また、中国人と離婚し子供が三人いて生活苦に喘いでいた女性も父は探しだして工廠で働いてもらいます。

思想学習会

私は、よく中国側が父の独断で日本人の採用を決めることを許可するなあと不思議に思いますが、父は日本人を一人でも多く祖国に連れ帰りたい一心です。しかし日本人があまりにも増えたお蔭でやがて進歩分子といわれる人たちが現れ、日本人会から来た政治指導員とともに真っ向から父と衝突し、連日大変な日々を味わうこととなります。数少ない日本人がともに助け合い中国社会で過ごしていましたのに、政治学習を中心に非常に刺々しい歪みが生じ、お互いを信用することもできなくなってしまいます。

最初に、父よりも私に対して鉾先が向けられる。日本人会より日本共産党青年部に入るように言われる。同年の青年たちはほぼ全員加入し、青年部員としていよいよ活動が活発になってきます。なかなか入部の返事をしない私は学習会のたびに入るように言われ、絶対に青年部には入る気はないけれど、それをあからさまに表明するわけにはいきません。数日考え抜き、そしてとうとう私は身体が弱く思うように皆と活動できないので、元気になったら入りますと返事をする。すると、どこが悪いか医者の証明書を提出せよとのこと。私はかねてよりよくしてくれている医務室の馬大夫《マータイフ》（医者）に頼むと快く、証明書を書いてくださる。これで一時しのぎはできましたが、このままでは済まされません。日本人がどのような政治学習をしているのかを中国側に毎日提出せねばなりませんが、私がその役を自ら申し出て引き受けることにします。

随分と熱の入った学習時間、でも私は発言もせずに黙々と筆記しているので揚げ足もとられない。最後には会の進行係も引き受けます。私が学習の進行係をなぜ引き受けたかといえば、年長の技術者は口下手で、青年たちの饒舌でまくし立てるような発言にはとてもついていけず、再々自己批判文を提出させられつるし上げに遭っている。実際のところ工廠の仕事どころではありません。落伍分子の烙印を押されれば大変なこととなります。ついにこの技術者たちは自己批判文を書くことに脅えてペンすら持てなくなり、夜中に人目を避けるようにして父のところに相談に来られる。父は徹夜でその人の出身成分から現在までのことを聞き、話し合いながら反省文を書き上げます。最後に、絶対にこの反省文は自分で書いたことにするようにと念を押します。当日となると端から見ていても実に気の毒なほど次々と進歩分子に問い詰められています。この流れを何とか変えない限り全員が仕事どころではありません。きっかけはやはり一人の技術者が問い詰められたことです。冷や汗を流し顔色も悪く何日もこのことで苦しみ、しどろもどろの返答を聞いているうちに私はあまりの気の毒なお姿を正視できず、自分が何を言ったかよく覚えていないのですが、咄嗟に発言していました。しかしそのことで今までの学習の方向がガラリと変わり、無事にその難局を乗り切ることができました。後に、

「素子さんありがとう、この恩は一生忘れない」

と深々と頭を下げておられる父とほぼ同年の技術者の姿を見た時にひらめいたのです。事なかれ主義を通してはいけない。でも私に何ができるのかしら。進歩分子の人たちと真正面から立ち向かうのは大変なことです。下手をすれば私までが反革命分子、思想落伍者といわれてつるし上げに遭いかねません。そこで学習会の進行係を申し出ます。卡子脱出の際に私が何とかしなくては全員死ぬと思い、頑張った時と同じ心境です。この哈達湾の日本人を絶対に一部の人の思うようにはさせないとの思いでした。しかし、青年部に入るようにとさらにしつこく言われ、今度は自分から文化活動部長を引き受けることにします。これだけ引き受ければもうしつこく言われることもなくなります。

「思想が悪い」

いつものように午後六時より八時までの政治学習に、夕食もそこそこにして教室へ、父の席は決

まって後ろの席です。私はいつもの癖で必ず、

「お父さん、絶対に発言しないでね、お願いよ。どんなことがあろうと聞き流していてよ。私が学習進行係としてうまく切り抜けるから」

無事に学習が終わった日には実にほっとし、冗談も言えますが、何しろ父は玉に瑕というか、父の最大の欠点は短気者だということです。しばらく父は青年たちの共産党礼讃を黙って聞いていたのですが、ある日政治指導員がソ連ほど素晴らしい国はない、人民のための国でソ連は日本に比べて他国を一寸たりとも侵略したことはないし、人類に貢献しているものはすべてソ連が発明したものである。故に「我々の祖国はソ連だ」と演説し、それに同調した青年部員が立ち上がり、「そうだ我々の祖国はソ連だ」と、拳を高々と上げて口々に叫ぶ。私は筆記の手を止めて驚いて見回すと、年配の人たちは押し黙り下を向いている。ところがやにわに父が立ち上がり大声で怒鳴りだした。

「もう辛抱ならん。黙って聞いておれば何を言いだすやら。ソ連が文明の先端をいっているだと。それよりお前たちは日本人だろう、祖国はソ連とは何事だ。祖国は日本である」

そして祖国の字の説明まで始め、持論を展開します。教室内は騒然となり青年たちは父に詰め寄り、

「工程師の思想は最悪だ、共産主義を誹謗するとは何事ですか」

そう言うと、皆に向かって、

「皆さん、これでいかに瀬戸さんの思想が悪いかが証明されました。明日から工程師の自己批判検討会に入りたいと思います」

私は筆記どころではありません。心中父がまた爆発した、どうしよう。大変なことになる。鉛筆を持ったままじっと青年たちを見渡し、どう収めようかと思案し、意を決して手を上げる。

「進行係として発言します。ちょっと待ってください。こう皆がガヤガヤてんでに発言しては速記できません。少し落ち着いてください。この学習の時間はお互いの考えを素直に発言し、そしてそれをもとに考え、明日へのよりよい発展の場にするためにあると思っています。工程師の発言が不適当だったら何がいけなかったのかもう少し理論的に言うべきで、すぐに落伍分子に決めるのはおかしいし、私は今の会話を一言一句漏らさず中国共産党に提出するつもりでいます。それでもいいんですね」

私だって与えられた日本語版の毛沢東の本や劉少奇副主席の本（後に反革命分子として消される）など何でも読んでいます。指導員などには理論的に絶対に負けません。やっとのことでこの件は後日またやり直すと決まり解散します。

中国共産党は常に日本人の学習会の内容などに精通しており、翌日工廠に行くと私の肩を叩きながら、

「昨日の学習は大変だったらしいね。素子同志は何も心配しなくていいよ。祖国がソ連とは本当に間違った考えで父親の方が絶対に正しい。日本人会が何と言おうと素子同志は心配しなくてよい。

自分たちがついているから」

私は心からありがたいと感謝しましたが、翌日の学習でまたもや新しい提案があり、今度は子供を除く全員が参加しての学習を二日後に開くとのことです。私はまたもや眠れません。次は母です。母も何を言いだすか心配です。前日決して発言せず黙って過ごして頂戴と念を押すと、

「まあまあ、そんな取り越し苦労を、大丈夫よ。黙っていますよ」

でも私は不安です。

母の歌

当日、主婦たちも教室に集まりいつもの雰囲気とまた違っています。私は一番前の速記机に座り母に目配せをする。指導員もいつもと相手が違うので、幾分やわらかい表現で学習も進んでいます。やがて全員で革命歌を歌うこととなり、文化部長の私は指揮をとり歌の指導で皆さんと合唱し、まずまずの進行です。ところが最後に指導員が「皆さん、得意な歌をどうぞ」と言う。歌というのはすべて革命歌で、今のこの世の中で革命歌よりほかに歌はありません。戦時中の日本が軍歌以外厳禁だったのと同じです。「お母さんたちどうぞ歌ってください」といくら頼んでも皆さん遠慮がちで歌う人はいない。ところが、

「それでは私が歌いましょう」

声の主を見て私は驚く。母です。母が立ち上がって両手を前で組み歌おうとしています。私は慌

てました。お母さん、革命歌は知らないでしょうに。何を歌うつもりなの。本当に一体何の歌を皆さんの前で披露するつもりなんでしょう。ああ昨夜もっときつく出席しても黙っていてもらうことを母に念押しすべきだった。すべて後の祭りです。母は平然と、

「君よ知るや南の国」

君よ知るや　南の国
木々は実り　花は咲ける
風はのどけく　鳥は歌い
ときを分かず　小蝶まいまう
光満ちて恵みあふれ
春はつきず空は青き
ああ、恋しき国へ　逃れ帰る　よすがもなし
我がなつかしの故郷
望み満てる国　こころあこがるる　故郷

一声聞いた途端私は蒼くなる。〝万事休す〟。しかし母は前日の〝祖国はソ連だ〟に歌で反論した

のです。横から何を言われようと知らぬ顔で、この長い曲を歌い上げます。進歩分子はいきり立ち歌を中断させようと詰め寄りますが歌い続けます。そして即座に母に自己反省を要求しますが、母は自分の息子にも等しい青年たちを見て、「皆さん何を喚いているの」という顔で取り付く島もない態度です。これではまた問題がこじれます。私は即座に手を上げ発言を要求します。

「母はご覧の通り家からあまり出たこともなく、まして革命歌も今のところ全く知りません。これは文化部長として大きな手抜かりでした、自己反省します。次の学習には必ず歌えるようにします」

私はすっかり疲れきります。どうして両親はほかの親のように黙っていてくれないのかしらと……。ここにいるからには少しは考えてくださらないと、少しは私の身になって考えてくださってもと、だんだんと恨みがましく溜息が出ます。後日、祖国の件は我々の思想の祖国はソ連だと訂正されました。

一度収まったかのように見えたこの騒動も父が出張中に再燃します。一部の人の行動に私は気づきます。いつものように夜の政治学習が終わり、解散しても教室の片隅に政治指導員を囲み、四、五人が頭を寄せ合いひそひそと話しています。また何か画策していると察し、わざと、

「皆さん何の相談なの。いやに熱心に学習しているのね」

声をかけると慌てて話を中断する。やがてある人が私に耳打ちしてくださる。

「用心しなさい。あの人たちはお父さんを反革命分子にするために相談しているから」

思った通りです。だんだんこの人たちの行動が目に余るほどになってきます。仕事もさぼり、集まっては何やら話し合っている。私を見ると急にそわそわします。

とうとうその日がきました。父を反革命分子にするための項目を作り上げ、学習の時に全員の前で読み上げる。色々と下らぬことを一つ一つ取り上げてあります。要するに、

一、瀬戸工程師は出身成分が非常に悪い。我々のような労働者出身でなくブルジョア出身で、身も心も腐れきっている（ブルジョア出身と決めつけられても過去を証明するものは何もありません。この時あの長春脱出の際、私が無意識に写真を置いて来たため、手元に一枚の写真もないのが大いに助かりました）。

二、工程師はソ連は祖国ではないと言った。これは真に我々労働者に対しての挑戦である。

三、工程師は単純技術観点に立ち、何事も先に仕事をしている。今最も重要なのは我々働く労働者が主役であることを忘れ去っている。

四、工程師の家には神仏廃止にもかかわらずいまだに神仏を部屋に置き、朝夕礼拝している。このことも全く思想改造ができていない証明だ（お観音様は前記のごとく家にとっては最も大切な存在であり、掛軸は巻いたまま立てかけて私たちは感謝を欠かしません。これは中国共産党は黙認してくれていることです）。

五、子供を日本人学校に通学させず日本人間の分断を図っている。団結を破壊する行為だ。つまり破壊分子だ。

等々、十項目にわたっています。早く言えば父がくしゃみ一つしても反革命分子だという根拠になるような理屈です。日本人会からもまた別の指導員が加わり、本人不在のままますます熱を帯び内容がエスカレートして、私の手に負えなくなります。誰かが異論でも唱えようなら即刻、「彼は工程師に同情的な思想を持っている。これは一切許されないことで、はっきりしているのは同じ分子であり反革命的な思想の持ち主である。従って彼の自己批判を求めようではないか」

次々とかねてより気に入らぬ上司に的を絞り攻めてきます。深夜にも及ぶ学習時間内でもう手の施しようもなく年配者には困惑の表情だけで押し止める力もない。

鉄工部門に勤務していた人がリーダー的な立場となり、補佐役に数人がついています。このリーダー格は前の工廠内でも同じ問題を起こしている人だったそうで、もう政治指導員が止めようとしても全然言うことも聞かず、とうとうこの狭い哈達湾の日本人が二つに割れるような勢いでここの日本人は自分がリードするといった態度です。連日続く激しい論争に中国側も事の成り行きを見ています。

私は気が強いように見えても非常に神経質で気の小さいところもあり、何日も眠れずに胃は痛くなるし、仕事も手につかなくなる。夜寝床に入り天井を見つめていると、父があの反革命分子と同じように処刑されている姿が浮かぶ。手を後ろに縛られ、首からさげた一枚の板に罪状が記され、背中より日本でいえば卒塔婆のような木の板を立てさせられ名前を書かれ、市中引き回しの上、松花江で大衆の面前で自分が今から埋められる穴を掘らされ、そして銃一発ではなく手足より何発も撃たれもだえ苦しみ絶命する。ついこの前無理矢理処刑場で見せられた光景が父とだぶる。私はもう一人では耐えきれなくなる。

父が帰宅すると同時にきっと批判会が始まります。私は意を決し、夜八時過ぎ政治学習の終わった足で、凍りつくような月を仰ぎ見ながら真っ白に積もった雪をギシギシ踏みしめ、隣家の張副廠長宅の玄関の戸を叩く。すぐドアが開き太太《タイタイ》（奥さん）が顔を出し、私の切羽詰まった顔を一目見るなり、これはただ事ではないと察し私の手を引っ張るように部屋に案内し、ソファーに座らせ、

「素子同志、どうしたの、何かあったの」

と口早に聞かれる。私は、

「副廠長に話を聞いてほしい。父親が反革命分子にされるの」

「ちょっと待ってね。さっき工廠から帰ってきて、今夕飯を食べているから」

奥の部屋に足早に去り、大声で私の来たのを知らせると、副廠長は食事をやめすぐに部屋に現れ、

「素子同志、一体どうした。なぜ父親が反革命分子になるのか。さっぱり意味がわからない。少し落ち着いて説明してごらん」

私は顔を見るなりもう涙ぐんでいる。今までの日本人学習会の出来事を中国語と日本語を交ぜ合わせ身振り手振りで必死に伝えます。何とか助けてほしい。父を助けてほしいと懇願する。張副廠長は今にも泣き出しそうな私の顔をじっと見つめ、黙って聞いておられ、ひとしきり話が終わった

時、

「素子同志、よくわかった。何も心配はいらない。瀬戸工程師のことは誰よりも自分たちがよく知っている。きっと工程師を反革命分子にしたがっているのはこの人たちだろう。違うかな」

数名の日本人を名指しで言われる。

「そうです、そうなんです。この人たちが父の留守を狙って反革命分子として大会を開こうと、その準備をしているの。父は何も知らず明日出張から帰ってくるけど、もう私には大会を止める力がないの。だから何とか助けてほしい」

太太も横の椅子に座り心配げに私の話をじっと聞いています。

「素子同志、一人で心配して本当に大変ね。あなた、何とかできないかしら」

張副廠長は笑顔で私を覗き込むようにし、両手で私の肩を押さえながら、

「素子同志、よく考えてごらんよ。ここは中国だよ。中国がお父さんに頼んでともに建設に邁進しているんだよ。何だか日本共産党だといって色々とやっているようだが、ここでは絶対に勝手な真似はさせない。心配はいらない、自分に任せなさい。この様子だと素子はあまり眠っていないようだね。今夜は安心して眠りなさい」

私はこの言葉を聞いて急に安心し、一度に体の力が抜けてしまう。さんざん二人に慰められ、一時間後〝再見〟と言って家に帰ります。家では帰宅の遅い私を母が心配げに待っていました。

「素子、帰りが遅くて心配していましたよ。また何かあったの」

母に心配をかけたくありません。

「ううん、何もないの。少し用事がありそれを片づけていたので遅くなってしまったの。ああ今日は本当に疲れたのでお先にお休みなさい」

「素子、お風呂に入ってからお休みなさい」

私は湯船にゆっくりと入り、天井を見つめる。さっきまで私を苦しめていたあの不吉な幻想はすっかり消え去り、鼻歌が出る。歌はもちろんついこの前覚えた「紅旗飄揚」（赤旗が風に翻る）です。

翌日帰宅した父は、いつものように、

「留守中何事もなかったか」

私は反革命分子の件を口早に話す。父は黙って聞いておられたが、

「素子、お前は大変だったな。心配かけたな。お父さんのことは大丈夫、相手が何人かかってこようと絶対に負けないし、第一相手にならん。さあ、かかってくるならいくらでもどこからでも遠慮なくかかってこいだ」

と剣道の身構えの姿勢をし、私の話を聞いても一つも驚く様子もなく、むしろ私一人が寝ずに心配していたのが変に思えるほど悠々としています。私がいくら事の重大さを説明しても、

「お父さんは大丈夫。かえって面白くなるぞ。どうなるかお手並み拝見、楽しみだ」

いよいよ日本人政治学習の時がやってきます。昨日いくら張副廠長にお願いしてあるとはいえ、

43年ぶりに吉林造紙工廠を訪れた。父とつながりのある人の歓迎を受けた時の写真。父の通訳の戦さん（左から２人目）、設計室の王さん（右から２人目）、李廠長（右から４人目）右から５人目が戸城章一、その左隣が戸城素子（筆者）

心配です。指導員たちは学習が始まっても父のことには触れようともせず、学習は終了です。あとでわかったのは、朝方、中国共産党本部に呼びつけられ学習方向についてひどく叱られたとのことで、この一件はやっと落着、やれやれ寿命の縮む思いをしました。

しばらく平穏な日々が続きます。私はこの一件で気づきます。彼らは父を反革命分子とし、この吉林より追いだし、いかに自分たちが進歩分子で共産主義を全面的に身をもって信服しているかを中国側に示そうとしたのです。自分たちがこの吉林造紙工廠の日本人の中で頂点に立とうとしたのです。ちょうど敗戦後に自分の身を守るために、ソ連や中国側に同胞である日本人を次々と密告し、優位に立ち平然としていた一部の日本人がいたのを思い出し、そして重複します。恐ろしいことです。

この件は中国側の実に冷静な正しい判断により無事解決したものの、それまでには一人の日本人男性の大

43年ぶりに訪れた吉林造紙工廠で撮影。
戦後父たちが建設した製紙機械が今でも現役で活躍していた

きな陰の力も存在していました。彼は軍隊解隊後父と面会し、ともに働くようになりましたが、深く父を尊敬し、父のためならいつでも身命をなげうってでもよしとした気構えがあり、中国語が非常に堪能で中国人との間にはいつの間にか信頼関係を築き上げ、あらゆる情報を手に入れるようになっていました。この件についても進歩分子と真正面から対峙し、強力に一歩も退かずに対抗してくれました。特に父の不在の時は私たち家族を骨身を惜しむことなく守ってくれました。私たちにとっては実に心強い兄のような存在で、父は息子のように接していました。名は坂本夕起と名乗っています。私にはこの名が本名であるという確証はありません。

　また、吉林近郊に残留し父と同じ立場で仕事をしておられた人たちは、この件が自然と耳に入り、父がどのように対処するかを深い関心を持って見ておられたそうです。今のこの哈達湾の日本人間で起きていることが、各工廠の日本人の中でも同様に起きており、父とほぼ同じ状態に置かれていた方々がいらっしゃる。一種の日本共産党の政治的な意図が感じ取られます。このことは後に帰国する前に会合があった時、自己紹介の際に数人の方から、

「あなたがあの有名な瀬戸さんでしたか」

と声をかけられ父は驚いたそうです。

今度のことで私は心身ともに疲れ果てましたが、私にとっては非常によい教訓となりました。それと同時に、一つも動ぜず構えている父の姿を見た時に、一時すっかり相手の戦略に乗り動揺した自分が恥ずかしく、父母には絶対にかなわない。やっぱり私はまだ駄目だと痛感します。両親は自分たちがなぜこの哈達湾に必要とされているのか、中国側の方針をはっきりと見極めていました。今中国側が、日本人側に求めているのはこの厳しい建国に誠心誠意尽くしてくれることなのです。心を一つにして一刻も早く造紙廠を立ちて上げることが目下の急務なのです。そしてそれにはお互いに深い信頼関係が必要でした。

政治学習では妹には一つも鉾先を向けられることがなく、いつも呑気な顔で後ろの席に座り、発言することもなく過ぎていきます。私は私で進行係として家族を守るのに必死です。朝、鏡を見るたびに自分の人相が刺々しくなって、母からあなたは最近いつも眉間に縦じわを作り難しい顔つきになったと言われる。しかし、私は相変わらず自分自身に気合をかけながら、毎日朝の第一歩を踏

みだしています。

ソ連からの技術者

突然、ソ連より技術員七名の青年一行が工廠にやってきました。製紙技術指導のためと言い、工廠内の至る所を見学。そして会議を開き、色々と指導的な発言をする。何しろ中国共産党はソ連と大変な信頼関係がある。ソ連技術員を大歓迎して救世主のように手厚くもてなす。ロシア語の学習も始まり、私も参加する。しかし私にとってはとても発音の巻舌が難しくて散歩中でも大声で発音の練習に励んでいます。あのソ連軍占領下の際に、自然と覚えたロシア語を懐かしく思い出しながらの勉強です。そして一部の技術者は党よりの命令でソ連国へ留学し何もかもソ連一色に染まり始める。

ソ連技術者の服装は中国の紺色木綿の人民服と違い、一応背広を着ていますが、一日の仕事が終わると全員宿舎の広場に集まり何が始まるのかと興味深く眺めていると、やがて一つの輪となり各自洋服のブラシを持ち前の人の洋服のチリ落としが始まる。中国人も日本人も興味深くその行動を遠巻きにして見ている。実に丁寧にチリ落としをやっています。それが終わると眺めている私たちに愛嬌よく片手を上げながら室内に入る。一日も欠かさずに実行しているのには呆れる。母に言わせると、

「ソ連は大変な物資不足なのね。あの洋服も中国に来るのでやっと調達した洋服だわ。でもものを

大切にする姿勢はあなたたちも学ばなくてはいけませんよ」

私もなるほど、このような見方もあるのかと感心しながら聞き入っています。半月ほど滞在し、やがて一行はここを引き揚げていきます。ソ連技術者の待遇には中国側は大変な神経を使ったのがありありと見えますが、それに反して成果はなかったようです。語学の勉強も参加してみると、ほとんど設計室の人たちばかりで、あまり熱心に取り組む人もなく、二カ月ほどで先生の都合ということで解散です。

技術学校、大公堂も建設され、すでに従業員は二、三千人ほどになっています。開所式に演劇など各部門より出すことと通達があり、この際日本人からも是非一つと頼まれる。私も責任上何とかしなくてはと学習時間にこの件を発表する。文化活動の一端として行われると聞くや俄然活気づき、二、三日学習時間を費やし相談する。内容は安来節と花笠音頭を踊ると決定。それも大勢で出演する。安来節を踊るのは電気部門の加藤さんと設計部の原さん、練習中もあまりのおかしさで涙を流しながら見ています。いつも家に引きこもっていた母たちも話を聞き練習場へ来て見学し、そのうち差し入れをしてくださり〝お疲れ様〟と言ってはお茶を頂く。

この文化活動により急に日本人間のわだかまりも薄れ、毎晩の練習に笑い声が絶えない。花笠音頭の踊りは菅野さん、正木さんの指導で女性たちが練習を始め、歌は自信たっぷりの男性に頼み、太鼓等は日本人会に行き借用。花笠作りがまた大変です。赤、白と配色を考え花造り。それを吉林市内でやっと手に入れた菅笠に取り付け、襷にする布も用意して準備万端整い、いよいよ最後の総仕上げ。あまりの賑やかさにふと廊下に目をやると、近所の中国人も一緒になり見学しています。全員が和気藹々とした雰囲気で、よしこれで明日は絶対に大丈夫。皆くたくたに疲れ座り込む。何だか入口に人が立っている。誰かと見ると父です。父は何も言わずに見学しています。父はこのようなことは本当に苦手で、歌一つ私たち子供は聞いたことがない。でも何だか難しい顔つきで、内心これはきっと家に帰ったら何か小言をもらうと覚悟します。

案の定、「素子ちょっと話がある」私もほぼ察しはついているので、神妙な顔で椅子に座ると、

「素子、佐和子は出演してはいかん。わかったな。あの踊りはいかん、上品でない」

やはり父は盆踊りと同じく、娘たちが皆と踊るのは許しそうもありませんが、この期に及んで何で文化部長が出演中止ができましょう。父の説得に、叱られるのを覚悟で楯突きます。やめたらまた思想問題の蒸し返しです。私は、父に叱られても自分の思っていることをどんどん言います。すると父は、

「素子は時々お父さんに失敬なことを言う」

また、父は父で私には全く遠慮なく言い、一体仲のよい親子だか何だかわからない時さえあります。

吉林市は娯楽施設もなく、当日は工廠で働いている全員と家族を含めて大公堂は満員です。最初に廠長の挨拶、党員の挨拶が続き、やにわにジャーンと鉦と太鼓の響きとともに中国の秧歌《ヤンゴー》の始まり。舞台一杯に思い思いの衣装で踊ります。プログラムは順々に進み、いよいよ日本人の出番で

す。安来節、花笠踊り、最後に私の独唱。マイク、伴奏、練習全てなしで、覚えた中国国歌を心臓強く歌います。大喝采で幕が下りる。母の批評はマイクなしでも素子の声は後ろの席までよく通り、私の独唱が一番よかったそうです。やはり身贔屓で、私は、

「お母さん、他人には絶対にこのようなことは言っては駄目よ、絶対よ」

何回も念を押します。

仕事が認められる

一九五二年春節（旧正月）を迎え、また例年のごとく水餃子を頂く。今年はどんな年になるのかしら、今年こそ日本に帰国できますことを祈ります。また三月になると昇級試験で問題はどんどんと難しくなり、勉強が大変で、途中で逃げだしたくなることがたびたびありましたが、周囲の人たちに励まされて受験し、どうにか合格です。楊科長がわざわざ私のところに来て、

「小瀬戸同志、合格おめでとう。総軽工局全中国内で女性の技術員はあなた一人ですよ」

技術員になると設計の一部門の長として責任があります。一番簡単な部門を与えられ私のグループは五名。仲良く楽しく仕事ができますが、何しろ技術員になりたてのホヤホヤ、現場での交渉等は私は苦手です。少しの図面のミスでも相手は喰ってかかり早口の中国語でまくし立てます。そうなると他のグループの鄭維芝さん、王貴倹さんが自分たちに任せておきなさいと交渉の矢面に立ち、話し合いが始まります。横から見ていると何と中国の人たちは自分のミスだとはなかなか認め

ず、延々と話し合いが続き、投げだした方が負けです。ここにも日本人との違いがあります。私たちはもう面倒になり、すぐにごめんねと言いがちですが、ここでは最後まで自分の主張を貫かねばなりません。設計室の人たちには随分と助けてもらいました。

　私は感じています。中国人も共産党下になり、凄く変わりました。絶対に少しのミスでも容易に認めずに、現実にわかりきっていても何だかんだと反論をします。工作上（仕事上）少しのミスでも、反工（仕事に反する行為）と言われ、下手をするとすぐに政治学習に取り上げられ、検討会に入り人民の財産を云々……。皆必死です。給料が減少することもさることながら、反革命分子の汚名を着せられかねないのです。

　満洲時代の、あのゆったりとした大陸的な心のゆとり、態度、俗にいう大人《たいじん》的なものの考え方はなくなっています。何も言わずともお互いにわかり合うなんて、今はどこにも存在していません。

　でもこのような民族間の違いは、しっかりと認識していないと、大変なことに発展しかねないと思う。ここはお互いに口に出さなくてもわかり合えるだろうといったことは絶対に通用しないのです。どんなに不利になろうとも自分の現在の考えをはっきりと口に出し、激論を交わして後に、お互いの心の中もわかり、そこからまた新しい道が開ける。そうでない限り無限に双方どちらかが我慢する時がいつかはくるのです。でもその激論を交わす時に絶対に忘れてはいけないのは、共産党の掲げている語録〝為人民服務《ウエイレンミンフーウー》〟（人民に奉仕する）の基本の下に、自分は考え行動していると力説することです。また、共産党は人民のものであることも。

私から見ると日本人は敗戦後すっかり自信をなくし、その場しのぎの、容易に大過なく丸く収めるためにすぐ謝ってやり過ごそうとしている人が非常に多い。そういう日本人のだらしなさに幾度となく遭遇し、体験もしています。それは、そうしないと生きていけないと錯覚している人が多いからではないでしょうか。私は中国側は今、本音で話し合える日本人を求めていると思います。でも忘れてはいけないのは、今の中国は共産国家で唯物思想であるということです。

今日発注した図面のことを、間違いはなかったかと色々と考えていて、一カ所でも心配なところを思い出すともう夜も眠れなくなる。翌日、朝食もそこそこにして出勤し製造部門へと直行し、もう一度図面を確かめる。間違いがなかった時の安堵感、そして鉄工部に行き自分の設計品がどの程度出来上がっているか見に行くと、現場の工員も、

「小瀬戸同志、図面のことは自分たちに任せなさい。心配はいらないよ」

私は、

「謝謝《シエシエ》（ありがとう）、図面上納得のいかないところがあったら、早めに連絡してね。いつもありがとう」

私は、工廠で皆さんがこれほどまでに好意的に接してくださり、また昇級試験もこれほどスムーズにいけるのは、大部分は父のお蔭であるということは身に沁みてわかっています。だから余計に父に迷惑をかけないように、また日本人として恥ずかしくないようにと心がけて仕事に取り組みます。

大切な長い髪

設計の仕事はとても順調で、楽しいものです。日本に帰国する時、何を持ち帰れるかしらと考えると、今の私には、この哈達湾にある国営吉林造紙工廠の設計室で一人の日本娘が皆さんに助けられながらも順調に昇級し技術員となり身につけたこの技術が一つ。そしてここで働いている人たちに私たち家族が国境を、民族を超え人間同士としてともに笑い、泣いて暮らしていた思い出が一つ。そしてもう一つはこの数年一度も切らずに伸ばしている髪です。その訳は、恐らく帰国の際に物品の持ち帰りは制限されるでしょうから持てるものは何かしら、検査も受けずに持てるものと考えた時に思い至ったのがこの三つ編みにした長い髪でした。すでにお腹の辺まで届きます。今は私の唯一自慢できるものです。ある時、その長い髪を現場のスケッチに行く時に人民帽の下からそのまま出して一時停止していた光沢機の上に乗りスケールで方々を測り、姚玉星同志たちに大声で記入するように命じていたところ、運悪く現場を回っていた父がやってきました。父は私を見るや、大声で怒鳴りつけます。

「おい、素子。お前は何をしているか。危ない、早く下りなさい」

あまりの怒鳴り声に驚き、光沢機から下り、

「お父さんどうしたの、私は仕事をしているのよ」

「素子、その長い髪は即刻切ってしまいなさい。このような格好で仕事をやるとは、第一現場に入

る資格がない」

ガミガミ叱られる。よく聞くとこの髪で現場に入るのは絶対に危険で、もし髪が動いている歯車やロールに少しでも挟まれると引きずり込まれ、死が待っている。ついこの前、洋服の端が入り込み、発見が早かったので一時機械を停止し危うく命が助かったことがあったそうで、父は現場の人に命じはさみを持ってこさせ、今にも私の大切な髪をばっさりと切る勢いで、私は慌てます。いくら私が機械は停止中だから測っていた、運転中は絶対にしないと言っても駄目です。

「お父さんごめんなさい。よくわかったわ。ごめんなさい。でも、今ここで髪を切るのはやめて頂戴。ほら皆が見ているから」

と頼み込む。同行の姚玉星同志たちも今髪を切るのは可哀想だと味方してくれます。父はやっと、

「それでは素子、その長い髪を全部帽子の中に入れなさい。そうしたら何とか許してやる」

私は長い髪をやっと帽子の中に押し込め、続きの仕事に取り掛かりますが、父は睨みを利かしこの場を立ち去ろうとはしません。

数日間は現場に行く時は色々と苦労し、帽子の中に髪を入れ込みますが、やはり大変で、とうとうある日決断して髪を短く切り、残念でたまりませんでしたが、仕事優先なので仕方ありません。設計室内では皆が私の短くなった髪を見て、前の方がよかったとか、いや今の方が似合っているとか話に花が咲き、最後には私が買糖《マイタン》（飴を買う）して皆さんに奢ります。設計室ではいつからか変

わった楽しいことがあったら買糖で過ごすようになっていましたので、事あるごとに私は何だかんだで買糖です。

ラジオ

父はある日どこで手に入れたのか、中古のラジオを自分の寝室の目立たないところに置き、夜になると聞きにくいラジオに耳を近づけて聞き入っている。一体このラジオはどこで手に入れたのかしら、もしこのことが日本人に知れたらまたいい学習材料となり、私が苦労することになります。私たちが眠ろうとすると隣室よりラジオの小さい声が聞こえてくる。たまに調子が悪くなると父はラジオを叩く。そして聞き入っていますが、何を聞いているのかも気になります。父にそっと聞きますと、廠長が瀬戸さん話があると言って一台のこのラジオを手渡され、

「あなたは永年帝国主義国家の中で育ち教育された人で、今さら新しい思想の共産主義に転身しなさいと言っても非常に難しい、いや不可能だと思いますが、共産国家にいる限りは、どうか表立って共産主義の誹謗だけはしないでほしい。この提案は今後絶対に守ってもらう代わりにラジオをお貸しします。日本を離れて十年近くになり戦後の日本の有様を知りたいでしょうし、淋しさを紛らわすためにこの古いラジオで日本の状況を聞いてください。しかし条件としてこれで聞き知ったことは絶対に他言はせぬように。この約束は必ず守ってほしい」

と念を押される。父も固く約束しありがたく借用したとのことです。我が家にラジオがあり夜間

日本の放送を聞いていることは大きな秘密となりますが、父にとってはこの時間は日中張り詰めた仕事のあとで一番の心休まる時となりました。特にその頃放送され始めた団野信夫氏の農業政策の論説を何よりの楽しみとし、遠き故郷の風景、人々を心密かに思い出しています。私に、

「素子ちょっと起きてこちらに来い。この人は親戚に当たる人だよ。懐かしいなあ」

と繰り返し言い、私はこの時間になるとまだ一度も会ったこともない団野信夫氏に親しみを感じ始めていましたが、ある夜ラジオより突然日本共産党野坂参三氏の中国訪問報告が飛び込んできた。それを聞いた父が、怒りだします。何とでたらめな報告だと。父の聞いた放送を要約すると、野坂氏は各地方の残留日本人と会って話したところ、全員立派な住宅、何不足ない毎日を送り、日本に帰りたくないと望んでいる人が大多数いる等々。残留日本人の中には我が家のように二十四時間警備兵がつき、生活も保障され安定している人もいますが〝全員口を揃えて〟とは決していえる状況ではありません。我が家は帰国の念を胸の奥深くにしまい込み、目前の状況に明るく対処し過ごしていることを、中国人の幹部も一般人も口にこそ出さないが、深い思いやりでできるだけの心遣いをしてくださっている。これほど恵まれた状況にある日本人はごく少数です。中国人幹部たちは、これほど優遇されている日本人は、中国の中で瀬戸一家だけとさえ言い始めています。私にとっては話半分でも頷けますが、野坂参三氏の報告には承服できません。父は一人で怒っていますが、このことは絶対に口外禁物。言いだせば廠長に災いが及びますので、家の中だけにぐっと収めます。

反革命分子摘発運動は依然として続き、むしろ厳しさを増しています。突然設計室のドアが開かれ公安局の者が五人、ずかずかと入ってきて、あっという間もなく設計事務員馬同志をぐるりと囲む。全員言葉もなく固唾を呑み見守る中、ガチャリとかすかな金属の音とともに手錠がかけられる。馬同志は無言のまま立ち上がり、すぐ近くに偶然にも居合わせた私に少し笑みを浮かべてじっと見つめ、今の心境すべてをこの一瞬に伝え表すかのようにして無言のまま立ち去る。設計室全員言葉もなく、そしてやがて辦公室（事務所）の玄関から真っ直ぐに門まで通っている道を厳重に囲まれたまま去る姿を窓から身を乗りだすようにして私たちは見送る。馬同志はしっかりと前方を睨みつけるようにして歩いていった。残された者にとってはついさっきまで仲良くともに仕事をしていた同志です。なぜ連行されたのかさっぱりわからず、仕事も手につかず、言葉を発する者もいない。私は最後に私に向けられたあの眼差しがどうしても脳裏から消え去らない。

数日後漏れ伝わるところによると、馬同志は満洲時代、国民党時代警察官をしていたのを自分ではあまり重要な事柄とは認識せずに党に申告していなかった。それを何と馬同志の奥さんが密告したのです。警察官といっても私より三歳年上ですからきっと使い走り程度のものだったと想像しますが、奥さんの密告は〝馬同志は永年にわたり自分の成分をひた隠しにし、自己批判もなく、吉林造紙廠で働いている、彼の思想は腐敗し、反革命分子である〟。なるほど、前身はそうだったのか。どうりで日本語はできるし、身のこなしも鋭いところがあり、初めて設計室にやってきた時、私は父がまた日本青年を探しだして連れてきたと思ったほどでした。馬同志はとうとう帰国するまで消息不明。どこかで思想改造を受けているのではと皆でいい方に考え話しています。密告をした奥さんはもちろんのこと人民の英雄として称えられる。

事件は引き続き起こりました。設計室の一つの部門の長として仕事に活躍し、人望もあった許同志が同じく連行されます。また私たちの面前で手錠をかけようとした公安局員に、今度は私たちが、

「許同志は逃げる人ではない、それにお年寄りだ。どうかここで手錠だけはしないでほしい」

公安局員もそれを受け入れ、廊下で手錠をする。私たちは全員無言のまま見送る。許同志を見ると一瞬にして現在の自分の立場を認識し、すべてをあきらめきった表情で淡々として手を前に差し出しています。仕事など手につきません。なぜ許同志が反革命分子なのだと納得いきませんが、やはりあとでわかりました。

原因はこうでした。許同志は我が家と同じ長春からの脱出組で、それも飢えにより家族全員が死亡し自分だけが生き延び、昔の設計の技術を生かしてこの吉林造紙廠で働いていました。五十歳を過ぎ一人暮らしは淋しいだろうと世話をする人がいて再婚します。その時は設計室全員で〝買糖〟し飴を配り大いに祝福し、許同志も何だか若返り元気が出てきた様子で折に触れ皆でひやかしていました。ある時、鉄工部に捨てられていたベアリングを、スケッチに行ったついでに一つポケットに入れ持ち帰り奥さんの連れ子に与えます。玩具のない時代で子供は大喜びでまた工廠内に捨てられているものを持ち帰ります。やがてその十三歳の長女が密告したのです。

あれほど心から第二の人生を大切に、また血のつながりもない子供たちを心より愛していたのに、ベアリング持ち出しがあだとなる。〃許同志は人民の財産を盗みだし、自己の利益のためにたびたび持ち帰る。許同志は人民の敵だ〃。私たち全員、さすがに唖然となる。もう親も子もとにかく周囲は全部敵です。信じられる者は一人もいない。全員が貝のように押し黙る。許同志は老齢でもあるし、犯した罪も考え、思想改造のために、牢屋に入れられ、二十四時間看視の下改造教育が半年以上行われ、やっと哈達湾に帰った時は驚くほどの老人となり、再び仕事に復帰できる状態にもなれず、とうとう心臓麻痺となり急死される。表立って葬儀らしい葬儀もなく参列する者もなく淋しい生涯を閉じられた。現場でも次々と摘発がある。最初は驚くが、もう慣れっこになり〃あら、あの人が反革命分子だったの〃といった具合で、あまり関心を持つとこちらが危ない。

ある日、仕事をしていると、人々のざわめきや銃の音がとても不穏な空気が風に乗ってこの哈達湾まで届いてくる。私は急ぎ窓を開き、遠くに見える吉林市街を眺める。至る所より煙が立ち上り何かおかしい。吉林市そのものが凄い力で揺れ動いているかのように私に伝わってきます。すぐそばにいた楊同志に、吉林の方で何かが起こっているみたいだと心配げに言うと、小声で、今吉林市内は反革命分子摘発運動が起き、方々で処罰が行われていると教えられる。

この哈達湾は吉林市の郊外にあり、市内に行くには一本の広い凸凹道を私の足で一時間ほどかかります。途中には家一軒もなく実に見通しのいい野原が延々と続いている中を、私たちは歩くのにくたびれると行き交う普通の馬車に頼んで途中まで乗せてもらったりとのんびりとしたもので、吉林市内の出来事はなかなかこちらには伝わってきません。その日の夕方頃、市内での処刑の有様が口伝えにわかり始めます。有名な娘娘廟のある北山では、最も大規模な処刑が行われ、今日一日で全市で百名以上の人が反革命分子として市中を引き回され、そして処刑され、その現場はとてもとても正視できるものではなく、私に「素子、絶対に見てはいけない」とそっと教えてくれる。この反革命分子摘発運動は大きなうねりのように全市内を包み込み、やがてこの哈達湾もそれに呑み込まれます。私たちの周辺にまで迫ってきていることがひしひしとわかります。

公開処刑

数日後、三台のトラックが人を乗せ土煙を上げて近づいてくる。〝全員外に出てトラックを迎えろ〟との通達で仕事の手を休め工廠の門で迎える。やがてトラックに五、六名ずつ乗せられ、いずれも反革命分子として罪状を胸にぶら下げられ、背には名前を書いた板、手は縛られる。蒼白な顔でただじっと天空を仰ぎ見ている人、口を真一文字に結び私たちを睨みつけている人、立つ気力も失せて兵士に無理矢理立たされている人、その中で私は一人の青年を見つけだす。現場で働いていた趙さんだ。趙さんは、当年二十歳ぐらい、色白でいつも油にまみれ現場で黙々と働いていた。今目の前に立っているのは全くの別人のようです。趙さんは今この世での最後の自分のメッセージを強靭な精神力の下訴え続けます。決して自分の思想を曲げず、屈せず、堂々と処刑場へと進んでいます。実にあっぱれ見事としかいい表すことのできない態度です。私は敗戦後、朝鮮避難中、自己の信念に基づき困難な状況下においても私たち家族を救ってくださった青年を思い出している。そして再び目の当たりに国や主義こそ違え、一人の青年が自分の信ずる道を貫き通しそれに殉じようとしている。ぐっと前方を睨みつけトラックのところに集まった民衆を睥睨《へいげい》するかのようにして大声で叫ぶ。

「自分はこの工廠で働いていた趙という者だ。ここに集まった民衆に言う。この不法な弾圧にくじけるな。自分は自分の信念に基づき進む。共産党に負けるな。自分の後ろに続く者がいるのを信じ、自分はこの理不尽な処刑場に行く。若者よ、自分のあとに続け。国民党万歳」

彼は豪農の息子で国民党員だったらしい。もう絶叫です。聞く者の胸をえぐりだすな鬼神のようにして迫ってくる。私はあまりの気迫に震えが止まらなくなる。そして食い入るように趙さんを見ている。釘づけされたごとく身動きがとれない。兵士がこれ以上言わせまいとしてねじ伏せようとするが最後の力を振り絞りくじけない。口を塞いでも振り切り叫び続ける。この一行の中にあと二人の工員を私は見つける。

やがてトラックは目の前を通り過ぎ松花江の河原へと向かう。すると銃を持った兵士が私たちに処刑場に行けと命令する。大変なことになったと思うが黙ってついていく。河原に着き処刑実行。人民の敵がどのようにして死ぬかしっかりと見ろと言って兵隊たちは私たちを囲み銃で小突く。どうしよう、処刑を見るのはいやだ、本当にどうしたらいいかと伏し目がちに一番後ろの方からついていく。もう処刑者の周りは多数の人垣ができている。青年が拳を振り上げ、「人民の敵は死んでしまえ、お前は犬よりも劣る。もっと苦しめ」。あらゆる言葉を次々と浴びせ、罵倒する。すると一斉に「そうだ、そうだ。共産党万歳」。誰一人として異論を唱えず異様な雰囲気に酔い痴れたごとくスローガンを唱えている者たち。一人の人間の死という厳粛なことに対しても意にも介さず〝人民の敵〟一色となる。

私は戦後、いや日本が戦争を始めて以来数えきれないほどの人の死に直面しています。すべての人といってよいほどに悲惨な無念の死です。これほどに死との遭遇が続く中で私が恐れているのは、私も含めて人々がだんだんと死に対して何の感情も持たなくなっていることです。皆淡々と受け入れています。別に人生を達観しているのではありません。死に対しての感情が麻痺しているのです。今に人間が人間をこの地球上から抹殺してしまわないかとさえ思い始めています。人間はその都度勝手な理由をつけて、とどまるところを知らない。もしかしたら今もこの地球上では同じようなことが繰り広げられているかもしれない。私はもうこのようなことに絶対に遭遇したくない、まるで私はこのような悲しい出来事を見るために生まれてきたのではないかとさえ思う。でも私はここから逃げだすことはできない。ただ一つ、私は自分の前にある一本の道を進むよりほかはありません。後退は許されないのです。誰か私の背中をトントンと叩く人がいる。誰かと思い振り返ると、そこには銃を片手に一人の兵士が立っている。兵士は小声で「素子同志、俺だよ」。見るといつも我が家を守るために立っている顔見知りの兵士でした。

「いいか、見るのはいやだろう。見ない方がいい。俺の銃床を握り目を瞑ってついてきたらいいよ」

私は助かった、何といい時にこの兵士がここに来てくれたんだろうと小声で、

「謝謝」

と幾度となく言い、言われるまま目を瞑り何も見ずにこの場を通り抜けることができたが、目撃した人は一週間は夜トイレにも行けず、目の前に処刑の場面が浮かび、一人では歩けなかった人も出てきます。「あなたは何ともないの、強いわね」と言われ、「うん何ともないわよ」とごまかしその場をやり過ごします。

子供が親を密告し、処刑される直前に大衆に向かって、

「彼は（親を指差し）人民の敵である。国民党で軍人だったことを隠していた。私は彼の子供だが、密告した。彼が今ここで処刑されるのは当然である」

まるで勝ち誇ったように拳を振り上げ叫ぶ。大衆は、

「そうだそうだ、お前は人民の英雄だ」

そして子供は親の処刑を当たり前のようにして眺めている。何かが狂っていると思いながらも大きな渦に巻き込まれ、考える余地さえ与えられずに大衆は流されている。

これほどまでにしなければ何千年にもわたる封建的な社会を打ち破り、新しい中国を建国できないのか。革命とはこれほどまでに凄惨な場面を繰り広げない限り達成しないのか。私は頭の中で考えている。もし日本人の学習会で言っているように、日本の革命が間近であることが本当ならば、

恐ろしいと思う。

五月労働節、一九五二年の日本のメーデー事件がこちらに伝わるや、俄然学習は熱気を帯びてくる。政治指導員の話によると日本の革命はもう間近に迫り、人民のための国家建設に全国の労働者が立ち上がったのだ、今こそ資本主義を倒すのだ。天皇制打破、自分たちは今ここで何をすべきかを真剣に考えるべきだ。青年たちがとにかく張り切っているが、私は黙々と速記を進めているからには、発言などする暇もない。できることなら日本に今帰国し、革命闘争に身を投ずべきだと言う人も出る。興奮し、熱気のある学習が続きます。

気がつくとまた文化発表会が近づいています。今年も日本人から何か一つと要求があり、学習時間に話を持ちだすと急に全員元気よくなり、普段発言もしない人が積極的にいろんなアイデアを出してくださる。電気部の斉藤さんは映画の助監督の経験があるとわかり、演劇をお願いする。脚本から演出と忙しい仕事の合間を見て斉藤さんも大変です。しかしいざ稽古に入るや、水を得た魚のごとく普段と全然違う感じを受けます。劇の内容も革命に沿った内容で、題名は、「立ち上がれプロレタリア」で、主題歌「裏町人生」です。一人の女性が貧しさと闘い薄暗い小さなキャバレーで働き通し。その中で次第にプロレタリアとして目覚め、後に活動家として革命に参加し、活動するという筋書きです。何と私が主役となりました。大変なことです。キャバレーなど全く知らない世界、それに台詞の多いこと。でも文化部長の手前、何とかやり遂げなくてはと毎晩練習で大騒ぎですが、つくづく思いました。難しい政治学習より文化学習活動の方がずっと楽しく、思想的な勉強もできるのではないかしらと。

一場面で社交ダンスシーンがあり、その練習がまた大変で、斉藤さんの奥様も来てダンスを教えてくださり、なんとかマスターします。いよいよ総仕上げの日となり本舞台さながらの衣装をつけ全員張り切っています。ダンスの場面となり、何気なく廊下に目をやると、まずいことに父がまた実に難しい顔つきで腕組みをし練習を眺めていたのです。ガラリと引き戸を開け、父が入ってきました。全員練習をやめて挨拶しますが、父の口から飛び出た言葉は、

「斉藤君、君には悪いが、素子をこの演劇から降ろしてくれないか」

斉藤さんはすっかり慌てます。本番を明日に控えて主役を降ろすのは全く無茶苦茶な話で、今までの苦労は水の泡となってしまいます。私は困ってしまい板の間に座り込む。

「何がいけないのでしょうか。素子さんは実に適役で、この脚本も素子さんをイメージして書いたもので。とても他の人に代役などできませんが」

「君、それは君の勝手だろうに。さっきから廊下で見ていると、あれは何だい、社交ダンスなどとんでもないことだ。我が家の教育方針に反する」

もうここまで話がくると今度は父の思想問題に引っかかり、横にいる進歩分子が待ち構えています。

「お父さん、もうお話はここまでにして頂戴。とにかくあした発表会で、私は部長としての責任があり、出演取り消しになると大事《おおごと》になるの。ダンスはこの演劇の中だけのお話で私は外では一切ダ

ンスはやらないから何とかお願い」

斉藤さんも必死です。父を相手に劇の内容の説明やら何やら紹介しています。すると父は妥協案としてダンスの場面をカットするようにと要求します。今まで一緒に練習していた人たちも事の成り行きを見ています。三十分以上もめましたがついに父が折れて無事にまた練習開始で、一番ほっとしたのは私でした。翌日の本番は大成功です。そして中国人が私を見ると女優になれと言い始める。どうしてと聞くと、今、中国映画で有名な「白毛女」の主演女優が実に私に似ているので、設計室で仕事をするより北京文芸部に入り活躍した方がいいと言いだす。

パーマをかける

あれほど吹き荒れた反革命分子摘発運動もほぼ終わり、周囲もやっと落ち着きを取り戻します。市街も賑やかに人々の笑顔も笑い声も聞こえ、今まで閉鎖していた吉林市の映画館も上映を始め、文化運動が盛んになり、何だか私も急に楽しくなってきました。例の「白毛女」の内容ももちろん地主の息子と貧農娘の物語で、最後に人民軍が出て来るといったもので、工廠のお達しでこの映画を見るようにと言われ、仕事が終わった後、設計室の人たち数人と寒い中観に行きます。私たち一行は二階の中央に陣取り、映画の内容があまりはっきりとわからない私の横で李同志が一生懸命に説明してくれます。主題歌も覚えます。そのうち「鴛鴦の契り」という悲恋物語、やがてソ連映画が次々と上映され始め映画館に行く機会も多くなってきましたが、私はあることに気がつきます。

市内にたくさん出ている屋台を、皆と一緒にひやかし半分で歩いていると、必ず私を見て同行の中国人に聞いています（父は吉林市内に一人で遊びに行くことを禁止していたので、必ず設計室の人や身近な人たちと同行していました）。

「あの日本姑娘《リーベンクーニャン》は誰だい」

「ああ、哈達湾吉林造紙廠の瀬戸工程師の娘さんだよ」

「そうか、あの瀬戸工程師の娘さんか」

何だか横で聞いている私もやけに我が家は有名になっているな、父が頑固者で有名なのか、それとも技術者として有名なのかなと思っていますが、今や吉林造紙廠は大きな存在になっていますし、工廠の人たち、顔見知りの人たちが吉林市内に遊びに行っては話のついでに私たちのことを話していたのです。「白毛女」の映画館で椅子に座ると方々から、

「あの子は哈達湾の瀬戸工程師の娘だよ」

といった声が聞こえ、李同志は私に、

「随分有名になったね」

私の給料は我が家にとっては別に当てにする必要もありません。市内にはどんどんと品物は増え、美味しい店も多くなり、私は皆さんと一緒に行っては奢っています。本当にのんびりして、戦後あれほど苦労したというのに一つもそれが身についていませんが、両親は私が何に使ったのかちゃんと報告するので別に何も言いません。どうせ、中国のお金を貯めても日本まで持ち帰れないの

だから、皆さんと仲良く有効に使いなさいと母は言ってくれます。日曜日の夜は大公堂でダンス会です。生伴奏で、この音楽隊はどこから来たのかしらと思うほど当時としては実に珍しい職業です。演奏するのはおもに革命歌で、中には昔からの民謡もあり、皆さん楽しそうに踊っています。私も誘われますが父との約束があるので、ただ横で見ているだけです。

服装は一様に紺色で、冬は綿入れの人民服、五月五日を境に一斉に春夏秋兼用の服に着替えます。洋服代は給料より月払いで差し引かれています。一度メーデーに参加し市内を歩いているうちに雨に遭い、見ると人民帽の色が落ちて顔に紺色の筋がついたり、おろしたてのブラウスにまで紺色が染みついたりで皆で大騒ぎです。女の子は紺色の人民服の下には好みのブラウスでお洒落を楽しんだり、私は洋服店で花柄の中国服の上衣を注文し、それを着て意気揚々と歩いています。パーマをかける人も増えています。私も短く切った髪をある日、中国人の友人と二人でパーマをかけに行くことにします。母に何度も、

「私パーマをかけたら似合うかしら。どうかしら」

と聞くと、

「まあ一度かけてごらんなさい。どう変わるか楽しみ」

何だか気のない返事ばかりですが勇気を出して吉林市内のパーマ屋へ、やがて鏡に映る自分を見てがっかり、溜息交じりで帰宅します。

「お母さん、大失敗。私はどうもパーマは似合わないわ、どうしたらいいかしら」

「少し美人になったかしら。でもあなたのように目鼻立ちがはっきりした顔立ちはどちらかといえばパーマは似合わないわ。しばらくその髪で我慢しなさい」

「お母さん、かける前になぜそのことを言ってくださらなかったの」

私はすっかりふくれて、後悔しています。翌日設計室に出勤すると、また例のごとく私を前にして、「似合う、似合わない」が始まり、私は髪を人民帽の中に全部入れ込んでしまいます。

少しずつ世の中が華やかになり、楽しみも増えてきました。工廠の横を流れている松花江の川辺も、あの恐ろしい処刑場の跡もなく、川魚をとったり花摘みをする姿も見受けられます。私は今年に入り、日本人に対しての工廠側の接し方が少し変化しているのに気づきます。日本人は今まですべての部門で指導的立場にいて、汗水流して工廠建設に尽力し、給料もよかったのですが、それがある日突然、上司に中国人が立ち、日本人の昇給は少なくなる。父も今までこの工廠内では工程師として全責任を持ち寝食を忘れやっと一つの工廠として完成した矢先に、総工程師として中国人技術者が上司として配属されます。これには父はさぞや面白くなかったろうと娘ながらもその心中を深く察します。私にはこのような中国人の心の変化が読み取れます。自分たちが技術を覚えてくると、現場の日本人に対してあからさまな態度をとる中国人も出てきます。中国側からは何の説明もないまま、現場の日本人の仕事をどんどん中国人に交替させる。一体どうしたことだろうと、日本人側から不満の声が出始めます。

第6章　帰国の時

待遇の変化

中国は日本人を利用するだけ利用し、自分たちが技術を覚えたら恩義も何もないのだと思ったり、また別の見地から「これはそろそろ帰国が近づいているな。しめた、ここでの地位や給料なんてどうでもいいことだ。きっと日本に帰れる」と私は確信します。いよいよ党の方針で工廠内の日本人から中国人技術者へと仕事の委譲が始まったのです。

私から見ると、最後まで変わらず日本人に接してくれていたのは張副廠長です。胡廠長は立場や年齢の関係もあるのか、父に対しては以前と変わらずですが、現場の日本人に対してはどんどん態度に変化が見られます。ある日、廠長室で父は長い時間話し合っています。私は少し心配になり、帰宅後父に聞いてみると、父は何事もなかったかのように話してくださる。工廠内の日本人に対しての待遇の変化について、随分と強く抗議したらしい。廠長は最後まで難しい顔をして聞いていたとのこと。私からすると、もうここまできているんだから、父も何も言わず、事を荒立てることなくそっとこの場を過ごしてほしかったというのが本音です。この先のことが心配になりますが、父はここにいる日本人の代表として、これほど苦労し、今日を迎えたことについての礼儀があるはずだ。黙って見逃せない。このことはつまり今後の中国が国際的活動に入った時に重要なことだ、と言われる。私はこんな外国の将来のことまでも考え、わざわざ自分にとって不利になるような役を買って出なくてもいいのに、また損な立場に立たされるのにと思います。父のそんな一徹なところが心配になって、母に告げると、

「いつものようにお父さんは言ってらっしゃるのね。いいのよ、大丈夫。心配はいらないから。お父さんは本当のことを廠長に言っていらっしゃるんだから」

別に気にかける様子もなく、さらりと言われる。

やがて一九五三年を迎え、私は相変わらず設計室で仕事に熱中しています。私と同じグループの李長隆同志、姚玉星同志や王力軍同志、韓同志は本当の姉、弟、妹のようにすっかりお互いが頼り合っています。いつも私を中心にしてしっかりと仕事をこなしていますが、特に内蒙古から十六歳で一人で配属されてきた王力軍同志（女性）は、心細さもあり私から離れようともせず、私も故郷から遠く離れての同じ境遇で、淋しさがよくわかりますので何くれと面倒を見ています。母が最近、

「佐和子より王力軍同志の方が本当の妹のように見えるわ」

と言われる。私は一日も早く王同志が一人前にトレースできるようにと力を貸します。やはり今までと違った動きがありました。吉林周辺の企業の中国人と日本人の工程師三十名ほどが松花江の近くにある集会所で二カ月にわたり泊まり込みの政治学習を行うと発表され、もちろん父は参加させられます。単純技術観点に立ち思想的にもなかなかうまく進まない父たちを集め、朝な夕な政治学習漬けです。留守中私は心配でたまりません。もしや父が短気を起こし、つい本音を吐かないかと実に私も苦労性です。が、父が笑顔で帰宅し何やら顔色もよく元気そうでほっとします。聞くとやはり思想教育だったとのことですが、食事は上等で、最後の日の解散式では豪華なお料理が出たそうです。私が、

「お父さん、失言はなかったでしょうね」

「失礼なことを言うな。お父さんはいつもちゃんと考えて言っているぞ。でも集まった頑固頭の面々を前にして相手は本当に苦労していたぞ」

何事もなく安心しますが、人伝に今年こそはどうやら帰国できそうだと聞き、急に心がウキウキと、何をやるにも笑顔となる。それをいち早く見抜いて設計室の人たちが「素子同志、何かいいことがあったのでは」と聞かれるが、私はただ笑いながら首を横に振る。下手なことを言って取り返しがつかなくなるのを恐れます。三月近くになると本当に噂でなく帰国の発表がありました。各自呼び出され、帰国許可を得た人たちは今までの学習のことはまるで忘れたような顔となり各自準備に取り掛かり始めています。いつかは未定ですが恐らく一カ月以内にははっきりするとの返事で

す。工廠内の人たちもいよいよ日本人がここを去るというのを聞き、皆さん別れを惜しんでくれますが、どういうわけか我が家だけは依然として許可が出ません。

残留への説得

設計室の隣室の父の部屋に見慣れぬ人が通訳を連れてきて父と二人で長い間話が続いています。最初はきっと仕事上の話と思い気にもかけていませんでしたが、またもや二週間後に来て話し合っています。父に聞くと北京総軽工局部長がわざわざやってきて、このたびの帰国の件で、父にどうしても中国に残り自分たちに力を貸してほしい。住居も吉林より北京に移り私たちの教育はもちろんのこと、北京大学に入学させ絶対に心配するようなことはありません、国家が責任を持ちますという話だそうです。父は前回も今回も強く要請されましたが、もうこの辺で何とか帰国しなくては、子供の教育の問題もあるし、姫路に住む高齢の父母のこともあるのでと、口を極め感情を害さないように心を配りながらこの要請を受け入れようとしません。総軽工局部長は家族へと珍しいお菓子等を持参してきています。父としては八十歳をとっくに過ぎた両親が一日千秋の想いで自分たちの帰国を待っており、自分はすでに中国で十年間も仕事をしてきた、何とか両親の生きているうちに親孝行させてくれと頼み込みます。すると、それではご両親に北京に来てもらうように取り計らうとまで言われる。

何時間にも及ぶ話し合いで部長もとうとうあきらめざるを得なくなり、それでは近い将来日中平和交渉が締結されることになっているので、その時はぜひ再びこの中国に来てほしいと提案されます。ところが私にはぜひ女性設計技術員としてこれからの中国女性の指導者として活躍してほしい、そして北京大学に入学し、より一層自分の好きな勉強をしてくださいと言われる。私は大変な方向に自分が進みかけていることに愕然とします。ソ連兵が私をモスクワ大学に入るまで責任を持ち、そして日本に送り届けますと申し出られたのを思い出します。設計室の人たちは今置かれている我が家の状況をいつの間にか知るようになり、

「素子同志、日本に帰らずに自分たちと一緒に北京に移って仕事をしよう。吉林造紙廠設計部は近く北京総軽工局内に移ることになったから」

と口々に言ってくれます。特に王力軍同志は泣き顔で、帰国しないで、姐姐《ヂエヂエ》（お姉さん）がいなくなると自分は独りぼっちになると言いだします。でも私は北京大学に入ることは考えてもいません。何とか口実を作らなくてはと数日間この件で頭の中は一杯です。やっと方法を考えつきます。

私はすぐに医務室の馬医師に、

「馬大夫《マータイフ》（医者）、お願いがあります。私は脚気なので注射してください」

馬医師は何もかも承知の上で腕にビタミン剤を注射してくれます。私はせっせと毎日病院に通い、痛い注射を打ちながら工廠内中知っている人たちに、私は病気で毎日注射を打っているのよ。ほら、見て頂戴、この注射の痕をと、宣伝して歩きます。両親は苦笑していますが私一人がこの中国に残されたら大変です。皆さんは一様に身体を大切に早く病気を治してと言ってくれます。

私を姉のように慕っていた王力軍（右）とともに。1953年３月

そうこうして、やっと一家揃っての帰国許可が下り、ほっと胸を撫で下ろしますが、父は自分たちが一生懸命建設したこの工廠の後々のことが心配で、毎夜遅くまで今後の工廠発展運営について自分の腹案を書き上げています。技術者として、いや一人の日本人としてするだけのことはきちんとしてこの国を去るつもりです。皆さん口を揃えて、この工廠は瀬戸工程師がいたから完成したのだ、この功績は偉大なものだ、いつまでも忘れないと言ってくださいます。やはりわかっている人はちゃんといるんだと私は少し慰められます。

しかしここまで辿り着くには父も大変でした。赴任した頃は父のことをよく知らないということもあってか、最初の通訳の李さんはとても温和で親しみの持てる人でしたがすぐに転勤となり、ほどなくついた新しい通訳はまだ若く通訳の仕事を一生懸命やると同時に私たちに時々不愉快な気持ちを抱かせます。父に今度の通訳はいやな感じねと言うと父も一言、

「あれはお父さんの監視役だぞ。全く馬鹿らしい」

私は極端に注意を払うようになりました。父の部屋での何気ない会話も一言一句気をつけます。しかしいつの間にか彼もすっかり打ち解け、我が家の家族と仲良くなり最後には自分の家族や親戚まで引き合わせ、妹たちは家に遊びに行くほどの仲となります。心の中で、通訳も大変だな、任務とはいえ私たちを監視するなんて。父の人柄がわかった頃から監視行動はなくなり、逆に守ることに気を配っています。そして、別れの時が近づくと涙を流し自分を忘れないでください、また必ず会える日がきます。それまで身体に気をつけてくださいと父の手を握りしめています。私はこの様子を見て、ああこれでよかったのだ、私たちの本当の気持ちをわかっていてくれたのだと安心します。

帰国

我が家の帰国が公になると、私は工廠内の顔馴染みの人たちに、

「私はもうすぐ日本に帰るの。本当に今までありがとう。吉林造紙廠とあなたたちのことはいつまでも忘れないわよ。将来必ずまた来るから待っていてね」

お互いに握手を交わし、中には涙を流し別れを惜しむ人もいます。私は王力軍同志や仲良しだった数人と吉林市内の写真館に行き記念に写真を撮り、自分一人の写真は設計室の人と交換し、お互いに忘れないと固い約束をします。そして自分の給料からやっと買ったマフラー、手袋、ハンカチ

吉林造紙工廠の仲良しの中国人の友人とともに。前列左が筆者。
写真には1953年２月８日　離別永遠記念と記してある

等を贈って送別会に何回となく出席し、ここでの四年間の深い友情に感激します。私はこの吉林での生活で確かなものを得ました。国境を超えた深い友情と設計技術です。

　荷造りといっても簡単なもので、トランク一個と各自が背負うリュックサック。制限もありますが残りの品で利用できるものは父の通訳をしてくださった戦捷同志に使ってもらうことにします。工廠より全員一律に餞別が帰国準備金として手渡されましたが、何と父と私のような者もあまり差がなく、封を開いて見比べ驚きますがこれが平等の国、共産主義国家だということで理解します。

　いよいよ間近に迫り、帰国時の洋服を母とともに吉林市内に買いに行きます。何しろ人民服しか着る服はありません。やっと一軒、とても洒落た衣料品を売る店を見つけ中に入ると、ソ連製のセーターがありますが相当高額です。しかし母は十年ぶりに祖国に帰るのに惨めな姿は絶対にさせないと買い求めます。準備万端すべて整い、部屋に並べたリュックなどを見ると過ぎし日々が走馬灯のように思い浮かびます。一体我が家はこのようにして何回荷造りをし、何回失望したことか。今度こそ本当に帰国できます。でも我が家だけは船に乗るまで安心はできぬと私は心を引きしめます。

出発の朝を迎え、家の前には多くの人たちが見送りに来てくださり、一人一人と握手をするうちに何だか悲しくなり涙が出る。なぜだ、あれほど帰国を乞い願い続けていた私なのに、本当に笑って別れてもいいはずなのに、私の胸中は身内の者と別れるような悲しさ、淋しさで一杯でした。もうこの工廠ともお別れです。考えると私はここでは多くの喜びに恵まれました。多くの人たちに助けられ、がむしゃらに我が道を突っ走っていました。目覚めとともに今日も頑張ろうと。でも時々笑顔が消え、淋しさに襲われた時でもいつも多くの中国人が肩を叩き元気づけてくれました。

政治学習内でのいざこざも今は思い出と変わりつつあり、少し水に流せるだけの心のゆとりも出ています。日本人の皆さんも生きるためにある程度仕方なかったかもしれません。しかし、私は父を反革命分子にしようとした人たちのことは決して忘れ去ることはできないと思う。私は両親のお蔭でしっかりと守られていた幸いを身に沁みて感じています。もし私が孤児となりこの工廠で働いていたら、これほどの素晴らしい思い出を作ることはできなかったと思います。

三年半前にこの工廠の門をくぐった時に一つの覚悟を決めていたことを思い起こす。父母と同様にこれからこの社会に一日本人として入っていくからには、小さな出来事にも自分を卑下しない。もし誰かが私に対して〝小日本鬼子〟とでも言おうものなら絶対に許さないと決めたことを。それから今日に至るまで私に対し〝小日本鬼子〟という言葉を聞かされることもなく無事過ごします。私は自分を振り返ってみると、敗戦後常に身構えて実に気の強い女の子として通っています。理不尽な出来事に負けるわけにはいきませんでした。

先に帰国する私たち五十名ほどがバスに乗り、あとから帰国する人たちに見送られながらいよいよお別れです。全員が見えなくなるまで手を振ります。どんどん遠ざかりついに工廠が見えなくなる。私は大きな溜息をつく。何だか今まで張り詰めていた糸がプツンと音を立てて切れたと感じます。すべての日本人が帰国するわけではありません。思想的に日本が革命達成するまで残留すると決めた人もいます。吉林市内のホテルに帰国する人たちが集結、二日後本当に吉林とお別れです。銘々荷物を持ち駅へと向かう。ちゃんと汽車が待っています。

驚きました。駅には仕事を休み、工廠の設計室の人たちはほぼ全員、企画室、現場の主だった人たちが多数見送りに来てくださっていました。口々に、

「中国を忘れるな、中日の架け橋となろう。約束しよう、自分たちの友情がいつまでも続くことを。体に気をつけて。いいか、素子同志は体が弱いから命だけは絶対に持って帰るんだよ。品物など何もいらない、元気であればまた再び会える。中国に帰ってこいよ。待っている」

お互いに涙を浮べながらの別れとなります。敗戦して八年間、中国在住は十年間、私は一番多感な時代をここで過ごしました。喜びも悲しみも苦しみもこの大地はすべてを知っています。そしてその思い出の一杯に詰まっているこの国を去るのです。やはり人と人との別れは辛く悲しいもので、車窓より身を乗りだすようにして別れの手を振る。私は再び吉林の地に立つ日がくるだろうか……いやこの大地の上に立てる日が来るかしら……。

秦皇島へ

列車は満員で、いち早く乗り込んで両親と弟妹の席は確保したものの、自分はとりあえず通路に新聞紙を敷きそこに腰を下ろす。八年前はどこへとも当てのない逃避行、十五歳の両肩に一家の責任を託され父と別れ必死で逃げ、そして再び長春の父のもとへ帰ってきた。生死をかけて冒険の旅をしたこの線路。今、一家全員揃って祖国へとこの線路の上を汽車は一直線に伸びた彼方を目指し進んでいる。生きていてよかった。全員無事揃っていることを本当に心から深く感謝し、お観音様に手を合わせている私。目指すは秦皇島、ただ喜びだけが全身を包み込む。

しかし今度は帰国後の生活のことで悩みが始まっています。幸いなことに、父は王子製紙に籍を置き、転勤として新京に赴任していましたので、帰国後の就職も色々と心配してくださる方たちが手筈を整えてくださっているそうです。父は自分の就職はもちろんのこと、ともに働いた人たちのことも心配しています。

私はやがて、黄金の輝きを放つ太陽が大地の地平線に静かに沈む光景を車窓より感慨深く眺めている。幾度これと同じ風景を眺め涙を流したことか。あの朝鮮避難の不安と恐怖の中での夕日、卡子で絶望の淵に立ち眺めた涙の夕日、解放地区に入りひと安心し大地に腰を下ろして見た夕日、望郷の念に駆られ一人佇み眺めた夕日、今祖国に近づきつつ喜びの中で見る夕日。私にとってこの壮観な大地の夕日を眺める時間は、今日一日生きた実感と感謝を与えてくれる一時です。この大地での夕日も、もうそろそろ見納めです。私はいつしか通路で眠りに入る。これほど安心し何事も心配せずに眠るのは何年ぶりでしょうか。

翌日やっと泰皇島引き揚げ寮に到着。何人かに分かれ土間の上に腰を下ろします。海を越えると目の前に祖国は待っています。部屋の片隅に家族は一塊となりそこを寝起きの場と決め込みます。気がつくと弟たちは早速中庭に飛び出して遊びだす。すでに岸壁には高砂丸が悠然とした姿で日本赤十字のマークをつけ、私たちが乗るのを待っています。

翌日より公安局による厳しい最後の荷物検査と身上調査が始まり、我が家は何物にも代えがたき大切な守り本尊お観音様の掛軸を取り上げられる。いくら私が抗議しても聞き入れてくれません。母は、

「素子、あまり言ってはいけません。心ゆくまでゆっくりとお観音様を見てもらいましょう」

「お母さん、そんなに簡単にあきらめていいの。私たちを守り通してくださったお観音様なのに」

どうしてもあきらめることはできませんでした。が、翌日掛軸を片手に公安局の人がやってき

て、父母に、

「この軸は返す」

と言って差し出しました。少し隅が破られていましたが手元に戻ったことを本当に心から喜び合います。やれやれほっとひと安心。あとは、あの高砂丸に乗船するだけとなり、親子揃って海岸へ散歩しようと連れ立って思い切り潮風を吸い込む。ここまでは皆さんと同じように帰国への道を進んでいましたが、海岸より戻ると公安局の見たこともない人が三人、父の帰りを待っているのです。父は何事かと一瞬ぎくっとした表情とともに緊張が走り、私もじっと三人を見つめる。我が家にはまだ最後の関門があったのです。

三人は父を囲むようにして座り、話に入ります。双方ともに真剣な顔です。しばらく様子を見ていると、父の表情が困惑の表情にと変わりだしているのが見て取れる。これは尋常なことではなさそうです。三時間以上も話し合いが続き、夕食の知らせとともに「また明日来ます、再見」と言って去る。翌日もまた次の日も出発のその時まで三人は訪ねてきては長い話し合いです。同室の人たちも少しおかしいと感づき、公安局員が部屋に入ってくると私たちを気遣い、心配げな顔で部屋より出ていかれる。父に聞くとその内容は、「今回の帰国を思いとどまってほしい。中国建設のためにどうしても残留してほしい。家族の今後のことは国が責任を持ってお守りします。子供の教育も心配いらないし日本におられる両親も必ず北京に迎え、一緒に生活できるようにしますから。何とか帰国は思いとどまってください」ということだそうです。父は今回だけは申し出を拒み通しています。ほかの人たちのように帰国を手放しで喜べる状態ではなくなり、私たちの周りだけが妙に沈んでいる。父は手続き最後の日、公安局員が帰ると同時に締切り間際に事務局に出向き、出国の手続きをとる。ついに公安局員は父の承諾を得られぬまま乗船の日が来ました。喜びを全身で表している人々が次々とタラップを上り船内に入る。私たちは一塊になり、じっとその様子を見ている。ほぼ絶望しかけている時、父が突然、

「皆いいか、今から船に乗るぞ。手をつなぎタラップを上るんだ」

その一言で六人の子供は素早く駆け上る。今のうちだ、公安局員のいない間に、今のチャンスを逃せばまた帰国できない。私たちは一番最後の乗船家族で、飛び込むようにして船室に入る。やれやれ、もうしめたもの、これで安心だとほっとする間もなくタラップの方を見ると、例の三人がトントンとタラップを上り、父を見つけると再び囲むようにして座り込み交渉が続く。何と長く感じた時間でしょう。

あちらこちらで「万歳、万歳」と叫び続ける人、乾杯だとどこから持ってきたのか酒盛りを始める人、また片方では「共産党万歳、万歳、祖国解放だ」とスローガンを叫び大声で革命歌を歌うグループで、日の丸組と赤旗組に分かれて大騒ぎです。私たちは話し合いの成り行きをしょんぼりと黙って座って見ています。母は、

「全部お父さんにお任せしてあるので、あなたたちは何の心配もいりませんよ」

そのように言われても気が気ではありません。心の中で「お観音様助けてください、何とか助け

てください。今度こそ日本に帰れるようにしてください」。必死でお祈りしている私です。どのくらい経ったでしょうか。船内放送で、

「ただいま領海を出ますので、中国関係の方々は下船をお願いします」

私はこの放送を五十年以上経った今でも鮮明に覚えている。

公安局員三人はがっかりした表情で父と握手を交わし、

「とうとう話し合いが成立せず、非常に残念でしたが、一度日本に帰り、ご家族が落ち着いたら必ず再度中国に来てください」

と何回も言い別れを告げる。子供六人は横一列に並び「再見、再見」と握手をする。そして船に横づけされている小型船に乗り移るのを、高砂丸の船上から家族一同で見送る。「再見、再見」とありったけの声で幾度も叫び手を振る。彼らの姿が見えなくなるまで手を振り、波間にやがて消え去っていく。

父は心からほっとした表情。本当に長い長い生きるためのたたかいを母と二人で闘い通し、子供を守り抜き、同時に日本人としての大きな役目を無事に果たした満足感溢れた顔をしておられる。あの国民党時代の留用命令から七年間、思いもよらない現実にたびたび遭遇しながらも、家族はいつもともに切り抜けました。突然父が大声で、

「いいか、今から甲板に出て万歳だ」

私たちは先を争うようにして甲板に出て横一列順序よく並び（我が家はいつも何事かあると必ず

長女、次女、ときちんと並ぶ習慣となっている)、全員で、

「万歳、万歳」

何回叫んだでしょうか、声の嗄れるまで何かに憑かれたかのごとく叫び続け繰り返す。私はやっと今中国より飛び立ったのです。

私たちは生き抜きました。激しい風雨のあとには必ず暖かい日差しで包み込み、勇気を与えてくれた大地、絶望の中でも必ず救いの手を差し伸べ、ともに歩いた大地、大地の恵みを頂きながら肩を寄せ合い耐えながらそして与えられたこの生命を、静かに包み込んでくれています。私たちの過ごした年月はこの悠久の時の流れの中では瞬時の出来事です。今新しく飛び立とうとしている私を大地は静かに見守ってくれています。ありがとう、本当にありがとう。この先何が起きようと頑張れる自信はあります。

心地よい潮風が頬を撫でる。ほとんど木のない泰皇島がだんだん遠くに霞む……。

ついに見えます。緑の島日本国。永い間夢にまで見た祖国。壱岐、対馬付近で一隻の日本国旗を掲げた護衛艦が急に波間より姿を現し、五、六名が艦上に横一列に並び、私たちに向かって挙手の礼とともに大声で、

「おかえりなさい、おつかれさま」

一面濃紺に輝く海上に翻る日章旗、私は心より熱いものがこみ上げてきました。日本人として求め続けていたところへやっと辿り着く。

戦後八年間の永い間、守ってくれる国家もなく、いかほどの悲哀と辛酸を舐めたか。ただ家族が心を一つにして生き抜き、頼れるのは周囲の善意のみ。私たちの生命は常にその人たちの匙加減一つに握られていました。出会った人たちによりその人間の運命が決まるといっても過言ではありません。日本人として絶えず緊張し見えないものに脅え続け、どれほどに強力な国家の救いの手を多くの日本人は待ち望んでいたか。幸いにして我が家は一人も欠けることなく今、祖国にやっと辿り着くことができそうです。この異国での何の力もない国家の国民として生き抜くことの心細さと苦しさは味わった人でない限り決して理解しきれないものです。私は心強い国家の国民でありたいと心から願い続けていました。

祖国へ

甲板の上で全員喜びに打ち震え、感激のあまり大声で泣きだす人、ただ黙って両手を合わせ拝んでいる人。これが日本赤十字の最後の船ともいわれ、乗船している人の大部分は九死に一生を得、筆舌に尽くしがたい辛酸のもとただひたすら祖国に帰りたい一心の集団です。胸中には語り尽くせない物語が一杯に詰まっています。海上は穏やかです。両手を大きく広げ私たちを温かく迎え入れ、そして船は刻一刻と舞鶴港に近づいていています。

私は心地よい潮風を受けながらそっと胸ポケットに手を当てる。ここには敗戦後の八年間、幾多の困難な極限状態に際しても略奪に遭うことも紛失することもなく常に私のそばで無言の力で助け

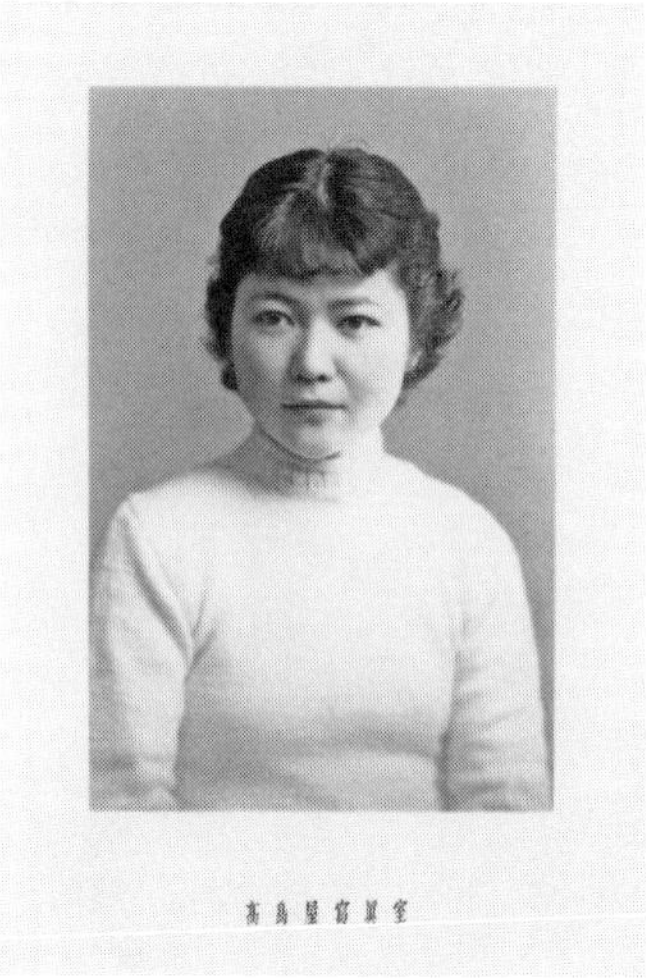

1953年、日本に帰国直後の筆者

てくれた一枚のハンカチ大の絹織物が入っている。祖父からの贈り物で戦前より我が家に残っている唯一つの大切な品、私は心の中で「やっと一緒に日本に帰ってきたわね」と語りかける。前にも記したようにPTARRANTと記された奇しくも六人の姉妹弟で織りなす楽しき図柄。「今からまた新しく始まる私の人生を離れずにずっとそばにいて助けてね」とつぶやいている私。そしてあの内戦に巻き込まれ生命の危険に晒されていた時、必ず「素子さん」と呼び止め幾度となく救ってくださった女性の声。私はいつしか心の中でお観音様の声と信じ、私は護られている幸せ者、決して異国では死なないと自信を持って明るく過ごすことができました。私は深く深く両手を合わせ空の彼方へ感謝の祈りを捧げます。

舞鶴港です。私は景色に目を奪われます。新緑の若葉、菜の花、何もかもがあの大陸と比べ物にならないほどの繊細さで、まるで箱庭を眺めているようです。目に入るものすべてが美しく優しい。花々は咲き、水は澄み、鳥は啼く、これが敗戦国だろうか。人々が心優しく迎えてくださる。部屋に落ち着く間もなく、多くの報道陣が我々を取り囲む。次々と写真を撮られインタビューが始まる。子供たちはただ驚いて座っているだけです。各新聞には、「奇跡の家族、一家全員無事帰国する」。

十三歳で日本を離れ、十年後の一九五三年、昭和二十八年の五月、明日は母の日という日に帰国しました。私はすでに二十三歳になっている。一家はすべてのものをなくし、身体だけを持ち帰る。しかしものでは絶対に得られぬ数多くの体験、特に深い人の情を知り味わう。そして強い心を頂く。私は今、諸々の地上に存在するすべてに心よりお礼を言いたい。家族全員揃って帰国できましたことを、そして何よりもお観音様のご加護に心より感謝します。

豪胆なそして最後まで頑固ともいえるほど日本人として生き抜いた父、計り知れないほどの中国側との技術上の対立も絶対に家族には見せず、子供にとって実に頼もしいいつも悠々と、そして凛々しく見えた父。後日独り言のように、

「なあ、素子よ。お前たちには大変な苦労をかけてしまったが許してくれ。お父さんはどうしても逃げて後始末もせずに帰国したくなかったのだ」

私は一貫して両親と一緒であればただそれだけで幸せだったのです。

母は常に優しく明るく歌を忘れず、自分自身で築き上げた絶対的な観音信仰により動乱の中、父の不在でも一度も心乱れることもなく泰然自若そのもので子供たちを心豊かに敗戦国民と自分らを卑下することもなく伸び伸びと異国で育ててくださった。私はこの両親の子供として生を受けたことを心より感謝し誇りに思う。

終章

母　瀬戸倫子

昭和四十三年四月十八日、享年六十歳でこの世を出発される。その時運悪く父はエジプトへ出張中。急を知らせるため連絡をとる。急ぎ空港に駆けつける父の目の前で不運にも飛行機が爆破され帰国の目途さえつかなくなる。エジプトの内戦に巻き込まれたのです。母には最後まで胃癌であることを隠し通したつもりでしたが、すべてお見通しで何一つ病状を聞こうともなさらない。三女の熙子はアメリカ在住で帰国できない中、五人の子供に囲まれて満足そうに一人一人の顔を喰い入るように見つめ手を握られる。私は、

「お父さんがもうすぐ帰っていらっしゃるのでそれまで頑張って」

と泣きながら耳元で言う。にっこりと微笑み頷かれる。しかし母は一言も父が不在であることを聞こうともなさらない。直感で、「ああ、お母さんはもうお父さんのいるエジプトへ行っていらっ

両親、1965（昭和40）年頃撮影

しゃる」と感じる。やがて、私に、

「素子、バラの花を頂戴」

大好きなバラです。すぐに弟が花屋で買い求め差し出すと、その香りを嬉しそうに嗅ぎ、いとも満足そうな笑顔でバラを抱き、静かに、静かにこの世を出発されました。

私は涙も出ない。頼りきっていた母にもうそばにいてもらえない。今からどうすればいいのか。実に優しい母、子供を叱ることなく育ててくださり、命を張って守り通してくださった母。四月十八日はお観音様のご命日でもあります。一週間経っても父の帰国の目途は立たず、ついに子供たちで葬儀を行い、多くの参列者で心よりありがたく思いました。

天上に昇る母を包み込むように満開の八重桜が美しく晴れた青空に映え、母の旅立ちにふさわしい美しい季節でした。敗戦後北朝鮮の小学校の片隅で、

「素子よあなたは蓮の花のごとく生きなさい」

と言ってくださった、本当にありがとうございました。

父　瀬戸健次郎

昭和五十三年三月十二日、享年七十三歳で直腸癌には勝てず、ついに母の待つ天上へと出発される。父はこの日をずっと待っていたと私は察している。母の葬儀に間に合わなかったことがいかに父の心を苦しめていたか、私は慰めても慰められぬ父の思いをいつも感じていました。子供の前で

は弱音を吐かない父でしたが、私に、

「さすがに参った」

とおっしゃり、子供ではどうしても埋められない大きな穴が心の中にポッカリと空いていた。病名がわかりすぐに手術の運びとなりますがその時は、

「素子はそばにいてくれるんだな」

と何回も念を押される。

「心配しないで、謙介（末弟）とともにそばにいます」

一睡もせず横で見守る。十時間にも及ぶ大手術です。主治医が夜中に様子を見に来られ、私に、

「実にご立派なお父様ですな。痛いと一言も言われない。このような方は初めてです。本当にご立派な方です」

と感慨深くおっしゃってくださいました。わりと順調に回復に向かうが、人工肛門をつけたので何事も容易ではありません。毎日一回は私のところへ電話があります。幾度となく同居を申し入れても母とここにいると言って絶対に動こうとされない。やがて再発です。私は幼い時から病弱で大変心配をかけました。看病のために二時間ほどかけて立川病院へ通う日々が続きます。電車に乗っていると幼き頃の思い出が次々と浮かび涙が出て、どうしても耐えきれなくなる。

父は病名を聞こうともしないし、私は伝える勇気がない。亡くなる前に子供六人全員が揃い、父の看病が続く。前日父が、

「長女の素子、皆を呼びなさい」

私たちがぐるりと父を取り巻くと一人一人の顔をしっかりと見回した後、

「皆揃っているな、実にいい子供たちだ。素子、皆で『蛍の光』を歌ってくれ」

私はあまりのことで驚き、黙っていると、

「なぜ歌わないのか」

と催促される。六人並びやっとの思いで「蛍の光」を歌う。満足そうに聞き終わると、

「素子よ、何をぐずぐずしているか。早く帰宅し明日の式の準備を致せ」

何ということでしょう。返事の言葉も見当たらない。激痛に襲われても痛いとも言わず、

「おい素子、日本刀でこの腕を切り落としてくれ」

その言葉を聞いた時、父の若き日を思い出す。日曜日は八代市武徳館へ剣道に通い、小学校を覗いては体育の剣道指導の先生と試合をしていた凛々しい姿。戦後暴民に襲われた時、ただ一人日本刀で切り込んだ姿。

父は言葉の通り翌日とうとう母の待つ天上へと出発されます。母を亡くした時、心の中ではまだ父がいらっしゃると思っていましたが、今や全く太平洋上に一人放り出された何とも淋しい心許ない自分が残っていました。私は両親の看病ができたのが心より嬉しくありがたいと思うし、何といっても最期まで常におそばにいられたことが私の最上の幸せでした。

晩年、このような出来事もあったそうです。それは、直腸癌の手術後立川へ通院途中、理由なく

刃物を持った五、六人の若者に襲われた時のことです。当時、手術後父は母が縫ったお気に入りの着物を着てステッキを突きながら病院から立川の駅へ向かう途中、背後から突然「待て」と声をかけられ、振り向くと刃物を構えた若者と目が合う。父は咄嗟に身の危険を感じ、そばの塀を背にし、

「何事だ、名を名乗れ」

と怒鳴りつけると相手は、

「仲間の仇をとる」

と顔色が変わっている。父と数分間睨み合いが続く。父は、

「何の理由かわからぬが、さあ、かかるならかかってこい」

やがて、若者は震えだし手にした刃物を地上に捨てるや両手をついて、

「どこの親分か知りませんが、どうか自分を子分にしてください。このような立派な親分に合えたのが嬉しい。どうか子分に」

と頭を上げようとしない。父は何の話やら理解に苦しみ、とにかく自分は親分ではなく、ただの一市民だ、誤解も甚だしいと、何回説明しても若者は納得しない。そのうちに若者が刃物を持って渡り歩くのは危険極まりない、どうしてこのようなことになったのかと聞くと、自分の仲間が数日前に対立する暴力団の一味にやられた。自分は頼まれその仇をとるために数日前より仲間とここで張り込んでいたところ、父を見つけ一分の隙もない歩き方を見て、すっかり対立する暴力団の親分

だと思ったとのことです。父は若者に今の世界と手を切り真面目な仕事に就くようにと諭すと涙を流しながら、

「ありがとうございます。よくわかりました」

と言い、別れたそうです。父は、

「なあ、素子よ。お父さんにしたら全く迷惑な話だったよ。しかし素子、よく覚えておきなさい。いかなる事態となった時でも決して相手に背を向けてはいけない。もしも近くに塀でも家でもあれば、背をつけて正面より相手を見ることだ。これはすべてのことについて言えることだよ」

私は思いもよらない危険な出来事で父が無事であったことに胸を撫で下ろす。よく考えると父は敗戦後、常にソ連軍、国府軍、中共軍と次々と変わる中でいつも正面より相手と対峙し、頑固一徹に信念を持って歩いていたと、そばにいた私は感じています。

おわりに

戦後八年間、帰国も許されず、苦難のなかで、いつも両親を中心に生き抜いてきた時代を、当時まだ幼くて記憶の残っていない弟妹に書き残しておきたいと思い続けていました。

しかし、女学生時代に作文を書いた以外は、まとまった文章を書いた事もなく、幾度となく、途中でやめようかと思いました。

しかし、戦後も還暦を迎え、自分の年齢（七六歳）を考えると、たとえつたない文章でもよいか

ら、今、書き残しておかなければ、永久に私たちの経験が、歴史のなかに埋もれてしまうと自分を励まし、ペンを執りました。

本書を執筆するにあたって参考にしたのは、父の遺稿のなかでとくに戦後の残務整理と新中国での工場建設についての内容と、私が帰国直後から、忘れてはいけないと思った出来事を記録していたノートです。引き上げの際、厳重な荷物検査でメモ類はいっさい持って帰れなかったのです。

これらを元に、記憶の糸をたぐり寄せるようにして書き上げました。五十数年も前のノートは、既に変色し、長い年月が経ったことを痛感しました。

いざ書き始めてみますと、不思議なほど次々と、昨日の出来事のように鮮明に、記憶がよみがえります。よみがえってくる情景に圧倒され、時には涙を浮かべながら、亡き両親に励まされるように、書き進めました。

泣いたり笑ったり、悲嘆にくれてもう明日という日は私たちには絶対にないと、死を覚悟し、そしてまた新しい朝を迎え、なんとか生き抜く、ということの繰り返しを乗り越えて、私たち兄弟は生き延びました。これからも、兄弟お互いに助け合い、豊かな心を持ち続けることで、両親の与えてくださった心の財産を大切にしていきたいと念じています。

さいごに、このささやかな記録が、本書をお読みいただく方々の参考になればさいわいです。

完

満洲、新中国で日本人として生きる

二〇〇六年八月一五日初版発行

著者――戸城素子
発行者――土井二郎
発行所――築地書館株式会社
東京都中央区築地七―四―四―二〇一　〒一〇四―〇〇四五
電話〇三―三五四二―三七三一　FAX〇三―三五四一―五七九九
ホームページ＝http://www.tsukiji-shokan.co.jp/
印刷・製本――株式会社シナノ
装丁――小島トシノブ

著者略歴――戸城素子（としろ　もとこ）

一九四三（昭和一八）年、製紙技術者だった父親と母親、妹弟四人とともに、旧満洲国の首都、新京へ。

満洲へのソ連侵攻、国民党支配、内戦などの混乱の渦中で、一家全員八人が九死に一生を得て、一九五三（昭和二八）年に帰国。

帰国当時、著者は二三歳であった。

その間、父親とともに共産党指導下の中国吉林で、製紙工場立ち上げに奔走。

 Printed in Japan ISBN 4-8067-1338-4 C0095